我想念我自己

莉莎・潔諾娃——著

穆卓芸——譯

STILL ALICE

by

Lisa Genova

新版作者序

致親愛的讀者

莉莎・潔諾娃

我二十八歲時，我的祖母診斷出阿茲海默症。身為家族裡的神經科學家，我盡了一切努力去了解這頭疾病怪獸。我學習解剖學、臨床表現，以及分子神經生物學。我閱讀了疾病的管理和照護。我學了很多，但就算具備所有這些教育內容，我還是不知道如何單純地與祖母相處。我可以用神經科學家的身分與她相處。我完全不知道如何以孫女的身分與她相處。我感到難過、沮喪、害怕、尷尬、挫折、不安、軟弱、抽離。我為她感到難過，也為我們，她的家人，感到難過。

但我不知道如何與她一同感受。這是「同情」和「同理」之間的差異。「同情」是為了某人而產生的感受，讓我們保持情緒的抽離，彼此的經驗是分開的。「同理」則是與某人一同感受。同理是想像的跳躍，讓我們採取另一個人的觀點，讓我想像你有什麼樣的感受。

我很快就發現，我所閱讀的關於阿茲海默症的每一方面，都是從局外人的觀點來撰寫，包括科學家、醫師、照護者、社工等等。我所受的教育缺乏阿茲海默症患者的觀點，還有這個問題的答案：罹患阿茲海默症有什麼樣的感受？

我還記得那個茅塞頓開的時刻，我萌生一個點子，小說會是找到答案的好地方。故事讓我們有機會體驗其他人的感受，設身處地看見其他人眼中的我們。

《我想念我自己》是我追尋同理心的旅程，了解阿茲海默症患者有什麼樣的感受。為這本書做功課時，除了跟隨神經學家的腳步，訪談一般醫學的醫師、遺傳諮詢師和科學家，我也認識了這種疾病真正的專家，他們有二十七人，與早發性和／或早期階段的阿茲海默症共處，他們覺得羞恥又孤單，他們既勇敢又慷慨，與我分享他們和這種疾病共存有什麼樣的感受。

聆聽他們的心聲，我很快就發現，這本書絕對超越了個人的探索之旅。很像是五十年前這個社會面對癌症的反應，一般大眾太害怕這頭疾病怪獸，無法敞開心胸來面對它或談論它。於是我心想，我寫的這個故事，也許可以對這種疾病賦予人性化的面貌和腔調。也許可以讓讀者接觸這個議題，不會因為太害怕和難以忍受而不想了解。也許可以呈現出疾病背後的人性面。透過這個故事，回答我所問的「罹患阿茲海默症有什麼樣的感受」，我也許可以改變這個世界看待阿茲海默症的觀點。

我寫了詢問信，為《我想念我自己》這本書徵求代理，但是遭到一百家文學經紀公司拒絕或忽視。有少數公司要求閱讀初稿，最終都覺得阿茲海默症太可怕、沉重且陰鬱，讀者會避開這種主題。這要冒著太大的風險，於是他們放棄了。我鍥而不捨，自費出版《我想念我自己》，幾乎有一整年都是從我的汽車後車廂賣出一本本書。這本書的口碑終於讓我接觸到一家經紀公司和賽門舒斯特出版公司（Simon & Schuster）。

《我想念我自己》持續在《紐約時報》暢銷書排行榜上盤踞了五十九週，也已經翻譯成三十七種語言。考慮《我想念我自己》經過改編而登上大螢幕的可能性時，我的電影經紀公司告訴我：「你的這齣戲，主角是一位五十歲的女子，她得了阿茲海默症，沒有喜悅的結局。好萊塢絕對不會拍那樣的電影。」鍥而不捨再度帶來好結果，茱利安・摩爾（Julianne Moore）因為這部電影贏得了奧斯卡最佳女主角獎。《我想念我自己》也改編成舞台劇，剛完成英國的巡迴演出。

因此我想要謝謝你，謝謝書本讀者、電影觀眾和劇場常客，謝謝你們有勇氣閱讀此書、觀賞電影、欣賞戲劇。我希望這個故事讓你有機會感受到罹患阿茲海默症有什麼樣的感受，設身處地體會愛麗絲的感受，體驗同理心。我希望這份體悟能幫助你與罹患阿茲海默症的摯愛親友相處，並成為比較好的照護者。而且往後談起這個過去難以談論的主題時，我希望這能讓你得到理解、表達方式和熟悉度。

談論阿茲海默症為什麼很重要呢？對話能夠激起社會的改變。談論阿茲海默症的重要性，在於能讓你身邊罹患阿茲海默症的鄰居和他們的家人，脫離原本遭到排斥和孤立的處境，恢復成為大眾的一份子，並去除阿茲海默症患者承受已久的汙名和恥辱，也能大力提倡和募集相關研究急需的經費，於是產生更多的治療方法和存活者。

美國演員與作家瑪麗亞・施賴弗（Maria Shriver）曾說，她希望《我想念我自己》對阿茲海默症的影響，能像電影《費城》（*Philadelphia*）對人類免疫缺乏病毒和愛滋病的影響。瑪麗亞，我認為我們走在那樣的路上了。總有一天會有預防藥物和療法，我們以樂觀的心情期待很快就能達成。而且我也深深期盼，這個故事，加上曾經閱讀或觀賞並談論這個主題的每一個人，都會在達成目標的路上貢獻一己之力。

我的祖母在二〇〇二年過世，是我開始撰寫《我想念我自己》的兩年前。我希望當時就知道我現在所理解的事。我將這支接力棒傳遞給你。

愛你，

二〇一九年一月五日

（王心瑩 譯）

導讀

退潮之憶，漲潮之愛

——寓含家族史的疾病書寫

鍾文音（作家）

《我想念我自己》的小說原型很容易讓人聯想到英國小說家艾瑞絲．梅鐸（Iris Murdoch, 1919-1999）的故事，一生以文字創作的艾瑞絲最後茫然街頭，不知自己是誰，當郵差送來她寫的最後一本書時，她手中所握的正是她消失前的人生，但她連印在書上的名字都不認得了，往事點點滴滴跑去哪了？

「如果沒有文字，思想是什麼？」艾瑞絲讓我們想起這樣一個書寫者的悲劇：她連她寫的文字世界都無法進入，一個不認得自己的人又如何指認自己在世界上生活過一切的刻痕？記憶的地基不斷地被淘空，這隻怪手叫做「阿茲海默症」。

《我想念我自己》書中的主人翁叫愛麗絲，巧合的是愛麗絲的丈夫和英國小說家艾瑞絲的老公約翰・貝禮（John Bayley）一樣也叫約翰。

遭受了失智症打擊的愛麗絲和真實人物艾瑞絲不同之處是，作者潔諾娃很巧妙地安排哈佛心理系教授愛麗絲是「早發性」失智患者，疾病發生在五十歲，所以小說可以非常鉅細靡遺地寫出這個疾病發生記憶流失的「細節」，讓這本小說近乎「紀錄片」，我閱讀時還常替愛麗絲擔起心來，好像跟著她一起審視所有人生的記憶拼圖，老想著遺失的那些區塊究竟被搬到哪裡了，好像我們是愛麗絲的家人，也深陷在畏懼記憶流失的風暴裡。難怪有評者說這本書簡直是「真實得不可思議」，作者做足了功課之外，還把故事拉到一個「家族史」的高視野，這意謂著人不可能單獨存在，一個基因連著另一個基因，每個人的血緣鏈都串連著許多潛藏的命運共同體。

所以，《我想念我自己》最動人的部分是原本有可能分崩離析的「家庭」，竟因為母親愛麗絲得病而重新聚合，尤其是母女之間的誤解與拆解，都是源於這個疾病之賜。作者似乎要告訴讀者疾病未必是毀滅，疾病也可以是救贖與隱喻。而阿茲海默症的隱喻即是要人勇於去解開記憶謎團，不再閃躲，因為生命和遺忘的速度在賽跑，要不要趁字詞遺忘前趕緊吐出「和解」和「愛」等字詞，是小說最後想要揭露的核心。

所幸這本書不說教，作者先讓患病的愛麗絲理解到，原來她的這個疾病基因竟得自其一生所恨的酗酒父親的遺傳譜系，她倒帶父親人生，才訝然發現父親晚年「認不出女兒是誰」是因為患了此症，而非酗酒之故。故事寫愛麗絲在得知患病後來到家族墓園，她想著：「這裡向來是她和母親、妹妹獨處的場所，現在卻多了爸爸。他沒資格來這裡。」「爸，怎麼樣，這下你開心了吧！我分到你的爛基因，我們都要死在你手上了。你殺了全家人，感覺怎麼樣？」這一段是我覺得最驚心動魄的敘述。既憤怒又哀傷，既理解又想閃躲，但命運已然兵臨城下，由不得她了。

這本書的高潮是愛麗絲既然得自父親的爛基因，那麼她也將遺傳給她的三個孩子，孩子怎麼辦？孩子的命運如何？故事於是拉到了家族集體「心」治療的視野，心被療癒的過程，勝過於解讀阿茲海默症了，故事於是擺脫了可能老套的陷阱。

最終的家庭和解則是藉由愛麗絲原本反對小女兒麗蒂亞當演員、後來反而協助麗蒂亞排練戲劇來演出「愛」的橋段：「好了，妳有什麼感覺？」「我感覺到愛，那是在說愛。」

《我想念我自己》的英文書名是《*Still Alice*》，中文翻譯本用《我想念我自己》，這句話是書末愛麗絲的和丈夫約翰的對話，他們曾經合寫過一本學術著作，這本有著藍色書皮的厚書代表了「她過去的一切」，一個專攻語意學的心理系教授最後也將和小說家艾瑞絲一樣，面臨她將不記得曾經存在過的世界。我思故我在，我在卻無法我思，那什麼是「我在」？我思又跑去哪了？

這疾病亦如同寓言。

愛麗絲已經看見自己往後的樣貌，所以她說：「我想念我自己。」約翰回應：「我也想念妳，非常。」

難以忍受的預知人生，但也只能慢慢接受了，故事有它的來處，也有它的歸處，只是主人不記得了，主人遺忘了故事，但故事有「家族基因」的延續，故事終將會找到出口。《我想念我自己》是寫得好看且思路清晰、故事又發展得情理並置的「疾病書」佳作。

最終這本書還不只是一個故事，它還拖帶出許多思索和激勵，當愛麗絲逐漸陷入如迷宮般的人生時，她因為如實迎擊她的人生，所以她的人生不是悲劇，反而有了一種事先安排的圓滿。

如果我不寫作，我會是誰？我也問著自己。

我是誰？我的血緣來自何方？我頂著這個身體，這身體潛藏著我們看不見的基因缺陷，我們的故事都待完成，我們的自我認同其實原本都是模糊的，總得被許多重大事件來形塑它的存在，只是有人迎擊反思這個「重大事件」，有人僅能對「重大事件」投降繳械。當一個人面對內在黑暗的猛獸時，雖然歷經支離破碎與種種傷痕的爆發，卻反而萌生一股強大的能量。

而《我想念我自己》正是這樣的一個光亮故事，我喜歡愛麗絲說的這句話，我想念我自己，很有意思，沒錯，想念自己而不是想念別人，因為愛麗絲最先消失的部分是「自我記憶」與「自我認同」。原來這個自己尾隨著我們的一生，不必擺脫它，它有一天終將消失，且可能消失到連自己都可能不復記憶，失憶抹消了人的存在，但真的抹消得了嗎？

並沒有。

我想念我自己，愛麗絲這句話隱喻了人創造了自己的故事，接著故事想要擺脫人，但其實自己和人生故事互為因果。

「我不曉得自己在那裡。」

「別擔心，妳在家裡。」

「我迷路了。」

「妳沒有迷路，妳和我在一起。」

進入遺忘夢境的愛麗絲和約翰的對話。

這段話告訴我停筆於此吧，因為再也沒有比直接閱讀「文本」更有力的推薦了。

推薦文

當哈佛大學教授罹患阿茲海默症

劉秀枝（台北榮總特約醫師）

常有阿茲海默症（老年失智症）患者的親朋好友會很關心又有點神祕地問我：「他曉不曉得自己有失智症？」一般人對失智症的制式想法是：「他什麼都不知道了，不曉得自己有病，也沒有行為能力。」沒錯，但這主要是對重度的失智症患者而言。輕度或早期的阿茲海默症患者有些還是有病識感，而且還保有某些自主的能力。很高興《我想念我自己》一書，透過一位輕度阿茲海默症患者愛麗絲，充分闡釋了這一向為人所忽視的觀念，例如雖然其先生約翰不贊成，愛麗絲仍堅持要參加藥物臨床試驗。不過，他們也因為有病識感，會察覺到能力的逐漸喪失而感到痛苦；更因為還有某些能力，對別人不把自己當一回事更感到痛心。

《我想念我自己》的主角是五十歲的愛麗絲，一位正值事業顛峰的哈佛大學心理學教授，被診斷出有早發性且是遺傳性PS1基因變異的阿茲海默症。可能是為了小說的戲劇效果，書中的愛麗絲由一開始的忘東忘西，在不到兩年的時間，病情就快速惡化到不曉得家是家、也不認得子女，不僅增強了故事張力，也帶出許多令人深思的問題。

書中有幾處讓我印象特別深刻：一、本書以類似日記方式，從阿茲海默症患者的觀點，帶領讀者進入輕度患者認知功能逐漸喪失的心路歷程。二、愛麗絲的先生約翰也是哈佛大學教授，他的生活應如何調適、事業要如何抉擇？是否該放棄追求卓越，全心全意照顧愛麗絲，珍惜愛麗絲還記得他的這幾年？三、遺傳性阿茲海默症占所有阿茲海默症的病人不到百分之五，但由此帶出許多重要議題，例如愛麗絲的三個成年子女對於做PS1基因篩選的態度不一，其間的反應、對話和討論都很值得參考。四、阿茲海默症的病情是逐漸退化的，而不是一下子由有到無，所以雖然記憶衰退，卻不見得無法批判思考。例如在學生的專題討論會上，愛麗絲仍能一針見血地指出其實驗設計缺少控制組的缺陷，但過了一會兒，她忘了，又再重提一次。五、愛麗絲真希望自己得的是癌症，而不是阿茲海默症，因為「光頭和頭巾是勇氣與希望的象徵，忘詞和記憶消退卻代表心智不穩與精神失常」，充分表現出失智症患者被社會流放的恐懼和無奈。六、逐漸喪失表達能力對一位心理語言專家是多麼殘酷的事，但描述愛麗絲在哈佛廣場享受她所喜愛的冰淇淋那段「活在當下，享受此刻」的情景，令人深深感動。

這是一本兼具特色且非常有深度的好書，相信每個人，不管是心智健全、失智症患者或家屬，都能在書中找到共鳴、印證、新觀念，並且進入失智症患者的內心和腦內世界，體會到失智症患者對一個友善社會的渴望與需求。

推薦文

深刻體會失去心智的恐懼

洪蘭（中央大學認知神經科學研究所教授）

《我想念我自己》這書名聽起來很怪，不合邏輯。笛卡兒不是說「我思故我在」嗎？假如我在，就不需要想念，怎麼會「我想念我自己」呢？我第一個念頭便是這內情不簡單，應該是我不在了，我才要思念我自己，因此，這是一本有關阿茲海默症的書。看下去，果然如此。

阿茲海默症是天底下最可憐的病症之一，人從一生下來便朝著死亡前進（還記得嗎？Tax 和 Death 是人生兩個不可避免的事），當我們走到終點時，什麼都沒有了，只剩下記憶：老人家坐在門廊的搖椅上，望著夕陽，陪伴他的便是他一生的記憶。阿茲海默症最恐怖的地方便是它連這個都把你剝奪掉，把你的記憶消磁，變成白走了一生，最後連自己是誰都不知道了。

二〇〇〇年諾貝爾醫學獎的得主肯戴爾（Eric Kandel）在他的《透視記憶》（*Memory*）中就說：我在故我思。（I am, therefore I think.）大腦壞掉了，思考的能力就沒有了，不知道自己是誰，這個現象是所有人，不論種族、教育程度、社經地位，最恐懼的一件事，所以肯戴爾花四十年的時光去研究記憶。記憶是人成為人的最根本「元素」（element），沒有了記憶就沒有了過去，沒有了過去也就看不見未來了，只能活在當下，可能比動物還糟，因為松鼠還知道秋收冬藏，狼還懂得回到狼穴去照顧幼兒，而人得了阿茲海默症之後，是連這個能力都沒有了。

難怪一位得了早發型阿茲海默症的朋友，在醫生告訴他有前列腺癌之後選擇不開刀，他希望癌症早一點把他帶走，他不要等到人事不知之後才走。當時有很多人勸他開刀，因為前列腺癌不像胰臟癌，治療後存活率是很高的，他不為所動，他說：人沒有了尊嚴還活著幹什麼？現在看了這本書，我很了解他的決定。書中愛麗絲也說她希望自己得的是癌症，她寧可用阿茲海默症與癌症交換，她說連考慮都不用，馬上交換，因為換成癌症，起碼她可以動手術、可以做化療，她跟疾病是站在同一地平線上，可以反擊，有機會可以贏，她說，如果死於癌症至少自己盡力打過這場戰了，就算是死，也可以和親友從容道別，不像阿茲海默症完全沒有武器可用（藥物只能減緩，不能治療），這個「束手待斃」是阿茲海默症最令人憤怒又無奈的地方。朋友說得好，他覺得自己像早期西部片中被綁在鐵軌上的人，聽著火車聲音越來越近卻沒有辦法逃脫，他說他甚至羨慕一槍斃命的犯人，說走就走了，乾淨俐落，不像這樣逐漸退化、拖泥帶水。他後悔當年慢跑、養身，假如他大吃大喝，膽固醇高、心臟病痛幾分鐘就走了。我們聽他在開玩笑，心中卻慘然，這個病的確如書中主角所說，不管是什麼人，下場都一樣，都會被烈火吞噬，屍骨無存，只要得到了它，無人可倖免。

看完這本書我有很多感想：《爸爸教我的人生功課》（*Memory Lessons: A Doctor's Story*）的作者溫諾克醫生（Jerald Winakur）當年在賓州大學醫學院實習時，他的老師跟他說「我們不替只能活六個月的病人換主動脈瓣」，他聽了很震驚，醫生不是發誓要救一切苦難嗎？但是醫療資源非常有限，究竟該不該為臨終的病人插管急救？憂鬱症、阿茲海默症、巴金森症及老人失智症花了很多社會成本，在資源不夠時，這比例該如何分配？

中國人一向忌諱談死，都不願跟子女坐下來好好談如何處理身後事，但是既然死是不能避免的，無論把頭在沙中埋得多深，它還是會來的，為何不面對它，好好地計畫剩餘的日子呢？「打開天窗說亮話」對病人和家屬都好很多，生病會使病人有異常的行為出現，當家屬不知是病時，常會責怪或抱怨病人，造成親子或夫妻關係緊張，但是人在生病時最需要的就是家人的支持，這個支持有時會造成治療上的奇蹟，所以人不應該忌諱談死，只要好好的活，對死就不會有遺憾，就不必迴避。

這本書帶來了許多可以思考的地方，包括人有沒有權利決定他自己何時離開這個世界。有些宗教認為自殺是罪，在歐洲甚至不可以埋在家族墓園，要埋在十字路口，接受過往旅客的踐踏；在東方則認為，為了保衛國家或名譽而死是神聖的、榮耀的。日軍侵華時，閻海文保留了最後一顆子彈給自己，他永遠是我心中的空軍英雄，他自殺是光榮的。

時代在改變，我們的立法卻遠跟不上時代，我們究竟允不允許安樂死？阿茲海默症的病人一開始時內隱的記憶沒有壞掉，所以他們會繫鞋帶、會騎腳踏車、會說話，但是慢慢的有一天這種記憶也會失去，當這種記憶也失去時，我覺得我們應該要嚴肅地考慮生命的意義了，人活著不是只有吃、喝、拉、撒、睡，因為我們不是動物。

這本書的作者是哈佛大學神經科學博士，所以她對這個病症的了解非常深刻，在看此書時，我一度懷疑作者本身是否有阿茲海默症，不然怎麼可能把這些症狀描述得這麼細微、鞭辟入裡？沒錯，阿茲海默症第一個症狀就是突然的迷路，不知道自己身在哪裡。我母親有一天出去買菜，突然找不到路回家了，她後來滿頭大汗回到家時，驚惶恐懼得不得了，她說她從此不要上菜市場了。我妹妹還要說話，我立刻阻止她，告訴媽，從現在起，我們分擔家務，母親若出門一定要有人陪，叫她放心，她這個經驗一定不會再重複。許多人不了解迷路的恐懼，其實「家」是一個人安身立命的地方，只有回到家才是安全的，那種失去心智、連自己的家也不認得的恐懼，是沒有任何筆墨可以來形容的。

我們需要更多像這樣從病人觀點出發的書，來幫助人們對阿茲海默症的了解。請善待老人，因為有一天你也會老！

推薦文

感受失智者的心跳與呼吸

湯麗玉（社團法人台灣失智症協會祕書長）

讀這本書讓我有被震撼到的感覺，即使我接觸失智已數十年，這書仍讓我觸碰到失智者的心跳與呼吸。

書中描述的失智患者與我年齡相仿，生活處境也有相似之處，閱讀過程中不斷出現自己生活中的類似畫面。在工作中、生活中，自己忙到忘了一些不該忘的事，常是心中猛然一驚，但也很快想辦法掩飾一下或自圓其說。「到底是我會先失智，還是我先生呢？」我也常發現先生在生活中的許多糊塗事情，擔心腹圍不小的他會不會早早失智呢？這本書給忙碌的中壯年人一個很好省思的機會，「一旦失去撐起半邊天的能力時，我會怎樣？」當然更重要的是，提醒世人從年輕就要開始預防失智症。

在我的工作經驗裡，早發性失智患者約占七分之一，五十多歲即來參加「瑞智學堂」（輕度失智健康促進服務）的個案也大有人在。本書雖是小說，但所提之「失智中年人」（非「失智老人」）出現之症狀情節非常寫實，特別是周遭人之反應。家庭成員一開始總會否認失智之事實，常有許多不同意見而彼此衝突；一般人老是在失智患者面前談論患者的事，彷彿他們根本不存在；醫護人員對待失智者的態度未能同理失智者之困境等。期盼此書能幫助目前的非失智者，提升對失智者之同理心。

此書令我反省，台灣有相對應服務來幫助早期的失智患者嗎？台灣失智症協會雖有○八○○關懷專線、新診斷個案服務及「瑞智學堂」，但是仍有許多看得到卻無法滿足之需求。藉此書中文版之問世，期望專屬於早發性且輕度失智患者的服務能順勢展開。

最後，推薦四、五年級的同班同學們一定要看《我想念我自己》，而且立即採取預防失智之行動：多動腦、多運動、多社交互動及採地中海式飲食。「It's time for action」這是二○一○年國際失智症月的口號，呼籲社會大眾共同關心失智症議題！

紀念安吉（Angie）

獻給艾蓮娜（Alena）

早在一年多以前，
她腦中便有神經元逐漸失去活動而死，
就在她耳朵附近不遠，
卻靜得讓她不曾察覺。
有些人會說，
這是因為致命的錯誤緩緩蔓延，
導致神經元開始自我毀滅。
然而，無論是分子層次的謀殺
或細胞層次的自殺，在臨死之前，
這些微小粒子來不及警告她
未來即將發生的一切。

二〇〇三年九月

愛麗絲坐在臥房桌前，聽見約翰的腳步聲在一樓響起，匆匆經過每個房間。她得趕在搭機之前寫完這一篇同行審查報告，交給《認知心理學期刊》，然而同一個句子讀了三遍，還是無法理解。根據鬧鐘，現在是七點半，不過她記得鬧鐘大約快了十分鐘。時間近了，加上腳步聲愈來愈大，愛麗絲知道約翰急著出門，但臨走前想到忘了什麼，卻遍尋不著。她拿著紅筆輕點下唇，凝視鬧鐘上的數字，等待即將到來的呼喚。

「小愛？」

愛麗絲將筆扔在桌上，嘆了一口氣，走到一樓。只見約翰跪在客廳地板上，兩隻手在沙發墊子底下摸來摸去。

「你找鑰匙？」她問。

「眼鏡。不要唸我，我已經遲到了。」

順著約翰慌亂的眼神，愛麗絲看了一眼壁爐架，那裡有一座以精準度來評估價值的華爾頓古董鐘，此刻正好敲響八下。他應該曉得不能相信那座鐘才對，他們家裡的鐘很少報出正確時間。愛麗絲過去被它們看似可靠的外表騙了好幾回，早就學會教訓，只相信自己的手錶。果然，等到她走進廚房，時光立刻回到過去，微波爐堅持現在才六點五十二分。

她的目光掃過花崗岩流理台的光潔表面，發現眼鏡就在那兒，在堆滿待拆信件的蘑菇碗旁邊。不在任何東西底下，不在任何東西後面，也沒有被任何東西擋住。他這麼聰明的一個人，一個科學家，怎麼會沒發現東西就在他眼前？

當然，愛麗絲有不少東西曾躲在奇奇怪怪的小地方，但她從來沒問約翰，也沒要他一起找。幾天前她才花了一早上，發瘋似地在家裡尋找黑莓機的充電器，後來還到研究室找，幸好約翰完全不曉得。最後她終於放棄了，到店裡買一個新的，傍晚回家卻發現充電器就插在床邊插座上，就在起先該找的地方。或許可以怪罪於工作，說她和約翰事情太多、太忙，不然就是他們老了。

約翰站在門邊，低頭看著愛麗絲手上的眼鏡，沒有看她。

「下一回找東西的時候，把自己想成女人。」愛麗絲笑著說。

「我會穿妳的裙子。小愛，拜託，我真的遲到了。」

「微波爐說你還有一大堆時間。」她說著，將眼鏡拿給他。

「謝了。」約翰有如接力賽選手，一把抓過眼鏡就朝前門走去。

「星期六我回家的時候，你會在嗎？」愛麗絲隨他走到玄關，對著他的背影問。

「不曉得，星期六實驗室忙得很。」

約翰從玄關桌上抓起手提箱、電話和鑰匙。

「旅途愉快，幫我給麗蒂亞一個擁抱、親親她。還有，盡量別和她吵架。」約翰說。

愛麗絲在玄關鏡中瞥見兩人的身影。一個是五官突出的高大男人，戴著眼鏡，棕色的頭髮微微泛白；一個是嬌小的鬈髮女子，環抱雙臂，隨時準備挑起週而復始、永無止盡的爭執。她咬緊牙根，將氣憤嚥了下去，決定這回不要吵架。

「我們很久沒好好聚一聚了，你那天能不能在家？」她問。

「我知道，我盡量。」

他吻她。雖然急著出門，他還是在她唇上逡留片刻，即使短得難以察覺。可惜愛麗絲太了解約翰，不然一定覺得他很浪漫，認定這個吻代表：我愛妳，我會很想妳。但她看著約翰形單影隻，匆匆沿街走去，忽然確定他只是想說：我愛妳，但要是我週六不在家，請別大發雷霆。

曾經，他們每天早上都會一起走到哈佛中庭。工作和居住的地方相隔不到兩公里，夫妻又在同一所大學，都讓愛麗絲覺得好處多多，然而她最喜歡的還是兩人可以一起走路上班。他們總會在傑瑞的店稍作停留，約翰買杯黑咖啡，而她點一杯檸檬茶，根據季節決定要點冰的或熱的，接著再朝中庭出發。兩人在路上閒聊上課與研究、各自系所的問題、小孩，或傍晚有什麼計畫。新婚期間，兩人甚至會牽手。她很享受早晨和約翰一起散步的悠閒親密，但事業心與繁重的工作壓力很快便讓兩人筋疲力竭，失去了當年的興致。

她和約翰已經有好一段時間不曾一起散步到哈佛大學了。這年夏天，愛麗絲幾乎都拉著行李箱奔走各地，飛到羅馬、紐奧良和邁阿密，四處參加心理學研討會，還到普林斯頓大學擔任論文口試的審查委員。更早一點，春天的時候，約翰的實驗需要在清晨洗滌培養的細胞，由於時間太早，他沒把握學生會準時出現，只好自己動手。至於春天之前，愛麗絲已經沒印象了，不過她相信當時一定另有理由，而且只是暫時的理由，使得兩人各自出門。

愛麗絲坐回桌前，繼續和審查報告奮戰，但還是無法專心，後悔剛才沒有和約翰大吵一架，不討論他們的小女兒麗蒂亞。難道他僅此一回站在她這邊會死嗎？愛麗絲匆匆結束剩下的部分，不像平常力求完美，可是沒辦法，她實在沒心情，也沒時間。她將評論和修改建議寫完，裝進信封封好；想到自己可能漏掉對方實驗設計或結論上的瑕疵，就有說不出的罪惡感。她在心裡暗自咒罵約翰，害她無法維持專業水準。

愛麗絲重新打包行李，有些東西是上回出門就已裝進行李箱的，到現在還沒拿出來。她希望接下來幾個月別再這麼奔波。根據秋季行事曆，她只有五、六場演講，而且幾乎都特地安排在星期五，那是她不用教課的日子，例如明天。明天是史丹佛大學認知心理學秋季研討會的開幕式，她應邀擔任講者，結束後再去找麗蒂亞。她答應克制自己，但可沒保證不會和女兒吵架。

愛麗絲開車到史丹佛的校園西路和巴拿馬路口，一眼就認出了柯杜拉廳。對她這個美東人來說，紅褐屋頂、白色灰泥牆和綠意盎然的環境根本不像學院建築，而是加勒比海的度假飯店。她到得很早，但還是直接走進會場，心想可以利用這段空檔找個安靜的演講廳複習講演內容。

沒想到，會場早就擠滿了人。大夥兒聚在一塊兒，圍在餐點桌邊，有如市區沙灘上的海鷗爭搶食物，氣氛熱烈。愛麗絲正想混進人群，不讓其他人察覺，卻發現她的哈佛同學賈許（這傢伙是超級自私鬼）擋在前面，雙腳牢牢黏在地上，稍微張開，彷彿正要朝她衝來。

「這麼盛大歡迎我啊？」愛麗絲開玩笑說。

「什麼？我們這裡每天都這樣。今天是為了系上一位發展心理學家，他昨天拿到終身教職。說到這個，哈佛待妳如何？」

「很好。」

「都這麼多年了，妳竟然還沒走，我真是不敢相信。要是那裡太無聊，別忘了考慮來這裡。」

「到時我一定會通知你。你呢，過得怎麼樣？」

「棒極了。演講結束之後，妳一定要來我辦公室一趟，看我們最新的模型數據，絕對讓妳大開眼界。」

「抱歉，恐怕不行，我還得飛去洛杉磯，演講完畢就走。」愛麗絲回答，暗自慶幸有個現成的藉口。

「唉，真是太可惜了。我記得上回看到妳是去年『心理定律會議』的時候，但不巧錯過妳的報告。」

「哦，那你今天可以聽到不少。」

「這陣子開始回收舊演講啦？」

愛麗絲還沒開口，系主任葛登．米勒（她的新偶像）已經趕到現場，請賈許遞香檳給他，也替愛麗絲解圍。史丹佛和哈佛一樣，只要有誰取得終身教職、達成人人豔羨的學術里程碑，就會依傳統舉辦香檳酒會慶祝。教授生涯值得宣揚的升遷不多，終身教職絕對是清楚響亮的大進展。

所有人拿到香檳之後，葛登站上講台，敲敲麥克風說：「可以請大家注意台前幾秒鐘嗎？」演講廳立刻安靜下來，只剩賈許宏亮間歇的笑聲在廳裡迴盪。葛登開口往下說。

「今天，我們在這裡慶祝馬克取得終身教職。我敢說他拿到這項殊榮一定很激動，希望未來他有更多令人興奮的成就。敬馬克！」

「敬馬克！」愛麗絲和左右夥伴碰杯祝賀，所有人又開始吃吃喝喝，彼此高談闊論。等到餐盤一掃而空、香檳一滴不剩，葛登再度站上講台。

「麻煩各位就座，以便開始今天的演講。」

會場大約七十五人，葛登沉默片刻，等大夥兒坐定安靜之後才開口致詞。

「今天，我很榮幸向各位介紹本年度討論會的第一位講者，愛麗絲．赫蘭博士。她是哈佛大學知名的威廉詹姆斯心理學講座教授，學術生涯卓然有成，過去二十五年在心理語言學領域完成了許多劃時代的經典研究。赫蘭博士率先採用跨學科的整合方法探索語言機制，目前依然是該領域的佼佼者。今天，我們有幸請她來這裡演講，介紹語言的概念與神經系統的架構。」

愛麗絲和葛登交換位置，看著台下仰望她的聽眾。她一邊等待掌聲停息，一邊想起自己看過的統計數據：一般人害怕公開演講的程度勝過死亡。但她愛死演講了。她喜歡所有要面對專心聽眾的場合，不管是教書、表演或講故事，甚至激烈辯論也好，她就是喜歡腎上腺素急遽分泌的感覺。場合愈重要，聽眾水準愈高，耳朵愈挑剔，她就愈興奮。約翰是非常好的老師，但他最怕在公開場合說話，感覺很痛苦。愛麗絲則是一上台就勁頭十足，簡直讓他嘆為觀止。他應該不致為了逃避演講而選擇死亡，不過要是拿蜘蛛和蛇來換，他絕對願意。

「謝謝你，葛登。今天，我想和各位談一談語言學習、組織與運用，討論其中涉及的一些心理過程。」

這場演說的重點，愛麗絲不曉得已經講過多少次了，但她不認為是老調重彈。這場演講確實是談論語言學的要旨沒錯，其中許多定理是她發現的，不少投影片也反覆用了好幾年，但她仍然引以為傲，一點也不覺得丟臉或偷懶，因為她發現的這些重點至今依然成立，經得起時間的考驗。她對心理學影響深遠，也促成後來的新發現，而她當然也會提到未來的進展。

這場五十分鐘的演講，愛麗絲滔滔不絕，完全不用低頭參考筆記。她神情自若，語氣生動，口若懸河，講來全不費工夫。然而，大約四十分鐘的時候，她忽然卡住了。

「數據顯示，不規則動詞需要用到心理的……」

愛麗絲就是想不起那個英文字。她隱約知道自己想講什麼，但那個字就是跑出不來。她想不起第一個字母、唸起來像什麼，又有多少音節；那個字就是蹦不到她的舌尖。

也許是香檳的關係。她演講之前通常不喝含酒精的飲料，就算再有準備、場合再普通，她也希望心思隨時保持敏銳，尤其是最後的問答時間，台上台下經常針鋒相對，充滿意想不到的精彩論辯。但她可不想得罪人，剛才和賈許聊天，兩人明槍暗箭，可能讓她多喝了一點。

也可能是時差的關係。愛麗絲心跳加速、臉頰發燙，拚命在腦袋裡翻找，想挖出正確的字，以及自己怎麼會忘詞的合理解釋。她以前演講從來沒有忘過任何一個字，更不曾在聽眾面前表現驚慌。再說，她遇過比今天更大、更嚇人的場面，而且經歷過許多次。愛麗絲提醒自己深呼吸，忘了這件事，繼續往下說。

那個字依然出不來，於是她改用比較籠統且不恰當的字眼「東西」，同時丟下原本要講但是卡住的重點，直接跳到下一張幻燈片。她感覺剛才的停頓非常明顯又很笨拙，彷彿拖了一世紀那麼久。她環顧聽眾的臉龐，想知道有沒有人看出她腦袋當機，發現沒有人察覺，也沒有人尷尬或慌張。緊接著，她看到賈許，只見他皺著眉頭，朝身旁的女人竊竊私語，臉上微微一笑。

就在飛機抵達洛杉磯機場之前，她總算想起那個字。

Lexicon（詞庫）。

麗蒂亞搬到洛杉磯已經三年了。如果她高中念完直接進大學，今年春天也該拿到學位畢業了，而愛麗絲一定會感到非常驕傲。麗蒂亞可能比她哥哥姊姊還要聰明，而哥哥姊姊都念了大學，然後法學院，然後醫學院。

可是麗蒂亞沒有念大學，而是選擇先去歐洲。愛麗絲原本期望女兒回來之後比較清楚自己想念什麼、申請哪一所學校，不料她卻告訴爸媽，自己在愛爾蘭的都柏林演過戲，還談了戀愛。而且，她打算立刻搬到洛杉磯。

愛麗絲差點沒瘋掉。不過儘管氣急敗壞，愛麗絲不得不承認自己難辭其咎。麗蒂亞是家裡的老么，爸媽工作繁重又經常出門在外，加上她向來成績優秀，因此愛麗絲和約翰很少注意她。他們給她很大的空間自由發揮、思考自己的事情，不像許多同年紀的小孩受到父母的嚴密監控。她爸媽的職業更是耀眼的好榜樣，告訴她可以為自己設定遠大的目標，並靠著努力和熱情好好實現。愛麗絲告訴麗蒂亞念大學很重要，她完全了解，但她有足夠的自信與膽量違抗母親的勸告。再說，她也不是孤軍奮戰。愛麗絲和約翰吵得最兇的一次，就是因為約翰對這件事的看法：我覺得很棒啊，反正她往後還是可以上大學，如果她想念的話。

愛麗絲打開黑莓機確定地址，摁了門牌「七號」的門鈴，然後等待。她正打算再摁一次，麗蒂亞就來開門了。

「媽，妳來早了。」麗蒂亞說。

愛麗絲看了看手錶。「我來得剛剛好。」

「妳說妳的飛機八點才到。」

「我說五點。」

「我把時間記在本子裡，上頭寫的是八點。」

「現在五點四十五分，麗蒂亞，我到了。」

麗蒂亞看起來不知所措，感覺很慌張，彷彿松鼠跑到路上看見車子衝來似的。

「對不起，請進。」

兩人都頓了一下，接著才擁抱對方，好像剛剛學會新的舞姿，卻沒有把握第一步該怎麼跨、由誰來跨。或者他們跳過這支舞，但因為太久沒跳，兩人都不記得正確的舞步。

隔著襯衫，愛麗絲還是感覺得到麗蒂亞的脊椎與胸骨。她看起來太瘦了，起碼比印象中少了足足五公斤。愛麗絲希望她消瘦是因為太忙，而不是刻意減肥的結果。麗蒂亞一頭金髮，身高一百六十七公分，比愛麗絲高了七公分，站在麻州劍橋的矮個子亞裔和義大利女孩中間顯得鶴立雞群；但在洛杉磯，顯然所有等候試鏡的女孩看起來都像這個樣子。

「我訂了九點的位子。妳等我一下，我馬上回來。」

愛麗絲拉長脖子，從玄關瞄了廚房和客廳一眼。屋裡的家具應該都來自搬家拍賣或先前住客留下的，感覺七拼八湊，這裡一套橘色的組合沙發、那裡一張復古風格的咖啡桌，還有像是影集《歡樂家庭》裡的餐桌椅。白色牆壁空無一物，只有沙發上方貼了一張馬龍白蘭度的海報。空氣裡飄著濃濃的穩潔味，感覺好像麗蒂亞在前一秒鐘才匆匆打掃過屋子。

其實，這裡有一點太乾淨了。沒有隨意放置的CD或DVD，咖啡桌上沒有書本或雜誌，冰箱也沒有貼相片，完全感覺不到麗蒂亞的喜好與品味，你要說誰住在這屋子都行。這時，愛麗絲發現門後左邊有一堆男人的鞋子擺在地上。

「聊聊妳的室友吧。」她對麗蒂亞說。麗蒂亞從房間回來，手裡拿著手機。

「他們在工作。」

「怎麼樣的工作？」

「一個當酒保，另一個送外賣。」

「我還以為他們都是演員。」

「是啊。」

「原來如此。妳說他們叫什麼名字？」

「道格和馬孔。」

雖然稍縱即逝，但愛麗絲看到了，麗蒂亞也曉得她看到了。麗蒂亞說到馬孔的時候臉紅了一秒。她緊張閃避母親的眼神。

「我們現在就去吧？餐廳說我們早到沒關係，」麗蒂亞說。

「好，不過我得先上個廁所。」

愛麗絲一邊洗手，一邊觀察洗手檯旁邊桌上擺的東西：露得清洗面露和潤膚乳、緬因湯姆薄荷牙膏、男用止汗劑和一盒普蕾黛絲衛生棉條。她想了想，發現自己整個夏天都沒有來月經。五月的時候是不是來過一次？她下個月就滿五十歲了，所以也沒必要緊張。她沒有出現熱潮紅，夜裡也不盜汗，但並非所有更年期女性都會有這些徵狀，就算有也無所謂。

愛麗絲將手擦乾，無意間瞥見麗蒂亞的髮膠後面有一盒特洛伊保險套。她決定多了解女兒的室友，尤其是馬孔。

她們在露台挑了一張桌子，這間「艾薇」餐廳位於洛杉磯市中心，非常時髦的一間餐館。她們點了飲料，麗蒂亞喝咖啡馬丁尼，愛麗絲叫了一杯梅洛紅酒。

「爸爸那篇要在《科學》雜誌發表的論文怎麼樣了？」麗蒂亞問道。

她一定最近才和爸爸通過電話。而愛麗絲從母親節之後就沒有麗蒂亞的消息了。

「已經完成了，他非常得意。」

「安娜和湯姆呢？」

「他們很好。很忙，非常拚。所以，妳和道格、馬孔是怎麼認識的？」

「我在星巴克打工，他們有一天晚上到店裡來，我們就認識了。」

服務生來了，她們點好晚餐，又叫了第二杯飲料。愛麗絲希望酒精能夠緩和沉重的緊張氣氛，她和麗蒂亞聊天簡直如履薄冰。

「所以，妳是怎麼認識道格和馬孔的？」她問。

「我剛才不是說了嗎？妳為什麼老是不聽我說話？他們有天晚上到我打工的星巴克，聊到想找室友。」

「我還以為妳在餐館當服務生。」

「我有，我週間在星巴克打工，星期六晚上當服務生。」

「聽起來沒有太多時間演戲。」

「現在沒有參與演出，但我在表演教室上課，而且到處試鏡。」

「怎樣的課？」

「梅西納表演技巧。」

「妳都報名哪方面的試鏡？」

「電視和平面廣告。」

愛麗絲輕搖酒杯，一口氣將剩下的紅酒喝完，舔了舔雙唇。「麗蒂亞，妳來這裡到底有什麼打算？」

「我沒打算放棄，假如妳說的打算是這個意思的話。」

酒精生效了，卻不是愛麗絲期待的方向，不僅沒有消弭緊張，反而火上加油，把薄薄的冰也燒了。兩人的對立一觸即發，眼看又要重蹈覆轍，開始兩敗俱傷的對話。

「妳不能一輩子這樣過日子，難道妳打算三十歲還在星巴克打工？」

「我離三十歲還有八年！妳知道自己八年後會做什麼嗎？」

「我知道。到了某個節骨眼，人就必須為自己負責，獨自承擔一些事情，例如健康保險、房屋貸款、退休儲蓄……」

「我有健康保險，我也可能成為演員。妳知道，真的有人走這條路，而且成功了，賺的錢比妳和爸爸的薪水加起來還要多幾千、幾萬倍。」

「錢不是重點。」

「那什麼才是重點？沒有變成像妳一樣嗎？」

「小聲一點。」

「別命令我該做什麼。」

「我沒有要妳像我一樣，麗蒂亞，我只是不希望妳把自己的選擇限制住了。」

「妳要替我做選擇。」

「不是。」

「我就是這樣，這就是我想做的。」

「做什麼？幫客人泡特大杯拿鐵嗎？妳應該去念大學，應該把人生這個階段拿來學點東西。」

「我在學東西！我只是沒有坐在哈佛教室裡，絞盡腦汁在政治學拿A。我很認真在上表演課，每星期十五個小時。妳的學生每週上幾堂課？十二個小時？」

「那不一樣。」

「哼，爸爸覺得一樣，錢是他出的。」

愛麗絲用力捏住裙襬，緊抿雙唇。她心裡有話想說，但不是要說給麗蒂亞聽。

「妳從來沒看過我演戲。」

約翰看過。去年冬天，他獨自搭機來看她的話劇表演。愛麗絲當時有要務纏身，抽不出空。她望著麗蒂亞受創的眼神，心裡完全想不起當時到底有哪些要緊事。愛麗絲不反對以演戲維生，可是她認為麗蒂亞念書念得不夠，就這麼一頭栽進去，實在有點莽撞。如果女兒現在不念大學、掌握一點知識或專業訓練、拿個學位，萬一表演這條路行不通，她該怎麼辦？

愛麗絲想起浴室裡的保險套。要是麗蒂亞懷孕了呢？她很擔心女兒哪一天作繭自縛，生活一事無成，只剩滿心的悔恨。愛麗絲看著麗蒂亞，覺得她糟蹋了太多潛力、太多時間。

「妳已經不小了，麗蒂亞，歲月不饒人的。」

「我知道。」

晚餐來了，不過兩人都沒有動叉。麗蒂亞拿起手工刺繡的亞麻餐巾拭了拭眼睛。她們吵來吵去，永遠爭吵同樣的東西，愛麗絲感覺兩人就像拿頭撞牆一樣，完全沒有用，只會讓彼此受苦，留下難以磨滅的創傷。她很希望麗蒂亞能夠明白，看出她期望裡的關愛與智慧。她很想站起身來擁抱自己的女兒，但桌上太多餐點和杯子，還有兩人多年來的隔閡。

這時，幾桌之外忽然傳來一陣騷動，轉移了她們的思緒。只見閃光燈閃了幾下，開始有一小群顧客和餐館員工聚攏，目光全都集中在長得有點像麗蒂亞的女人身上。

「那是誰？」愛麗絲問道。

「媽，」麗蒂亞的語氣既難堪又得意，這樣的語氣從她十三歲就用得爐火純青，「她是珍妮佛·安妮斯頓。」

她們吃晚餐，聊一些無關痛癢的話題，例如食物和天氣。愛麗絲很想多了解麗蒂亞和馬孔的關係，但麗蒂亞顯得餘悸猶存，愛麗絲擔心兩人又開始大吵。她付完帳，兩人離開餐館，感覺很飽卻不滿足。

「對不起，夫人！」服務生在人行道趕上她們。「您忘了這個。」

愛麗絲楞了一下，不曉得服務生怎麼會有她的黑莓機。她剛才在餐館沒看電郵，也沒查詢行事曆。她摸了摸袋子，沒有黑莓機。一定是她掏皮夾付帳時順手拿出來的。

「謝謝你。」

麗蒂亞困惑地看了母親一眼，似乎想說什麼，關於食物和天氣之外的事，但終究沒有開口。兩人默默走回她的住處。

「約翰？」

愛麗絲抓著手提箱，站在玄關等了一會兒。她腳前的地板上躺著一堆沒人拿的郵件，最上頭是《哈佛雜誌》。客廳時鐘滴答作響，冰箱嗡嗡低鳴。她背後是溫暖的午後陽光，屋裡感覺陰冷又窒悶，完全是無人狀態。

愛麗絲拾起郵件，走進廚房，滑輪行李箱有如忠心的寵物般牢牢跟著她。她的班機誤點，回到家已經晚了，連微波爐也這麼認為。他整天不在，整個星期六，都在工作。

答錄機的語音留言亮著紅燈，瞪著愛麗絲一閃也不閃，顯示沒有留言。愛麗絲看了看冰箱，門上沒有字條，什麼都沒有。

她站在陰暗的廚房裡，一手依然抓著提箱的握把，看著微波爐的時間跑了幾分鐘。先前在她腦中的失望與寬容漸漸淡去，取而代之的是一股原始的衝動。她本來想打電話給他，卻被這股衝動斷然回絕，要她別聽任何解釋。愛麗絲心想是不是算了，然而衝動慢慢滲進她的體內，在她胃裡迴盪、在她指尖顫動，強烈且徹底得無法忽視。

她何必在意？約翰的實驗做到一半，不可能丟著不管、回家等她。愛麗絲自己也是這樣，次數多得數不完。她和約翰向來如此，兩人就是這樣的人，她體內的那股衝動說她是個大笨蛋。

愛麗絲瞥見自己的慢跑鞋擺在後門旁邊的地上。跑步應該會讓她心情好一點，她現在就需要這個。

只要沒事，她每天都會慢跑。多年下來，跑步已經成為每日必需的活動，就像吃飯或睡覺一樣。家人和朋友都曉得她為了運動，有時會選在半夜出門，甚至外頭風雪交加也照跑不誤。但最近幾個月，愛麗絲一直忽略這項基本需求，因為太忙了。她一邊繫鞋帶一邊告訴自己，這次沒帶慢跑鞋到加州是因為知道沒時間。事實上呢，她根本忘了帶。

離開位於帕普拉街的家，愛麗絲不知不覺又跑上老路線：沿著麻薩諸塞大道，穿越哈佛廣場到紀念路，再沿著查爾斯河經過哈佛大橋到麻省理工學院，然後折返。來回四十五分鐘，八公里出頭。她每一年都想參加波士頓馬拉松，卻總是老老實實打消念頭，因為知道自己沒空加強訓練。也許哪一年她真的會報名。和同齡的女人相比，愛麗絲的體能狀態絕佳，她甚至想像自己可以這樣激烈運動到六十多歲。

人行道上人來人往，加上在路口必須等待車輛，讓愛麗絲在哈佛廣場這一段路跑得斷斷續續。星期六傍晚，街上的壅塞可想而知，人潮有的擠在街角附近等待綠燈通行，有的在餐廳門外排隊，或在戲院門口買票，還有許多車輛並排停車，枯等一位難求的收費停車格。她慢跑的頭十分鐘需要高度清醒與專注才能突破重圍，然而只要越過紀念路到查爾斯河畔，就能自由地大步前進，輕鬆愉快。

黃昏時分晴朗宜人，吸引許多人到河邊活動。緊鄰查爾斯河的草地感覺比街道清閒一些，因此雖然到處有人慢跑、遛狗、散步、溜直排輪和騎單車，還有一些母親像熟門熟路的老駕駛般推著娃娃車，愛麗絲只是稍微留意一下周遭而已。她沿著河邊前進，思緒漸漸騰空，只剩耐吉慢跑鞋踏在人行道上的節奏與她的呼吸聲，共同譜成輕重錯落的旋律。她沒有回憶之前和麗蒂亞的爭吵，沒有發現肚子咕嚕作響，也沒有想著約翰，只是往前奔跑。

依照往例，愛麗絲跑到甘迺迪公園就停下腳步，改用走的。這一小片修剪整齊的草地緊鄰紀念路，愛麗絲頭腦清醒、身體放鬆，感覺朝氣蓬勃，開始朝家裡走去。公園和哈佛廣場隔著一條宜人的小徑，兩旁擺了長椅，一邊是查爾斯飯店，另一邊是甘迺迪政府學院。

愛麗絲走出小徑，面對艾略特街和布雷托街口，正打算過馬路的時候，一個女人忽然用力攫住她的手臂，說：「妳今天有沒有想到天堂？」

女人緊緊盯著愛麗絲，目光彷彿能穿透一切。她一頭長髮，顏色或髮質很像老舊的鋼絲球，胸前掛著手工繪製的告示牌，寫著：懺悔吧美國，遠離罪惡，迎接耶穌。哈佛廣場老是有人推銷上帝，但愛麗絲從來沒被挑中，還這麼直接了當。

「抱歉。」她說了一句，發現車流正好出現空檔，便立刻閃到馬路對面去了。

愛麗絲想繼續前進，卻突然僵住不動。她不曉得自己身在何處。她回頭看了馬路一眼，鋼絲頭女子還在小徑上追逐另一位「罪人」。愛麗絲望著小徑、飯店、商家和毫無道理可循的複雜道路，知道自己在哈佛廣場，卻不曉得家在哪個方向。

她重新環顧四周，這回看得更仔細一點。哈佛廣場飯店、東山體育用品店、狄克森五金行和奧本山街。這些地方她都認得，她在廣場一帶走動超過二十五年，這會兒卻連不上心裡的那幅地圖，指出她家和這些地方的相對位置。一個黑白兩色的T字圓形標誌位在她的正前方，是紅線地鐵的出口，但哈佛廣場有三個這樣的出口，愛麗絲完全分不清眼前的是哪一個。

她心跳加速，開始冒汗。她告訴自己，心跳和流汗是跑步之後的正常反應、身體的協調機制。然而她站在人行道上，只感覺一陣驚慌。

愛麗絲強迫自己走到下一個街口，走完再走一個。她每踏出迷惑的一步，橡皮般的雙腳都似乎很想停下。庫普合作社、卡杜羅餐館、街角的書報攤、對面的劍橋遊客中心，後方就是哈佛中庭。愛麗絲告訴自己，這些地方她都知道、也都認得，但是一點用處也沒有，她就是不曉得各個地方的相對位置。

行人、車輛、巴士和各式各樣難以忍受的噪音在她四周來來去去，愛麗絲閉起眼睛，傾聽脈搏跳動，血液在她耳後嘶嘶流竄。

「結束吧，拜託。」愛麗絲喃喃自語。

她睜開眼睛，四周景物忽然自動歸位，就像剛才瞬間消失一般迅速。哈佛中庭、庫普合作社、卡杜羅餐館和倪尼書報攤，愛麗絲本能曉得應該在街角左轉，朝西走向麻薩諸塞大道。她的呼吸略微順暢，慶幸自己不再莫名其妙迷路，再一公里多就到家了。可是她剛才真的迷了路，就在離家不到兩公里的地方。愛麗絲沒有跑步，只是快步匆匆向前。

愛麗絲轉彎走上她家的那條街，兩旁綠樹成行，是非常清靜的住宅區，和麻薩諸塞大道相隔兩條馬路。她走的方向沒錯，家門又在眼前，讓她心安不少，卻不是完全放心。愛麗絲盯著門口，雙腳往前，心裡向自己保證，只要踏進家門見到約翰，體內狂飆的焦慮就會平息。假如他在家的話。

「約翰？」

約翰出現在廚房門口，滿臉鬍渣，眼鏡架在標準的科學家亂髮上，一邊吸著紅通通的冰棒，身上穿著那件幸運灰T恤，顯然整夜沒睡。一如預料，愛麗絲的焦慮果然平息下來，但勇氣與活力似乎也隨之流走，讓她身體一軟，只想倒在約翰懷裡。

「嘿，我還在想妳跑去哪裡了呢，正打算留張字條在冰箱上。怎麼樣？」約翰問道。

「什麼怎麼樣？」

「史丹佛。」

「喔，很好。」

「麗蒂亞呢？」

麗蒂亞背叛她、傷害她，加上約翰沒有在家等她回來，這些情緒原本被跑步和不明所以迷路的驚慌蓋了過去，這會兒再度湧現，占滿愛麗絲的心頭。

「你說咧。」她說。

「妳們吵架了。」

「你竟然出錢讓她上表演課？」愛麗絲責備他。

「喔，」約翰應了一聲，將最後一口冰棒吸進染紅的嘴巴裡，「嗯，我們可不可以晚點再談這件事？我現在沒時間討論。」

「那就抽出時間來，約翰。你讓她在外頭東飄西蕩，卻沒讓我知道。還有，我回來的時候，你不在家，然後……」

「我回來的時候，妳也不在家。妳跑步跑得怎麼樣？」

愛麗絲聽得出他問題背後的邏輯。要是她多等一會兒，要是她打了電話，要是她不照自己的意思出門跑步，剛才那一小時就能和他一起度過了。她必須承認他是對的。

「很好。」

「抱歉，我已經盡量待久了，現在真的得回實驗室不可。我今天順利得很，簡直不可思議，實驗結果非常棒，但還沒做完，我得趁明天繼續之前完成數據分析。我回家只是想看看妳。」

「我現在就得和你談。」

「小愛，這已經不是什麼新鮮事了，我們對麗蒂亞的看法不同。不能等我回來再說嗎？」

「不行。」

「那妳要不要和我一起出門，兩人在路上談？」

「我不要進辦公室，我需要待在家裡。」

「妳要現在談，又要待在家，怎麼突然變得要東要西的？發生其他事情了嗎？」

「要東要西」這四個字觸動了敏感神經。「要東要西」代表了軟弱、依賴和病態。就像她父親。而她一輩子努力，就是不想成為那副德性，像她父親。

「我只是很累。」

「妳看，妳需要放慢腳步。」

「我需要的不是這個。」

約翰等她說清楚一點，可是愛麗絲一直沒開口。

「聽著，我愈快出門，就能愈早回來。妳休息一下，我晚上就會在家了。」

他親了親愛麗絲汗水乾涸的額頭，接著就出門了。

他把愛麗絲一個人留在玄關，沒有人可以告白、傾吐心事。之前在哈佛廣場的感覺再度湧上心頭，強烈衝擊她的情緒。她坐在地板上，靠著冰冷的牆面，大腿上的雙手不停顫抖。她低頭看著，不敢相信那是自己的手。她試著鎮定呼吸，就像跑步時一樣。

深呼吸幾次之後，愛麗絲總算稍微冷靜，開始衡量剛才到底怎麼回事。她想到自己在史丹佛演講忘詞，還有月經很久沒來。她起身打開筆記型電腦，在Google打入「停經症候群」搜尋。

螢幕出現一長串徵狀，多得令人咋舌：熱潮紅、夜間盜汗、失眠、全身無力、焦慮、暈眩、心律不整、沮喪、易怒、情緒起伏、失去方向感、腦袋糊塗和記憶喪失。

失去方向感、腦袋糊塗和記憶喪失。沒錯、沒錯、沒錯。愛麗絲背靠椅子，手指梳過烏黑的鬈髮。她抬頭望向書架，書本從地上排到天花板。她凝視架上的相片，她的哈佛畢業典禮、她和約翰在婚禮上共舞、孩子小時候拍的全家福以及安娜婚禮那天拍的全家福。愛麗絲回頭對著螢幕上羅列的症狀。這很自然，是她身為女人的必經過程，每天都有幾百萬名婦女承受這樣的命運。沒有生命危險，也沒什麼不正常。

愛麗絲寫了字條，提醒自己要和醫師約時間看診。也許她該試試雌激素補充療法。她又重讀那一長串徵狀，讀了最後一遍。易怒、情緒起伏。她最近對約翰的容忍度愈來愈低。一切都說得通了。愛麗絲心滿意足，將電腦關上。

書房漸漸暗了下來，愛麗絲又坐了一會兒，傾聽家中的靜謐和鄰居烤肉的嘈雜。說也奇怪，她吸了幾口烤漢堡的味道，肚子就不餓了。她喝水吞了一顆綜合維他命，讀完幾篇《認知期刊》的論文，之後便上床睡覺。

半夜不知什麼時候，約翰終於回來了。他倒在床上，身體的重量喚醒了她。睡眼矇矓之間，愛麗絲一動不動，假裝睡著。約翰前一天熬夜，今天又忙了一整天，肯定精疲力竭。麗蒂亞的事情可以早上再說。她會向他道歉，說自己最近太過敏感和情緒化。約翰溫暖的手掌貼著她的臀部，將她摟進懷裡。愛麗絲感覺他的呼吸拂過頸間，立刻沉沉睡去，覺得自己非常安全。

二〇〇三年十月

「吃了太多真是消化不完哪。」愛麗絲一邊說著，一邊推開辦公室的門。

「是啊，那些墨西哥玉米餅好大。」丹恩跟在她後頭，咧嘴笑著說。

愛麗絲用筆記本輕輕摃了他手臂一下。他們剛參加完一小時的午餐專題討論。丹恩是博士班四年級學生，外型很像服飾品牌 J. Crew 的模特兒，儀容整潔，強壯結實，金色短髮，笑容燦爛露出一排牙齒。雖然他的身材和約翰完全不同，那股自信與幽默感常讓愛麗絲想起當年的約翰。嘗試錯誤幾次之後，丹恩的論文研究總算有所進展，讓他興奮陶醉。愛麗絲看出他很興奮，心裡也很喜悅，希望他這樣的熱情能維持下去。實驗只要有結果，任誰都會喜歡做研究。難的是結果一直出不來且找不到原因，卻還是喜歡做研究。

「什麼時候去亞特蘭大？」愛麗絲問丹恩，一邊翻動桌面，想找出她改過的丹恩論文草稿。

「下星期。」

「你那時應該已經把論文投稿出去了，草稿很不錯。」

「真不敢相信我要結婚了，天哪，我真老。」

愛麗絲找到論文，遞給丹恩。「拜託，你根本還不老，只是剛開始老而已。」

丹恩坐下來翻閱論文，看到邊緣潦草的紅筆註記不禁眉頭深鎖。前言和討論這兩塊是愛麗絲了解得最深入、最充足的部分，也是她補強最多的地方。她補足丹恩敘述裡的闕漏，建構一套更緊湊的論述，說明從以前到現在的語言學難題、他的新發現處於哪個位置，又如何切入其中。

「這裡說什麼？」丹恩用手指比著其中一處紅筆字跡問道。

「窄的注意力和分散注意力的差異效應。」

「參考文獻呢？」他問。

「喔，唉，文獻是哪一個？」愛麗絲閉起眼睛自言自語，等待第一作者和文獻發表年分浮現腦海，「你看，老了就是會變成這樣。」

「拜託，妳根本還不老。沒關係，我可以自己查。」

對認真追求科學生涯的人來說，記住論文年分、實驗細節和研究者姓名是記性的一大負擔。愛麗絲上課講到某一個現象，經常信手拈來就是七個相關研究，附帶指出作者名字和發表年分，讓學生和博士後研究員敬畏有加。在她系上，絕大部分的資深教授都有出口成章的本事；其實這些教授時常私下較勁，看誰記得自己領域的相關文獻最完整、想起來的速度最快。

「奈伊，《心、腦與行為期刊》，二〇〇〇年！」愛麗絲大叫。

「妳每回這麼做都讓我嘆為觀止。說真的，妳到底是怎麼把這些資訊全都塞進腦袋的？」

愛麗絲面帶微笑，接受丹恩的崇拜。「我說過，你會知道的，你現在才剛開始。」

丹恩匆匆翻過論文其他部分，眉頭鬆弛下來。「好吧，我開始興奮了，看起來不錯。非常感謝，我明天再拿給妳看！」丹恩蹦蹦跳跳離開辦公室。愛麗絲任務完成，便抬頭望向電腦螢幕上方，看著懸吊式櫥櫃上的黃色便利貼，想知道有什麼待辦事項。

認知課✓
午餐專題討論✓
丹恩的論文
艾瑞克
生日晚餐

愛麗絲很滿意地在「丹恩的論文」下面打勾。艾瑞克？那是什麼意思？艾瑞克．威曼是哈佛心理系的系主任。她是不是有事要對他說、要問他，還是想給他看什麼？或者兩人有會議要開？愛麗絲檢查行事曆，十月十一日，今天是她的生日。沒有任何關於艾瑞克的註記。艾瑞克。真是太神祕了。愛麗絲打開收件匣，沒有艾瑞克的信。她希望別是急事才好。愛麗絲覺得很生氣，但有把握一定想得起來到底什麼事情和艾瑞克有關，便將備忘字條（今天的第四張）扔進垃圾桶，再撕一張便利貼。

艾瑞克？

最近，這一類小健忘經常在她腦中探頭探腦，讓愛麗絲心煩氣躁。她覺得忘東忘西的症狀過一陣子就會自動消失，因此一直沒有打電話給家庭醫師。其實她希望問問身邊熟人就能放心，確定這是自然的過渡現象，盡量不找醫生。然而這幾乎是不可能的，因為她所有到了更年期階段的朋友或哈佛同事都是男人。愛麗絲不得不想，該是尋求專業醫療建議的時候了。

愛麗絲和約翰一起從校園走到伊曼廣場的艾普雷餐館。走進餐廳，愛麗絲一眼就看到大女兒安娜和女婿查理已經到了，正坐在銅質吧檯邊。兩人都穿著醒目的藍色西裝和套裝，查理配了一條純金色領帶，安娜則是繫了一串珍珠。他們在麻薩諸塞州第三大的律師事務所工作了兩年，安娜的專長是智慧財產權，查理是訴訟律師。

從女兒手中的馬丁尼和沒有變化的B罩杯，愛麗絲知道安娜還沒懷孕。安娜沒有刻意隱瞞懷孕的計畫，但過了六個月依然沒有動靜。然而愈是得不到，安娜就愈想要，這正是她的個性。她今年二十七歲，去年才和查理結婚，每星期工作八、九十個小時。愛麗絲勸她稍安勿躁，別急著完成人生的下一個里程碑，可是安娜反駁說，生小孩永遠沒有正確的時機。每一位考慮懷孕的職業婦女，最後都會得到同樣的結論。

愛麗絲很擔心家庭會影響安娜的事業。她自己費盡千辛萬苦才取得終身教職，不是因為責任大得喘不過氣來，也不是她的語言學研究一直沒有出色成就，而是因為她是女人，而且有小孩，就這麼簡單。她懷孕三次，加起來總共兩年半，期間的孕吐、貧血和妊娠毒血症都讓她無法專心，絕對延宕了她的研究進展。懷孕生下來的三個小小人類更是需索無度，照顧起來費時耗力，比她遇過最麻煩的系主任或優等生都要難纏。

一次又一次，愛麗絲看到前途大好的女同事懷孕，讓她們的事業停滯不前，甚至徹底離開，令她心驚膽戰。而看著約翰，目睹這個和她智力相當的男人加速超前，更讓她難以接受。她常想，要是約翰經歷三次懷孕、哺乳、如廁訓練、每天哼唱無聊的「公車輪子轉呀轉」，還有更多夜裡只能安穩睡上兩、三個小時，不曉得他還能不能闖出一番事業。她很懷疑約翰有這份能耐。

他們彼此擁抱吻臉、說說笑笑，祝愛麗絲生日快樂。這時，一名頭髮挑染、從頭到腳穿得一身黑的女人走向吧檯，來到他們身邊。

「慶祝的人都到齊了嗎？」女人笑著問。雖然她笑得很開心，卻久得有點不真誠。

「還沒，還有一個人沒到。」安娜說。

「我來了！」湯姆走到大夥兒面前說，「媽，生日快樂。」

愛麗絲和他擁抱、吻臉，吻完才發現兒子是一個人來的。「我們需要等……？」

「你是說吉兒嗎？不用了，媽，我們上個月分手了。」

「你換過太多女友，我們連名字都記不住，」安娜說，「我們要保留位子給你的新女友嗎？」

「還沒有新的啦。」湯姆回答安娜，接著對黑衣女子說：「我們到齊了。」

湯姆單身的空檔通常是六到九個月，但向來不會太久。這孩子聰明又熱情，和他爸爸像是一個模子刻出來的。他在哈佛醫學院念書，今年第三年，未來想當胸腔外科醫師。他看起來需要好好吃一頓，而他也承認，並且語帶嘲諷地說，他認識的醫學院學生和外科醫師都吃得很差、很趕，不是啃甜甜圈和洋芋片，就是買販賣機或醫院自助餐廳的食物。他們根本沒時間運動，除非你認為走樓梯不搭電梯是運動。湯姆開玩笑說，反正他們幾年後就能互相治療心臟病了。

他們在半圓形的包廂坐定。面對飲料和開胃點心，所有人的話題立刻轉向今天缺席的家人。

「麗蒂亞上一次參加生日晚餐是什麼時候？」安娜問。

「我二十一歲生日那次她在。」湯姆說。

「那都快五年前了！真的是最後一次嗎？」安娜問。

「不對，不可能。」約翰說，但沒有再多講什麼。

「我非常肯定，絕對是。」湯姆說。

「不對，三年前你爸爸五十歲生日在鱈魚角慶祝，她有來。」愛麗絲說。

「媽，她過得怎麼樣？」安娜問。

麗蒂亞沒念大學，安娜顯然很高興。妹妹書讀得不多，等於讓她穩居寶座，是赫蘭家最聰明、最成功的孩子。安娜最早出生，也最早展露天分，率先成為父母眼中的聰明女兒，讓他們喜出望外。湯姆雖然也很聰明，不過安娜向來不怎麼在意，也許因為他是男孩子。接著，麗蒂亞出生了。兩個女孩都很聰明，可是安娜必須拚命才能全部拿A，麗蒂亞卻一下就拿到完美的成績單，彷彿毫不費力，讓安娜非常介意。姊妹倆都很好強，也極為獨立，而安娜不喜歡冒險，寧可選擇傳統安全的目標，以確保自己取得明確的成果與榮耀。

「她很好。」愛麗絲說。

「真不敢相信她竟然還在混，她到底定下來沒有？」安娜問。

「她去年那場話劇演得非常棒。」約翰說。

「她在上課。」愛麗絲說。說完後，她才想起約翰背著她資助麗蒂亞去上短期課程。她怎麼忘了和他談這件事？愛麗絲忿忿瞪了約翰一眼，目光直直射向他臉龐。約翰察覺她的逼視，立刻微微搖頭，輕輕摸了她的背。現在時間不對，地點也不對。她晚點再算這筆帳，如果記得的話。

「起碼不是無所事事。」安娜滿足地說。看來赫蘭家的女兒誰高誰低，所有人都很清楚。

「爸，你那個標籤實驗進行得怎麼樣了？」湯姆問。

約翰傾身向前，開始詳細描述他的最新研究。愛麗絲看著丈夫和兒子，兩人都是生物學家，沉浸在分析討論裡，彼此都想炫耀自己學識豐富。約翰解釋自己的研究，眼角浮現深深的笑紋，如今就算討論嚴肅至極的事情，他的魚尾紋也非常明顯。他雙手併攏，感覺像上台表演的木偶。

愛麗絲喜歡看他這個樣子。約翰不會這麼詳細起勁地向她解釋自己的研究。他以前會。如今愛麗絲對約翰的實驗走向依然掌握得夠多，可以在一般聚會摘要說明，但只能說個大概。她心裡明白，過去他們和湯姆或約翰的同事聚會時，約翰都會和她談起這些內容豐富的對話。約翰曾經什麼事都對她說，而她也什麼事都專心聽。愛麗絲不曉得情況是什麼時候改變的，又是誰先失去興致；是開口的約翰，還是傾聽的她？

槍烏賊、緬因州的蟹殼牡蠣、芝麻葉沙拉和義大利南瓜方餃全都美味得無懈可擊。晚餐過後，一家人齊聲高唱「生日快樂」，唱得五音不全；鄰桌客人看得津津有味，紛紛慷慨鼓掌。愛麗絲分到一塊溫熱的巧克力蛋糕，她吹熄上頭唯一的蠟燭。大夥兒舉起斟滿凱歌香檳的酒杯，約翰舉得特別高。「我美麗聰明的老婆，生日快樂，祝妳長命百歲！」

所有人相互碰杯，飲酒慶賀。

愛麗絲對著洗手間的鏡子審視自己的容顏。鏡中有個年長女人的臉龐，和她心裡對自己的想像不大一樣。雖然睡眠充足，金棕色的眼眸還是略顯疲態，肌膚也很暗沉、鬆弛。她顯然比四十歲老了，但不認為自己看起來很老。她知道自己在老化，卻不覺得老。愛麗絲剛剛踏入更高年齡的族群，更年期的健忘症開始定期不請自來，然而除此之外，她感覺自己年輕、強壯又健康。

愛麗絲想起她的母親。她們長得很像。她還記得母親的臉，表情認真專注，鼻子和顴骨長滿雀斑，沒有眼袋也沒有皺紋。她活得不夠長，來不及得到這兩樣禮物。愛麗絲的母親於四十一歲過世，妹妹安恩要是活著，現在也應該有四十八歲了。愛麗絲試著想像妹妹可能的長相，今晚和他們一起坐在包廂，帶著丈夫小孩。可是她怎麼也想像不出來。

愛麗絲上廁所，發現尿裡有血。月經來了。她當然曉得更年期剛開始時月經會不規則，也不一定立刻停經，但「可能還沒到更年期」的事實竄進她心裡，牢牢抓住她的思緒，不肯鬆開。香檳和經血軟化了愛麗絲，徹底粉碎她的決心。愛麗絲開始哭泣，嚎啕大哭，哭得喘不過氣。她五十歲了，感覺彷彿就要失去自己的心靈。有人敲門。

「媽？」安娜問道，「妳還好嗎？」

二〇〇三年十一月

哈佛廣場往西走幾條街，就在愛麗絲上回短暫迷路處不遠的地方，有一棟五層樓的辦公大樓，塔瑪拉．莫耶醫師的診所位於三樓。候診室和診療室的牆面漆成灰色，和高中置物櫃同一個顏色，牆上依然掛著裱框的安瑟亞當斯攝影作品，以及藥廠宣傳海報。這些都對愛麗絲沒有任何負面影響。過去二十二年，莫耶擔任愛麗絲的家庭醫師，只看過她來接受預防檢查，例如健康檢查、預防注射，還有最近剛做完的乳房X光攝影檢測。

「愛麗絲，今天是什麼風把妳吹來了？」莫耶醫師問道。

「我最近記性出了很大毛病，本來以為是更年期的徵兆。我的月經停了大概半年，結果上個月又來了，表示我可能還沒到更年期。所以，呃，我想我應該過來讓你瞧瞧。」

「妳忘記的都是哪些事情？」莫耶醫師埋首疾書，頭也不抬地問道。

「人名、談話時的詞彙、我把黑莓機放在哪裡，還有備忘錄上為什麼出現某一條。」

「了解。」

愛麗絲緊盯著醫師。她的這一番告白，醫師似乎毫不在意，就像神父聆聽少年坦承自己對女孩存有遐想一樣，無動於衷。她每天不曉得要聽多少次這樣的抱怨，從完全健康的人口中說出來。愛麗絲有股衝動，很想向醫師道歉，說自己大驚小怪，甚至很蠢，白白浪費對方的時間。任誰都會忘記這一類事情，尤其老了以後。更年期到了，加上她總是一心十二用，同時間做三件事，忘記這些事突然顯得微不足道、無傷大雅，甚至合情合理、再平常不過了。誰都有壓力。誰都會疲倦。誰都會忘記事情。

「還有，我在哈佛廣場迷路過一次，起碼有兩分鐘搞不清楚身在何處，後來忽然想起來。」

莫耶醫師放下診療單，不再抄寫症狀，抬頭盯著愛麗絲。這下她可在意了。

「妳的胸口會緊嗎？」

「不會。」

「有出現麻木或刺痛嗎？」

「沒有。」

「曾經頭痛或暈眩嗎？」

「沒有。」

「有察覺心悸嗎？」

「心跳很快，但那是在我搞不清方向之後，比較像驚慌引起腎上腺素分泌。其實，我記得在迷路之前自己感覺很棒。」

「那天還發生其他不尋常的事嗎？」

「沒有，我剛從洛杉磯回來。」

「妳有熱潮紅嗎？」

「沒有。呃，搞不清方向的時候感覺好像有，不過我覺得那也是因為慌張。」

「好，妳的睡眠狀況如何？」

「很好。」

「每天晚上都睡幾小時？」

「五到六小時。」

「和之前比起來，有什麼變化嗎？」

「沒有。」

「會不會失眠？」

「不會。」

「夜裡通常會醒來幾次？」

「我沒感覺曾經醒來。」

「每天晚上的就寢時間固定嗎？」

「通常是，除了出差，我最近出門的頻率很高。」

「妳去了哪些地方？」

「過去幾個月，我去了加州、義大利、紐奧良、佛羅里達和紐澤西。」

「旅行回來有生病嗎？有沒有發燒？」

「沒有。」

「最近有服藥嗎？例如過敏藥或營養補充劑，任何妳或許覺得不是藥的東西？」

「只有綜合維他命。」

「有胃灼熱嗎？」

「沒有。」

「體重有變化嗎？」

「沒有。」

「小解或排便有沒有出血？」

「沒有。」

莫耶醫師問得很急，愛麗絲一答完，她就立刻往下問，而且項目跳來跳去，讓愛麗絲根本來不及抓住問題的邏輯。她感覺自己彷彿閉著眼睛坐上雲霄飛車，完全不曉得會被帶到哪裡。

「妳覺得比平常焦慮或壓力大嗎？」

「只有想不起事情的時候會，其他不會。」

「妳和丈夫的關係如何？」

「很好。」

「妳覺得自己的心情很好嗎？」

「很好。」

「妳覺得自己會沮喪嗎？」

「不會。」

愛麗絲曉得沮喪的感覺。十八歲那年，母親和妹妹同時過世，讓她食慾不振，就算精疲力竭也無法睡著超過兩小時，對什麼事情都不感興趣。這樣的狀況持續了一年多，但之後就再也沒有發生過。這一回和上次完全不同，不是出動百憂解的時候。

「妳喝酒嗎？」

「只有在社交場合才喝。」

「喝多少？」

「晚餐的話一、兩杯，特殊場合可能再多一點。」

「妳有用藥嗎？」

「沒有。」

莫耶醫生看著愛麗絲，面露沉思。她拿筆輕敲筆記，一邊讀著內容。愛麗絲覺得答案不可能在那上頭。

「所以，我是更年期到了嗎？」她的雙手抓著紙椅墊，這麼問醫生。

「沒錯。我們還是能做濾泡刺激素檢查，但妳剛才回答的每一項都完全吻合更年期的症狀。更年期的發生年齡是四十八到五十二歲，妳正好在中間。接下來妳可能一年還是會有一、兩次月經，不過這很正常。」

「雌激素補充療法能改善記憶問題嗎？」

「除非婦女出現睡眠障礙、熱潮紅非常嚴重或已經骨質疏鬆，否則我們現在都不做補充療法了。我認為妳的健忘和更年期無關。」

愛麗絲覺得腦袋充血。她最怕聽到的就是這個，不久前才向自己承認有這個可能。現在，專家說話了，她僅存的一點自我安慰也跟著瓦解。愛麗絲的身體出問題了，而她不曉得自己是否準備好面對答案。她體內有一股衝動要她躺下來，不然就立刻逃離診療室。衝動愈來愈強，愛麗絲只能極力克制。

「為什麼？」

「對更年期婦女來說，首先是睡眠品質惡化，其次才是記憶喪失和失去方向感。因為睡眠不足，所以造成認知方面的障礙。有一種可能是妳睡得沒有想像中好，也許是行程太滿或時差作祟，或者是夜裡一直在煩惱什麼事情。」

愛麗絲回想自己睡眠不足、腦袋失靈的經驗。懷孕最後那幾週，她的心智顯然也不是處於顛峰狀態；還有孩子出生之後。另外為了研究計畫趕工也是。然而，就算在那些時候，她也從來不曾在哈佛廣場迷路。

「可能吧。我會不會因為上了年紀或更年期到了，突然需要更多睡眠？」

「不會，我很少看到這樣的情形。」

「假如不是缺乏睡眠，妳覺得是為什麼？」愛麗絲問，語氣完全失去自信，不再條理分明。

「嗯，我比較擔心失去方向感這一點，但我認為和血管無關。我想最好做幾項檢查。我希望妳去驗血、做乳房X光和骨質密度檢測，因為差不多該做了，另外再做腦部磁共振造影。」

腦瘤。她根本沒想到這個。愛麗絲的想像世界立刻浮現新的惡獸，她感覺驚慌的種子又在心裡抽芽。

「既然妳不認為是中風，為什麼要做磁共振造影？」

「能夠確定排除一些病症總是好事。記得預約做磁共振造影，再和我約診，我們把結果詳細討論一遍。」

莫耶醫師直接迴避她的問題，不過她不打算逼醫師吐實，也沒有對醫師說她猜想是腦瘤。兩人都決定靜觀其變。

威廉詹姆斯大樓涵蓋了心理系、社會系與社會人類學系，面向科克蘭街，完全遠離哈佛中庭的入口，學生都戲稱這裡是西伯利亞。然而，距離不是讓威廉詹姆斯大樓成為主校園化外之地的首要因素。尊貴的哈佛中庭周圍都是莊嚴的古典學院建築，包括新生宿舍與教室，歷史、數學和英文系的學生都在那裡上課。你絕對不會把威廉詹姆斯大樓和那些建築搞混，不過倒是有人把它當成停車場。這裡沒有希臘式的多利克柱或哥林多柱，也看不到紅磚、蒂芬妮彩繪玻璃、尖頂或宏偉的羅馬式中庭，沒有任何外在特徵可以一眼看出或憑細節猜出大樓的用途。這是一棟高六十四公尺、毫無創意的米色水泥建築，很可能是仿照心理學家史基納的實驗箱蓋出來的。可想而知，威廉詹姆斯大樓從來不曾出現在校園導覽或哈佛月曆之中，不管春夏秋冬。

雖然從外往內看這棟大樓是公認的莫測高深，從內往外看的景色卻是美不勝收，尤其身在高樓層的許多辦公室和會議室。此刻，愛麗絲坐在十樓辦公室的桌前喝茶，心情輕鬆地望著面向東南的大窗戶，欣賞如詩如畫的查爾斯河和波士頓後灣區。不少畫家和攝影師都曾用油彩、水彩或底片捕捉這幅美景，波士頓地區的辦公大樓牆上更是隨處可見將此景裱框的繪畫。

愛麗絲為自己感到慶幸，他們這些天之驕子可以時時欣賞如此動人的真實景緻。她窗外的風景畫一整天、一整年都在改變，或許是質感，或許是姿態，無止無歇，總令人百看不厭。今天這個晴朗的十一月早晨，愛麗絲的「威廉詹姆斯大樓之波士頓風景：秋日」有著香檳氣泡般的陽光，灑在約翰韓考克大樓的淺藍玻璃上，查爾斯河光滑得有如一條銀絲帶，幾隻海鷗在河面穩穩翱翔，彷彿運動實驗裡的物體，用絲線牽著，朝科學博物館飛去。

窗外的景緻也像一番叮嚀，提醒她還有哈佛以外的世界。只要瞥見雪鐵戈石油紅白兩色的霓虹標誌閃閃爍爍、映照著芬威球場上方漸漸昏暗的天空，就會像鬧鈴突然響起似的撼動愛麗絲的神經系統，將她從每天忙到忘我的計畫與例行公事之中喚醒，想到自己應該回家了。許多年前，愛麗絲還沒有取得終身教職，她的辦公室狹小又沒有窗戶，擠在威廉詹姆斯大樓某個不見天日的角落。隔著厚實的米色牆壁，她和外面的世界沒有任何視覺接觸，因此經常工作到很晚，不曉得夜都深了。那段日子，愛麗絲不只一次結束工作之後，驚訝地發現東北方來的暴風雪早已將整個劍橋市埋入雪中，積雪超過三十公分，其他比較混或辦公室有窗戶的同事早就溜之大吉，聰明地拋下大樓去買麵包、牛奶或衛生紙回家。

不過，這會兒不能再盯著窗外了。她下午就要啟程出發，前往芝加哥參加心理定律學會的年會，而她還有一大堆事情要做。愛麗絲轉頭看著備忘錄。

評論《自然神經科學》期刊的論文✓
系務會議✓
與助教會面✓
認知課
完成會議海報和行程
跑步
機場

愛麗絲喝完最後一口冰紅茶，開始研讀上課大綱。今天的課程重點是語意學，也就是研究語言意義的學問。語言學共有六堂課，今天是第三堂。所有課程裡，愛麗絲最愛的就是這幾堂。教書二十五年了，她每堂課依然會花一小時準備。當然以她現在的資歷，不管哪一堂課，大約有四分之三的內容都能脫口而出，幾乎不假思索。不過剩下的四分之一包括最新的觀點與技術，還有領域內目前的討論重點，愛麗絲通常會用上課前的時間準備一下，決定如何組織呈現新的素材。資料日新又新，不僅讓她對自己的研究長保熱情，也對每一堂課全心投入。

哈佛教授一向以研究為重，因此校方對老師上課不盡力的情形相對寬容，就連學生也不大在意。愛麗絲這麼重視教學，一部分因為她相信自己有義務，也很高興有機會啟發後輩，或起碼不要成為絆腳石，讓認知科學的未來之星提前放棄心理學、改修政治學。再說，她就是喜歡教書。

備課完畢，愛麗絲檢查電郵。

愛麗絲：

我們還在等妳傳來麥可演講用的三張投影片，一張是字詞提取圖解，一張是語言卡通模型，一張是純文字。麥可週四下午一點才會演講，但他覺得最好盡早拿到投影片放進講稿，以便確定都沒問題，不會超過預定的演講長度。妳可以將投影片寄給我或麥可。

我們住在凱悅，芝加哥見。

祝好

艾瑞克・葛林柏格

愛麗絲心中一閃，一枚塵封多時的燈泡亮了起來。上個月待辦事項裡神祕的「艾瑞克」指的就是這個。根本和艾瑞克・威曼無關，而是提醒她記得將投影片寄給艾瑞克・葛林柏格。葛林柏格之前也在哈佛，是她同事，現在是普林斯頓大學心理學教授。愛麗絲和丹恩做了三張投影片給麥可，他是艾瑞克的博士後研究員，要在心理定律年會演講時用到，介紹他和丹恩短期合作過的一個辛苦實驗。愛麗絲立刻將投影片用電郵寄出去，免得又被其他事情分心，同時向艾瑞克認真道歉。幸好他的時間還很充裕。沒事。

哈佛什麼都大，愛麗絲上認知課的教室也大得沒有必要，演講廳裡的藍色座椅比實際選課的學生多出幾百個。教室後方是令人大開眼界的最先進視聽設備，最前方則是電影院規格的超大投

影幕。三名技術人員忙著將線路接上愛麗絲的電腦，檢查燈光和音效；學生魚貫走進講廳，愛麗絲點開她筆記型電腦上的「語言學課程」檔案夾。

檔案夾裡有六個檔案：習得、造句、語意、理解、模仿、病理。愛麗絲重新看了檔名一遍，突然想不起這堂課要上什麼。她不久前才花了一小時讀過其中一個檔案，現在竟然忘了是哪一個。是「造句」嗎？每一個檔案看起來都是，又看起來不是。

自從造訪莫耶醫師之後，愛麗絲只要忘了什麼，不祥的預感就更強烈。這和約翰忘記眼鏡在哪裡或她找不到黑莓機充電器不一樣。這不正常。她這陣子開始用偏執的受苦語氣告訴自己可能得了腦瘤，還告誡自己不要驚慌、不要讓約翰擔心，等聽完莫耶醫師的專業看法再說。可惜，她要下週才會見到莫耶醫師，在心理定律年會之後。

愛麗絲決定撐過接下來的一小時。她挫折地深呼吸一口氣。雖然她不記得這堂課要講什麼，可沒忘了聽眾是誰。

「誰能告訴我，課表上今天的進度是什麼？」愛麗絲問班上學生。

幾名學生用詫異的語氣齊聲回答：「語意學。」

愛麗絲賭對了，有些學生就是不會放過幫忙和炫耀腦袋的機會。她一點也不擔心會有學生覺得奇怪或離譜，想說老師竟然不曉得今天的上課內容。無論就年紀、知識或權力來說，大學生和教授都是兩個世界的人。

再說，這學期他們在其他課堂上已經見識過愛麗絲的特技表演，她對研究文獻的掌握更讓他們驚嘆連連。就算真有人好奇，或許也會覺得她心有旁鶩，手邊有著比「心理學二五六號課」更要緊的事情要忙，連上課前瞄一眼課程進度的時間都沒有。學生們根本不曉得，愛麗絲幾乎把先前那一小時全都花在語意學上。

傍晚，晴朗的天空轉為陰霾，讓人感覺冬天確實搭上了這座城市。前一夜的滂沱大雨將僅存的樹葉吹落枝頭，留下幾乎裸裎的樹木，單薄地迎接下一個季節。愛麗絲穿著溫暖舒適的刷毛運動衣，享受凜冽的秋意與雙腳踩過落葉發出的窸窣聲響，悠閒漫步回家。

家裡燈火通明，約翰的袋子和鞋子擺在門邊茶几旁。

「哈囉，我回來了。」愛麗絲說。

約翰從書房出來看著她，一副說不出話的困惑表情。愛麗絲看著他、等他開口，心裡非常緊張，感覺大事不妙了。她立刻想到三個孩子。她僵立在門口，等著迎接可怕的消息。

「妳不是應該要去芝加哥嗎？」

「呃，愛麗絲，妳的血液檢查一切正常，磁共振造影看起來也很乾淨，」莫耶醫師說道，「我們還可以做一兩項檢查，也可以等一下，靜觀其變，花三個月時間觀察妳的睡眠和生活情形，或是……」

「我要找神經專科醫師。」

二〇〇三年十二月

艾瑞克．威曼舉辦假期派對那一晚，天空陰沉鬱積，感覺就要降雪了。愛麗絲希望下雪，她和新英格蘭地區大部分居民一樣，永遠都像孩子一般期盼初雪的到來。當然，到了隔年二月，她也和新英格蘭大多數居民一樣，手拿鏟子穿著靴子，咒罵自己在十二月迎來的「客人」，急著想要拋棄單調漫長的寒冬，換來粉紅與黃綠繽紛的春天。不過，今天晚上很適合下雪。

艾瑞克和他妻子瑪裘莉每年都會在家舉辦假期派對，招待心理系全體師生。派對從來不曾發生什麼精彩大事，但總是有一些美妙時刻，愛麗絲怎麼也不想錯過。像是威曼舒舒服服坐在客廳地板上，滿屋子學生和年輕教授則坐著沙發和椅子；凱文和葛倫爭搶交換禮物得來的鬼靈精玩偶，還有大夥兒搶著品嚐馬提的手藝，傳說中的乳酪蛋糕。

愛麗絲的同事是一群聰明的怪胎，熱心又好辯，胸懷大志又謙遜。他們是一家人。之所以有這種感覺，或許因為她的爸媽和妹妹都不在了；也可能季節讓她特別多愁善感，渴望生命的意義與歸屬。也許是這樣，但又不只如此。

他們不只是同事。研究有突破、升等或論文發表，他們會一起慶祝；結婚生子、小孩或孫子有什麼突出表現，他們也會互相道賀。他們一起環遊世界、到各地開會，常常全家出動，會後一起度假。然而就和家人一樣，他們的相處也不是永遠美好、天天都有可口的乳酪蛋糕。實驗沒有結果或經費申請失利，他們會彼此扶持，一起度過喪志的自我懷疑，度過疾病與離婚。

不過，最重要的，他們都對了解心靈充滿熱情，想知道人類行為、語言、情緒與偏好的運作機制。這是他們追尋的聖杯。雖然這樣的追尋能為個人帶來權力與聲望，但最深處的精神是集體合作，一同發現有價值的知識，獻給全世界。這是一個由資本主義支持的共產事業，一個競爭激烈、高度勞心、只有少數人享有的奇特生活。他們都是其中的一份子。

乳酪蛋糕沒了，愛麗絲拿了最後一塊沾滿熱軟糖的奶油泡芙，回頭尋找約翰。她走到客廳，發現約翰正在和艾瑞克夫婦聊天。這時丹恩來了。

丹恩介紹他的新婚妻子貝絲，大夥兒熱情道賀，彼此握手寒暄。瑪裘莉把他們的外套拿去掛起來，丹恩穿著西裝，還繫了領帶，貝絲則是一襲裙襬曳地的紅色洋裝。他們遲到了，穿著也太正式一點，或許先去參加另一場派對。艾瑞克問他們想喝什麼。

「我也要一杯。」愛麗絲說，但她杯子裡的紅酒還剩一半。

約翰問貝絲新婚生活如何。愛麗絲沒見過她，不過多少聽丹恩提過一點。她和丹恩原本住在亞特蘭大，後來丹恩拿到哈佛的入學許可，貝絲選擇留在亞特蘭大。她起先不在意遠距離戀愛，也說好丹恩一畢業就結婚，可是這樣過了三年，丹恩有一天不小心說溜嘴，表示他可能要五、六年才能畢業，甚至七年。兩人上個月結婚。

愛麗絲向他們告退，朝洗手間走去。她在連接屋子新舊部分的長走道逗留片刻，解決了紅酒和奶油泡芙，一邊瀏覽牆面的相片，羡慕看著艾瑞克孫子的快樂臉龐。上完廁所之後，愛麗絲踅到廚房，又斟了一杯酒，遇到幾位同事的妻子，陷入她們的熱烈討論之中。

這一群女人摩肩擦踵擠在廚房裡，對彼此生活中的出場人物瞭若指掌。她們互相讚美，彼此調侃，輕鬆說笑；她們一起購物，一起吃飯，一起參加讀書會；她們非常親密。愛麗絲和這群女人的丈夫很熟，反而讓她格格不入，只能靜靜傾聽，喝酒點頭微笑。她聽得漫不經心，就像在跑步機上跑步，而不是跑在真正的路上。

愛麗絲又斟了一杯酒，悄悄溜出廚房，發現約翰在客廳裡，與艾瑞克、丹恩和一名穿著紅色洋裝的年輕女人說話。愛麗絲站在艾瑞克家的平台鋼琴旁，指尖輕敲琴面，聆聽他們交談。她每年都期望有人自告奮勇彈琴娛樂大家，卻從來不曾如願。她和妹妹安恩小時候學過幾年鋼琴，但現在不看譜只會彈奏〈小象進行曲〉和〈稻草裡的火雞〉，而且只會彈右手部分。說不定穿著華麗紅色洋裝的那個女人會彈。

談話暫告段落，愛麗絲和紅衣女子目光交會。

「很抱歉，我是愛麗絲．赫蘭，我想我們還不認識。」

紅衣女子緊張地看了丹恩一眼，接著才說：「我叫貝絲。」

她看起來很年輕，可能是研究生，但現在是十二月，愛麗絲應該認得所有學生，甚至是大一新生。她想起馬提說過，他剛聘了一名博士後研究員，是個女孩子。

「妳是馬提實驗室新來的博士後研究員嗎？」愛麗絲問。

紅衣女子又看了丹恩一眼，然後說：「我是丹恩的妻子。」

「喔，真高興終於見到妳了，恭喜！」

沒人開口。艾瑞克看了看約翰，瞄了一眼愛麗絲的酒杯，又看了看約翰，彷彿在默默交換什麼祕密。愛麗絲看得一頭霧水。

「怎樣？」愛麗絲問。

「妳知道嗎？現在很晚了，我明天還要早起，可以現在回家嗎？」約翰問道。

出了屋子，愛麗絲本來想問約翰剛才的面面相覷是怎麼回事，卻發現他們還在屋裡的時候，天空開始降下棉花糖般的白雪。柔和的美景讓她沉醉，沒有開口。她忘了要問什麼。

耶誕節前三天，愛麗絲坐在波士頓麻州總醫院的記憶障礙科裡，假裝閱讀《健康》雜誌，其實是在打量候診室的其他人。所有人都成雙成對。一個看起來起碼比愛麗絲老二十歲的女人坐在看起來起碼又比她老二十歲的女人旁邊，應該是她母親。還有一個女人頂著巨大得不自然的黑髮，戴著大金珠寶，用濃濃的波士頓腔和她父親大聲說話，而老人坐在輪椅上，始終低頭盯著純白鞋子。一個骨瘦嶙峋的銀髮女人匆匆翻閱雜誌，快得根本讀不到東西；她旁邊坐著一個臃腫的男人，也是滿頭白髮，右手不停顫抖。他們可能是夫妻。

愛麗絲彷彿等了一輩子，說不定更久，才聽見有人喊她名字。戴維斯醫師有一張年輕光滑的臉龐，戴著黑框眼鏡，白色醫師服敞開著，感覺曾經苗條過，而現在小腹微微突出白袍外，讓愛麗絲想起湯姆曾挖苦說醫師們健康習慣欠佳的話。戴維斯醫師坐在桌前，請她在對面坐下。

「所以，愛麗絲，告訴我出了什麼事。」

「我的記性出了非常大的問題，感覺很不正常。我上課和講話會忘詞，必須在備忘錄寫下『認知課』，否則可能忘記去教課。我完全忘了要到芝加哥開會，沒有去機場，結果錯過班機。還有一回在哈佛廣場迷路，有幾分鐘不曉得自己在哪裡，但我每天都經過那裡。」

「這樣的情形持續多久了？」

「從九月開始，說不定夏天。」

「愛麗絲，有人陪妳來這裡嗎？」

「沒有。」

「好，下回記得找家人或經常和妳見面的人陪妳來。妳抱怨自己的記性有問題，所以對於實際情況，妳的說法可能不是最可靠的。」

愛麗絲難堪得像個小孩，醫師說到「下回」更不停擾動她的思緒，有如漏水的水龍頭緊緊抓著她的注意力不放。

「好。」她說。

「妳有沒有服用任何藥物？」

「沒有，只吃綜合維他命。」

「有沒有吃安眠藥、減肥藥或其他成藥？」

「沒有。」

「妳喝酒喝得多嗎？」
「不多，晚餐喝個一兩杯。」
「妳吃素嗎？」
「不吃。」
「妳的頭部曾經受過傷嗎？」
「沒有。」
「妳動過手術嗎？」
「沒有。」
「夜裡睡得好嗎？」
「非常好。」
「有沒有沮喪過？」
「十幾歲之後就沒有了。」
「妳的壓力程度多大？」
「正常，有壓力反而更起勁。」
「跟我聊聊妳的父母親，他們的健康狀況如何？」
「我十八歲那年，母親和妹妹死於車禍，父親去年因為肝功能衰竭過世。」
「肝炎？」
「肝硬化，他酗酒。」

「他幾歲？」

「七十一歲。」

「他還有其他健康方面的問題嗎？」

「就我所知，沒有。過去幾年，我其實不常見到他。」

少數見到他的那幾回，他都醉醺醺的，講話牛頭不對馬嘴。

「其他家人呢？」

愛麗絲對於家族病史知道的不多，不過還是對醫師說了。

「好，我現在告訴妳人名和地址，妳重複一遍給我聽。接下來我們會做一些事情，然後我再請妳重複說一次剛才的人名和地址。準備好了嗎？那我們開始：約翰．布雷克，布萊頓西街四十二號。妳可以重複一遍給我聽嗎？」

愛麗絲重複一遍。

「妳今年幾歲？」

「五十歲。」

「今天的日期是？」

「二〇〇三年十二月二十二日。」

「現在是什麼季節？」

「冬天。」

「我們所在的位置是哪裡？」

「麻州總醫院八樓。」
「妳可以舉出這附近幾條街名嗎？」
「劍橋、佛魯特、史托洛路。」
「好，現在是一天的什麼時候？」
「早上，接近中午。」
「請倒數一年的月分，從十二月開始。」
愛麗絲照做了。
「從一百開始倒數，每次減六。」
愛麗絲倒數到七十六的時候，戴維斯醫師要她停下來。
「告訴我這些東西是什麼。」
他拿六張卡片給愛麗絲看，每張都用鉛筆畫了圖案。
「吊床、羽毛、鑰匙、椅子、仙人掌、手套。」
「用左手觸碰右頰，然後指著窗戶。」
愛麗絲照做了。
「妳可以在這張紙上寫一句話，描述今天的天氣嗎？」
愛麗絲寫道：「晴朗寒冷的冬天早晨。」
「好，請畫一個時鐘，時間是三點四十分。」
愛麗絲畫了。

「請照著圖案畫一次。」
戴維斯醫師給她一張圖，上頭是兩個交叉的五角形，愛麗絲照著畫了一張。
「好，愛麗絲，請到桌子這邊來，我們要做神經測驗。」
愛麗絲的目光隨著醫師的小手電筒轉動，拇指和食指迅速互碰，兩腳以競步走法直線穿越候診室，每一件事都做得輕鬆敏捷。
「好，剛才我告訴妳的人名和地址是什麼？」
「約翰．布雷克……」
愛麗絲停下來，疑惑地看著戴維斯醫師的臉。她想不起地址。這代表什麼？也許只表示她不夠專心。
「在布萊頓，但我想不起街名了。」
「好，那門牌是二四、二八、四十二，還是四十八號？」
愛麗絲不曉得。
「妳猜猜看。」
「四十八。」
「是北街、南街、東街，還是西街？」
「南街？」
戴維斯醫師的表情和姿勢沒有洩漏半點訊息，她不知道自己說得對不對。不過要是得再猜一次，就表示她猜錯了。

「很好，愛麗絲。妳最近剛驗血，還做了磁共振造影。我希望妳再驗一次血，並且做腰椎穿刺。四、五週後來這裡回診，並預約同一天做神經心理測驗，測驗結束後來找我。」

「你覺得是怎麼回事？這樣的健忘正常嗎？」

「我想不大正常，愛麗絲，但我們必須進一步觀察。」

愛麗絲直直望著醫師。她聽同事說，一個人看著對方眼睛超過六秒沒有轉頭或眨眼，不是想殺人，就是想和對方上床。愛麗絲根本不相信，但還是忍不住好奇，偷偷拿了朋友和陌生人做實驗。沒想到除了約翰之外，其他人都不到六秒就轉頭。

戴維斯醫師只撐了四秒就低頭看向桌子。理論上，這表示他既不想殺愛麗絲，也不想扯下她的衣服，然而她擔心事情沒這麼簡單。她會接受戳刺、分析、掃描和測驗，但她想，戴維斯醫師根本不需要再觀察什麼了。她已經說明自己的狀況，也想不起約翰·布雷克的地址，他一定早就知道她到底是怎麼回事。

耶誕夜清晨，愛麗絲一早就坐在沙發上，一邊喝茶一邊翻閱相簿。這些年來，只要有新相片，她就放進空著的膠膜裡，從不懈怠。這樣的做法讓相片先後有序，而她從來不曾加上註記。反正沒差，她記得清清楚楚。

麗蒂亞兩歲，湯姆六歲，安娜七歲，他們第一次到鱈魚角的新房子過夏天，在哈丁海灘拍的，六月。安娜在佩戈塞特球場參加少女足球賽。她和約翰在大開曼島七哩海灘的合照。

愛麗絲不僅知道相片的場景和每個人的年紀，而且幾乎每一張都能說出細節。每一張相片都喚起那一天發生的其他事情、沒有用相機捕捉到的時刻，例如誰也在現場，還有她當時生活的大致情形。

麗蒂亞第一次舞蹈公演，穿著令人發癢的粉藍戲服。愛麗絲當時還沒拿到終身教職，安娜在讀中學、戴牙套，湯姆喜歡棒球隊上的一個女孩子，約翰的教職輪休，在馬里蘭州的貝什斯達住了一年。

會讓愛麗絲傷腦筋的只有安娜和麗蒂亞嬰兒時期的相片，因為兩人光滑圓嫩的臉蛋常常讓人無法分辨。不過她通常都能找到線索，認出誰是誰。約翰的絡腮鬍讓人一眼就知道那是一九七〇年代，因此他懷中的嬰兒絕對是安娜。

「約翰，這是誰？」她拿起一張嬰兒相片問道。

正在閱讀期刊的約翰抬起頭來，將眼鏡拉下鼻梁、瞇起眼睛。

「是湯姆嗎？」

「親愛的，連身衣是粉紅色的，是麗蒂亞。」

她將相片翻到背面，檢查柯達相紙的沖印日期。一九八二年五月二十九日。是麗蒂亞。

「喔。」

約翰將眼鏡推回原位，繼續讀他的期刊。

「約翰，我一直想找你討論麗蒂亞上表演課的事情。」

約翰抬頭，將期刊摺了角放在桌上，收起眼鏡，靠著椅背。他知道沒那麼快結束。

「好吧。」

「我認為不該用任何方式支持她在那裡的生活，你更不該瞞著我支付她的上課費用。」

「對不起，妳說得對，我本來想對妳說，但一忙就忘了，妳也知道的。不過妳應該很清楚，就這一點，我並不同意妳的看法。另外兩個孩子，我們都替他們出錢。」

「那不一樣。」

「不對，妳只是不喜歡她的選擇。」

「我不是嫌她演戲，而是不喜歡她沒上大學。她的機會之窗眼看就要關上了。約翰，你這麼做會讓她更想待在外頭。」

「她不想上大學。」

「我覺得她只是在反抗我們兩人的身分。」

「我認為這和我們想要什麼、不要什麼或我們是誰無關。」

「我希望她擁有更多。」

「她很努力工作，對自己做的事很興奮也很認真，她很快樂。我們對她的期望就是這個。」

「我們必須將人生智慧傳授給孩子，這是做父母的職責。我很擔心她錯過非常重要的東西，接觸不同領域、不同的思考方式，面對挑戰與機會，還有認識人。我和你就是在大學認識的。」

「這些她都有。」

「那不一樣。」

「那就不一樣吧，反正我覺得替她付上課費用再公平不過。很抱歉沒有對妳說，可是妳很難討論這件事，因為妳根本不肯讓步。」

「你還不是一樣。」

約翰瞄了一眼壁爐架上的時鐘，伸手去拿眼鏡，放在頭上。

「我得去實驗室一趟，大約一個小時，接著到機場接她。需要我順便買什麼嗎？」

他起身準備出門時這麼問愛麗絲。

「沒有。」

兩人互瞪對方。

「她不會有事的，小愛，別擔心。」

愛麗絲眉毛一挑，但什麼都沒說。她還能說什麼？他們以前也吵過這些，每一回都是這樣結束。約翰講話合情合理，選擇阻力最小的辦法，永遠扮演孩子眼中的好爸爸，也從來不勉強愛麗絲變得討兒女喜歡。愛麗絲說什麼都不會動搖他。

約翰出門了。愛麗絲鬆了一口氣，繼續瀏覽擱在腿上的相片，看著自己的可愛小朋友從嬰兒、幼童到青少年。時間都到哪裡去了？她拿起剛才約翰認成湯姆的麗蒂亞嬰兒照，突然對自己的記憶有了全新的信心與把握。當然，這些相片讓她想起的往事只存在於長期記憶裡。

約翰．布雷克的地址應該留在短期記憶裡。習得訊息必須透過專心、覆誦、精緻化或強烈的情感衝擊，才能從短期記憶轉為長期儲存，否則訊息很快就隨著時間自然消失。愛麗絲專心回答戴維斯醫師的問題，遵照他的指示讓自己分心，沒辦法覆誦或精緻化她聽到的地址。現在想起約翰．布雷克讓她有點恐懼與憤怒，但在戴維斯醫師的診療室裡，這個虛構的人名對她沒有任何意義，遇到這種情況，一般人的頭腦很容易遺忘訊息。問題是，她擁有的不是一般人的頭腦。

愛麗絲聽見信件落進前門郵箱的聲音，忽然心生一計。她拿起郵件，一次看一封信：畢業研究生寄來的賀卡，畫著一個嬰兒戴著耶誕帽；健身俱樂部的廣告；電話帳單、瓦斯帳單，還有一份戶外服裝店的型錄。愛麗絲走回沙發旁喝了一口茶，將相簿放回書架，接著端正坐好。屋裡只剩下時鐘滴答聲和電暖器偶爾發出的蒸氣聲。愛麗絲看了看時鐘，過了五分鐘，應該夠久了。

她轉頭不看郵件，開始大聲說道：「嬰兒戴著耶誕帽的卡片、健身房會員優惠、電話帳單、瓦斯帳單，還有一份服裝型錄。」

易如反掌。不過老實說，從醫師告訴她地址，直到問她約翰．布雷克住在哪裡，其間可比五分鐘長很多。她必須延長時間。

愛麗絲從書架拿下詞典，設定兩條選詞規則：必須很罕見，不是日常會用的詞彙，但又是原本認得的。她想測試自己的短期記憶，而不是習得能力。愛麗絲打開詞典，隨便翻到一頁用手指一點，是「抓狂」。她將詞彙寫在紙條上，摺好收進褲袋，微波爐的鬧鐘調成十五分鐘。

麗蒂亞剛學會走路時，最喜歡的一本書就叫《河馬抓狂了》。愛麗絲開始準備耶誕夜晚餐，不久，鬧鐘響了。

「抓狂。」她脫口而出，沒有半點猶疑，根本不用對照紙條。

愛麗絲就這樣玩了一整天，最後把詞彙加到三個，時間也拉長為四十五分鐘。儘管難度增高了，又有準備晚餐的干擾，然而她從頭到尾都是零失誤。聽診器、千禧年和刺蝟。她做了義大利乳酪餃和紅醬。陰極、石榴和棚架。她攪拌沙拉，醃泡蔬菜。金魚草、紀錄片和消逝。她將烤肉放進烤爐，到飯廳擺放餐具。

安娜、查理、湯姆和約翰坐在客廳，愛麗絲聽見安娜和約翰在爭論事情，雖然在廚房聽不出他們的談話主題，但從一來一往的音量與大小聲的程度，很清楚兩人針鋒相對。查理和湯姆則是選擇作壁上觀。

麗蒂亞攪著爐子上的熱蘋果汁，聊起她的表演課。愛麗絲忙著做飯和記單字，還要聽麗蒂亞說話，完全沒有多餘的心力反駁或爭辯。麗蒂亞盡情大談自己的職業，說得眉飛色舞。愛麗絲儘管強烈反對女兒的選擇，卻不由得發現自己很感興趣。

「想像模擬後，就要問以利亞的問題：『為什麼選在今夜，而不是其他夜晚？』」麗蒂亞說。

鬧鐘響了。麗蒂亞自動讓開，愛麗絲朝烤箱看了一眼。可是烤肉還沒熟，愛麗絲想不通為何鬧鐘響了，過了半晌突然滿臉通紅。哦，鬧鐘是要她回憶抄在紙上的三個詞。手鼓、巨蛇……

「你絕對不能把生活當成家常便飯，而是要看成生死攸關的大事。」麗蒂亞說。

「媽，酒瓶的開瓶器在哪裡？」安娜從客廳高喊。

愛麗絲努力忽略兩個女兒的聲音、忽略她訓練自己在這世上務必要聽見的聲音，而是集中精神傾聽心裡的話語，有如唸經般反覆唸誦那兩個詞。

手鼓、巨蛇、手鼓、巨蛇、手鼓、巨蛇。

「媽？」安娜又喊了一聲。

「安娜，我不曉得開瓶器在哪！我很忙，妳自己過來找。」

手鼓、巨蛇、手鼓、巨蛇、手鼓、巨蛇。

「說到底，一切都和生存有關。我的角色需要什麼才能活下去？要是得不到它，下場又會如何？」麗蒂亞說。

「麗蒂亞，拜託，我現在沒空聽這個。」愛麗絲火了，兩手按著冒汗的太陽穴。

「很好。」麗蒂亞說完猛地轉身，走到爐邊用力攪拌，顯然很受傷。

手鼓、巨蛇。

「我就是找不到！」安娜大叫。

「我去幫姊姊找，」麗蒂亞說。

是指南針！手鼓、巨蛇、指南針。

愛麗絲鬆了一口氣，拿出白巧克力麵包布丁的材料，放在流理台上。香草精、半公升鮮奶油、牛奶、糖、白巧克力、一塊猶太辮子麵包和兩盒半打雞蛋。要用到一打雞蛋嗎？就算寫著她母親食譜的筆記本還在，愛麗絲也不曉得收在哪裡。她已經好幾年不需要參考筆記本了。麵包布丁很容易做，說不定比馬提的乳酪蛋糕好吃；她從少女時代開始，每年耶誕夜都會做。到底需要多少顆蛋？絕對不只六顆，否則她只會拿出一盒來。所以是七顆、八顆，還是九顆？

愛麗絲決定暫時跳過雞蛋，可是其他材料看起來一樣陌生。鮮奶油需要全加進去，還是只加一部分？糖要放多少？所有材料應該一起攪拌，還是按順序來？她該用哪一只烤盤？烘烤溫度是多少？又需要多久時間？她腦中沒有半點印象，完全沒有線索。

我到底是怎麼回事？

愛麗絲又看了雞蛋一眼，還是毫無頭緒。她恨死這些天殺的雞蛋。愛麗絲抓起一顆雞蛋，使盡全力朝水槽砸去。一個又一個，她將所有雞蛋全都毀了。她感覺稍微滿足，但還是不夠。她需要砸碎另一樣東西，需要更用力、能讓她筋疲力竭的東西。愛麗絲環顧廚房，眼神憤怒而狂亂，忽然對上站在門口的麗蒂亞的雙眼。

「媽，妳在做什麼？」

愛麗絲的大屠殺不只侷限在水槽，牆面和流理台都濺滿蛋殼與蛋黃，櫥櫃像是哭泣的人臉，垂著蛋白做成的眼淚。

「雞蛋過期了，今年沒有布丁。」

「啊？我們不能沒有布丁，今天是耶誕夜。」

「唔，雞蛋已經沒有了，我再也不想待在這麼熱的廚房裡。」

「我去店裡買，妳到客廳坐著，放輕鬆。我來做布丁。」

愛麗絲走進客廳，身體依然微微顫抖，但瘋狂的怒氣已經平息了。她不曉得自己現在是精疲力竭還是覺得慶幸。約翰、湯姆、安娜和查理全都坐著聊天，手裡拿著紅酒。顯然有人找到開瓶器了。麗蒂亞穿上外套和帽子，探頭到客廳裡。

「媽，我需要買幾顆蛋？」

二〇〇四年一月

愛麗絲大可取消一月十九日早上的門診，選擇以後再和神經心理醫師及戴維斯醫師碰面。哈佛學生剛放完寒假，一月是他們的考試週，而愛麗絲的認知課期末考就在十九日早上。她沒有必要出席，但喜歡那種完成的感覺，陪學生從學期初到學期末。愛麗絲百般不願，但還是勉強找了一位助教去監考。不過，她有更好的理由不想去門診。三十二年前的一月十九日，她母親和妹妹車禍過世。愛麗絲覺得自己不像約翰那麼迷信，但每年忌日她都沒遇到好事。她想更改門診時間，掛號處卻說如果那天不行，就得等到四星期後。於是她決定照舊，沒有取消門診。她不想多等一個月。

她想像自己的學生正在考試：擔心著老師會出什麼考題，急著把一學期學到的知識寫進藍色的考試本裡，希望考前猛灌的短期記憶不要失靈。愛麗絲非常清楚他們的感受，而她那天早上做的大部分神經心理測驗，包括史楚普色字測驗（Stroop Color Word Test）、瑞文彩色圖形推理測驗（Raven's Colored Progressive）、盧瑞亞心像旋轉（Luria Mental Rotation）、波士頓命名測驗

（Boston Naming）、魏氏連環圖系測驗（WAIS-R Picture Arrangement）、班頓視覺記憶測驗（Benton Visual Retention）和紐約大學故事回想測驗（NYU Story Recall），她也都很熟悉。這些測驗的目的是挖掘出語言能力、短期記憶和推理過程的微小缺陷。其實很多測驗她之前做過，因為不少研究生做認知研究都找她當負控制組。然而今天愛麗絲不是控制組，而是受試者。

覆述、回想、排列和命名幾乎花了兩個小時。愛麗絲和她的學生一樣，測驗之後只覺得如釋重負，對自己的表現深具信心。她由神經心理醫師陪同，一起走進戴維斯醫師的診療室，兩人並肩坐下面對戴維斯。戴維斯醫師看著她身旁的空椅子，遺憾地嘆息一聲。他還沒開口，愛麗絲就知道自己麻煩大了。

「愛麗絲，我們上回不是說好了，妳要找人陪妳來？」

「是的。」

「很好。我們這一科規定所有病人都必須有熟人陪同。除非我了解正確狀況，否則不可能好好治療妳。沒有妳的熟人在場，我不確定自己能掌握到底出了什麼事。下次不准再犯了，妳同意嗎，愛麗絲？」

「同意。」

下次。愛麗絲剛才還對自己的神經心理測驗結果充滿自信，也鬆了一口氣，這下全都煙消雲散了。

「所有測驗結果都出來了，我們可以開始逐條看過。妳的磁共振造影沒什麼異常，沒有腦血管疾病，沒有隱性中風的跡象，也沒有水腦或血栓。這部分看來一切正常。妳的驗血和腰椎穿刺檢查都是陰性。我讓妳做了很多測驗，目的是找出所有可能導致這些徵狀的原因。我們目前知道妳沒有愛滋病、癌症、維他命缺乏、粒線體疾病或其他罕見病症。」

戴維斯醫師講得有條不紊，顯然不是第一次這麼說。「她到底有什麼毛病」應該到了結尾才會出現。愛麗絲點點頭，讓醫師知道她在聽，請他繼續往下說。

「妳的習得能力百分位數是九十九，包括抽象推理、空間能力和語言能力等。不過呢，我看到一些問題。妳的短期記憶出錯程度遠超過同年齡水準，比起妳自己之前的表現也顯著下降。我的結論來自妳對自己問題的描述，以及妳說這些狀況對於專業能力造成多大影響，另外就是我的親身觀察。上回妳來這裡，我請妳記住某個地址，妳卻想不起來。妳今天大多數的認知功能都很完美，可是有兩個和短期記憶有關的項目落差很大，其中一項甚至只拿到六十分。」

「綜合這些資訊，愛麗絲，」戴維斯醫師接著說，「我認為妳的徵狀符合描述，可能得了阿茲海默症。」

阿茲海默症。

這些字讓她無法呼吸。他這麼說到底是什麼意思？愛麗絲在腦中重複他的話。可能。她的呼吸突然恢復順暢，也能開口講話了。

「你說『可能』，所以我也有可能不符合。」

「不是，我們說『可能』，是因為目前只有一個方法能確定阿茲海默症，就是直接檢查大腦組織。而要分析大腦組織，除了解剖就是切片，兩種做法都不適合妳，不過要那樣才能做臨床診斷。目前妳的血液裡沒有與失智症相關的蛋白質，也就無法確知妳得了阿茲海默症。等到磁共振造影發現大腦萎縮，那已經是病症後期了。」

大腦萎縮。

「這怎麼可能？我才五十歲。」

「妳是早發性阿茲海默症。妳說得對，我們一般認為阿茲海默症是老年人的疾病，但有百分之十的患者是早發型，年紀在六十五歲以下。」

「早發型和一般阿茲海默症有什麼不同？」

「沒有不同，差別在於早發型主要是來自遺傳，還有發病時間較早。」

主要是遺傳。安娜、湯姆和麗蒂亞。

「既然你只確定我沒得什麼病，又怎麼知道我得了阿茲海默症？」

「我聽妳描述發生的狀況，讀過妳的病歷，檢查妳的方向感、認知、注意力和記憶，我有百分之九十五的把握。剩下的百分之五，我從妳的神經學測驗、血液、腦脊髓液和磁共振造影都找不到可能的解釋。我很確定，愛麗絲。」

愛麗絲。

她的名字穿透體內的每一個細胞，將分子震出她的肌膚。她站在診療室的角落看著自己。

「所以，這樣說的意義是什麼？」她聽見自己問道。

「目前治療阿茲海默症的藥物有兩種，我要妳開始服用。一是愛憶欣（Aricept），能促進膽鹼性神經元的作用，二是憶必佳（Ebixa），今年秋天剛核准上市，證實非常有效。兩種藥物都無法根治阿茲海默症，但可以延緩症狀發生，而我們需要盡量為妳爭取時間。」

時間。多少時間？

「另外，我希望妳每天服用兩次維他命E，而維他命C、低劑量阿斯匹靈和施德丁（statin）則是每天一次。妳沒有心血管疾病的立即風險，不過對心臟好的東西對腦袋也好，我們需要盡可能保留妳的神經元和突觸。」

戴維斯醫師將剛才講的內容寫在處方箋上。

「愛麗絲，有家人知道妳來這裡嗎？」

「沒有。」她聽見自己回答。

「好吧，妳必須告訴家人。我們可以延緩妳目前經歷到的認知衰退，但沒辦法停止或扭轉。為了安全起見，最好有經常和妳見面的人知情。妳會告訴妳先生嗎？」

她看見自己點頭。

「好，很好。那就拿齊處方藥，按指示服用，如果出現副作用就打電話給我，半年後記得回診。這段期間要是有任何疑問，隨時打電話或發電郵給我。另外，我建議妳和丹妮絲・達妲莉歐聯絡，她是醫院的社工師，可以幫妳尋求資源與協助。那我們就六個月後見，妳和妳丈夫一起，到時再看妳的狀況。」

愛麗絲望著醫師慧黠的眼眸，想看出別的什麼。她等待著，突然莫名意識到自己雙手緊緊抓著椅子冰冷的金屬扶手。那是她的手。她並不是一群飄忽的分子，懸浮在診療室的角落。她，愛麗絲・赫蘭，此刻正坐在麻州總醫院八樓，記憶障礙科神經專科醫師診療室一張又冷又硬的椅子上，剛剛診斷出得了阿茲海默症，身旁沒有半個人。她注視醫師的眼眸，想看出別的什麼，卻只見到真相和遺憾。

一月十九日，這一天從來沒發生什麼好事。

愛麗絲關上房門，坐在研究室裡，翻閱戴維斯醫師要她拿給約翰的「日常活動項目」問卷。「問卷請由關係人填寫，病人勿填」，第一頁開頭用粗體字特別這樣註明。「關係人」三個字、關上的房門、狂跳的心臟，讓愛麗絲有種公然犯罪的感覺，彷彿自己躲在東歐某個城市，手上擁有非法文件，警察尾隨在後，警笛聲大作。

每一項日常活動的評量等級由零（沒問題，和往常一樣）到三（嚴重受損，完全依賴他人）。愛麗絲瀏覽「三」旁邊的敘述，假定這就是末期的症狀，是一條她被迫走上的短暫直路的盡頭，而她沒有煞車，也沒有方向盤。

「等級三」是一連串難堪的遭遇，包括幾乎仰賴餵食、無法控制腸道與膀胱、必須由他人協助服藥等。就算不願意，也得讓看護員幫你清洗身體。再也不能工作，只能關在家裡或醫院；再也不能碰錢，不能一個人出門。非常難堪。但愛麗絲善於分析的心靈立刻起了懷疑，不認為這就是她的下場。這些徵狀有多少來自阿茲海默症，又有多少來自主要罹病族群（也就是老年人）的身體狀況？八十歲老人失禁是因為得了阿茲海默症，還是他們的膀胱用了八十年？「等級三」描述的現象也許不會發生在她身上，她這麼年輕，身體又好。

最糟的徵狀出在「溝通」這一項：說的話幾乎無法理解，也聽不懂別人說什麼。必須放棄閱讀，再也不能寫作。失去語言能力。除了誤診，愛麗絲想不出其他狀況可以讓她逃過這一項被評為「等級三」。這很可能發生在她這樣的人身上，一名阿茲海默症患者。

愛麗絲看著書架上成排的書籍和期刊、桌上等她批改的考卷、收件匣裡的電郵，以及閃著紅光等她接聽的電話留言。她想起自己一直想看的書，它們全堆在臥房書架最上層，而她總覺得以後會有時間看。《白鯨記》。她還有實驗要做，有論文要寫，有課堂要教、要聽。她所做、所喜歡的一切，還有她所成為的一切，全都離不開語言。

問卷最後一頁詢問關係人：病人過去一個月來出現下列徵狀的嚴重程度，包括錯覺、幻覺、激動、沮喪、焦慮、興奮、冷淡、失控、易怒、重複肢體動作、睡眠障礙和飲食習慣改變。愛麗絲很想自己填寫，證明她完全正常，戴維斯醫師一定搞錯了。但她突然想起醫師的話：對於實際情況，妳的說法可能不是最可靠的。也許吧，然而她起碼記得醫師講過這句話。只是，她不曉得自己什麼時候會開始記不住。

愛麗絲對阿茲海默症的了解並不多。她知道阿茲海默症患者大腦內的乙醯膽鹼濃度偏低，這個神經傳導物質對學習與記憶非常重要。另外，阿茲海默症患者的海馬迴會大量生斑與纏結，而海馬迴是大腦形成新記憶的關鍵。她還知道失語症也是阿茲海默症的典型徵狀，而她有一天會看著丈夫、小孩和同事，面對這些熟悉、深愛的臉龐，卻認不出他們是誰。

愛麗絲知道不只如此，還有更多擾人的困窘會發生。她在 Google 鍵入「阿茲海默症」，中指正要按下輸入鍵，忽然聽見喀喀兩聲。她立刻下意識收回手指，閃電湮滅證據。緊接著，門就毫無預警被人推開了。

愛麗絲很怕自己臉上寫滿了驚詫、焦慮與不誠實。

「妳準備好了嗎？」約翰問道。

沒有，她還沒準備好。如果她將戴維斯醫師的吩咐一五一十告訴約翰，將「日常活動項目」問卷給他，一切就成為事實了。約翰會變成關係人，而愛麗絲則是毫無行動能力的垂死病人。她還沒準備好棄械投降，還沒有。

「走吧，再一小時就要關門了。」約翰說。

「好，」愛麗絲說，「我準備好了。」

奧本山墓園（Mount Auburn）成立於一八三一年，是美國第一座非宗教墓園，目前也是國家歷史景點與全球知名的植物園，園藝景觀優美。愛麗絲的母親、妹妹和父親都在這裡安息。那場改變命運的車禍發生以來，她父親葬在這裡是他頭一回出現在這片土地。儘管是已死之身，依然讓愛麗絲忿忿不快。這裡向來是她和母親、妹妹獨處的場所，現在卻多了爸爸。他沒資格來這裡。

他們沿著紫杉大道前進，穿越舊墓園區。愛麗絲的目光和腳步停了下來，落在熟悉的謝爾頓家族墓碑上。查爾斯和伊莉莎白將三個孩子埋在這裡。一八六六年，蘇西死時還是嬰兒，可能是難產；一八六八年，兩歲的華特離開人間；一八七四年是卡洛琳，五歲。愛麗絲曾經將三個小孩的名字換成自己孩子，想體會伊莉莎白的哀痛，卻從來無法讓恐怖的畫面在心裡存留太久。她想像安娜全身青紫，死於出生；湯姆可能生病過世，穿著黃色的連身睡衣；麗蒂亞前一天在幼稚園還氣色紅潤，隔天就四肢僵硬、不再呼吸。然而，她腦中的迴路就是受不了如此悲慘的結局，很快便讓三個孩子恢復原本的模樣。

第三個孩子過世的時候，伊莉莎白二十八歲。愛麗絲不曉得她是不是想要再有小孩但無法受孕，還是她和查爾斯開始分床而眠，害怕哪天又要再買迷你墓碑。伊莉莎白比查爾斯多活了二十年，愛麗絲不知道她一生是否曾經享有片刻的平靜與安慰。

兩人默默走到愛麗絲的家族墓地。墓碑式樣簡單，很像花崗岩做成的巨人鞋盒，行跡隱密排成一列，立在紫色樹葉的山毛櫸下。安恩・麗蒂亞・戴利，一九五五年生，一九七二年歿；莎拉・路意絲・戴利，生於一九三一年，一九七二年歿。彼得・路卡斯・戴利，一九三二年生，二〇〇三年歿。山毛櫸枝葉低垂，樹幹至少有三十公尺高，綠色葉子閃耀著深紫色光澤，無論春天、夏天或秋天都很美麗。然而在一月這時候，葉子都掉光了，黝黑的枝幹在愛麗絲家的墓地留下斜長扭曲的影子，令人毛骨悚然。無論哪一位驚悚片導演，都會喜歡一月時的這棵樹。

約翰牽起她戴手套的手，兩人站在樹下沒有開口。天氣暖和的時候，這裡聽得見鳥兒啁啾、流水潺潺、地勤車輛的引擎和收音機聲，今天卻是安安靜靜，只有車潮聲從墓園外的遠方傳來。

每回來到這裡，約翰心中都在想些什麼？愛麗絲從來沒問過。他不曾見過她的母親和妹妹，因此很難想念她們太久。他是不是在思索自己的死亡或靈魂？還是她的？或者想起他依然健在的爸媽和姊妹？還是他完全心不在焉，想著研究和課堂的種種，甚至想像晚餐吃什麼？

她怎麼可能會得阿茲海默症？*這主要是遺傳*。倘若她母親活到五十歲，也會得到同樣的疾病嗎？還是問題來自她父親？

父親年輕時，就算酒精灌得再兇，喝醉的感覺也不明顯。雖然他愈喝愈靜、愈喝愈孤僻，卻總是有辦法開口再點一杯威士忌，或堅持自己能夠開車。就像他駕著那輛別克轎車滑出九十三號公路、撞上樹幹、害死妻子和小女兒的那天晚上。

父親酗酒的毛病終生沒改，他的行為模式卻變了，約在十五年前左右。他開始胡言亂語，大聲咆哮，整個人骯髒噁心，認不出女兒是誰。愛麗絲一直覺得是烈酒作祟，終於擊垮了他長年浸泡在酒精裡的肝臟與腦袋。難道父親得了阿茲海默症，只是沒有診斷出來？完全不需要解剖，一切都太吻合了，不可能不是這樣。而且，這給了她充分的理由，把父親當做箭靶。

爸，怎麼樣，這下你開心了吧？我分到你的爛基因，我們都要死在你手上了。你殺了全家人，感覺怎麼樣？

對旁觀者來說，愛麗絲哭泣，哭得憤怒而痛苦。這麼做合情合理，畢竟她死去的父母和妹妹就葬在這塊地方，墓園陰陰沉沉，還加上一棵詭異的山毛櫸。但對約翰來說卻是徹底的意外。去年二月，愛麗絲的父親過世當時，她沒有掉下半滴眼淚，而失去母親和妹妹的哀傷早已隨著時間淡去。

約翰抱著愛麗絲，沒有哄她停止哭泣，也沒有打算催促。他只是抱著她，任憑她盡情哭泣。愛麗絲知道墓園隨時就要關閉，也曉得自己可能讓約翰擔心。她很清楚，無論再多淚水都無法滌淨她被污染的大腦。愛麗絲將臉用力抵著約翰的毛呢大衣，不停落淚，直到哭得精疲力竭。

約翰捧著愛麗絲的臉頰，親吻她淚溼的眼角。

「小愛，妳還好嗎？」

我不好，約翰，我得了阿茲海默症。

愛麗絲以為自己脫口而出，其實沒有。這些話困在她的腦袋裡，但不是被斑塊或纏結卡住，她只是怎麼也無法啟齒。

她想像墓碑刻著她的名字，立在安恩的墓碑邊。她寧可早死，也不要失去心靈。愛麗絲抬頭望著約翰，見到他充滿耐心的眼神正在等她回答。她要怎麼告訴他，說她得了阿茲海默症？約翰愛著她的心靈，如今這個樣子，他要怎麼愛她？愛麗絲回頭看了刻在墓碑上的安恩的名字。

「我只是今天過得很不順。」

愛麗絲寧願喪命，也不要告訴他真相。

她想自殺，了結生命的衝動來得又急又烈，徹底抹煞其他念頭，讓她好幾天陷入黑暗絕望的深淵。然而衝動終究難以為繼，萎縮成微弱的思緒。愛麗絲還不想死，她依然是備受尊敬的哈佛心理學教授，能讀能寫，能夠正常沐浴如廁。她還有時間，而她必須告訴約翰。

愛麗絲坐在沙發上，腿上蓋著灰色毛毯，雙手抱膝，感覺自己就要吐了。約翰坐在高背安樂椅上，面對愛麗絲，身體一動也不動。

「是誰這麼對妳說的？」約翰問道。

「戴維斯醫師，他是麻州總醫院的神經科醫師。」

「神經科，什麼時候？」

「十天前。」

約翰轉過頭去，手指轉動婚戒，彷彿在檢視牆上的油漆。愛麗絲屏住呼吸，等他回頭看她。說不定她再也無法呼吸了。愛麗絲微微收緊抱著膝蓋的雙手。

「他搞錯了，小愛。」

「沒有。」

「妳一點問題都沒有。」

「不對，我有，我這陣子一直忘記事情。」

「誰都會忘記事情，像我就從來不記得眼鏡放在哪裡。難道這位醫生也要診斷我得了阿茲海默症？」

「我出現的症狀很不正常，不只是眼鏡亂放而已。」

「好吧，就算妳真的忘記事情，那也是因為更年期到了，生活壓力大，而妳父親過世或許讓妳想起當年失去母親和安恩的感覺。妳可能只是沮喪而已。」

「我不沮喪。」

「妳怎麼曉得？妳是臨床醫師嗎？妳應該去找家庭醫師，而不是這個神經科大夫。」

「我去過了。」

「詳細告訴我，她對妳說了什麼。」

「她不認為是更年期或沮喪的緣故，但其實也提不出確切的解釋。她覺得可能是睡眠不足，因此要我觀察兩個月，之後再去找她。」
「看吧，妳只是沒有照顧自己而已。」
「她不是神經專科醫師，約翰。我睡眠充足，而且那是十一月的事，到現在已經兩個月了，結果不僅沒有改善，反而更糟了。」
愛麗絲自己花了幾個月否認，卻要約翰一次談話就相信。她決定從約翰很清楚的例子開始。
「還記得我沒去芝加哥嗎？」
「那可能發生在我或我們認識的任何人身上。我們的生活根本忙到瘋了。」
「我們的生活向來都是忙到瘋了，可是我從來沒錯過飛機。再說，我不只錯過班機，而是完全忘了開會，尤其那一整天都在準備會議的事。」
約翰等她往下說，還有天大的祕密他不曉得。
「我會忘字。我從研究室走到教室，就完全忘了上課要教什麼。我不曉得自己為什麼要在備忘錄寫一些字，從早上一直到下午才想起來。」
她看得出來，約翰一點也不相信。太累，壓力，焦慮，正常，正常，太正常了。
「耶誕夜那天，我沒做布丁，因為沒辦法，我連一個步驟都想不起來，食譜就是徹底從我腦袋消失了。但我從小就做布丁，每年都做，而且全憑記憶。」
愛麗絲搬出例子攻擊自己，事證確鑿得難以置信，換成她同事早就採信了，但是約翰愛她。
「我站在哈佛廣場的書報攤前面，完全不曉得怎麼回家，搞不清楚自己在哪裡。」
「這是哪時候的事？」

「九月。」

愛麗絲讓約翰打破沉默，卻動搖不了他捍衛愛麗絲心智正常的決心。

「這只是其中一部分。我根本不敢想自己是不是忘了什麼事，卻根本沒意識到。」

約翰的表情變了，有如他在做實驗的核糖核酸底片上、在彷彿心理學測驗的模糊圖案中看出了一點端倪。

「丹恩的老婆。」他說，彷彿在自言自語，而不是對她說話。

「什麼？」愛麗絲問。

有事情不對了，她看得出來，生病的可能性浮現，削弱了他的自信。

「我需要讀點資料，然後去找妳的神經專科醫師。」

約翰沒有看她，逕自起身走進書房，留她獨自坐在沙發上，雙手抱膝，感覺自己就要吐了。

二〇〇四年二月

星期五：
服用早晨的藥✓
系務會議，九點，五四五室✓
回覆電郵✓
動機與情緒課，一點，科學中心視聽室B（「恆定與驅力」講座）✓
遺傳諮詢醫師門診（資料在約翰那裡）
服用晚上的藥

史黛芬妮．艾倫是與麻州總醫院記憶障礙科合作的遺傳諮詢醫師，黑髮及肩，彎彎的月眉，顯示她為人直率、充滿好奇心。她用熱誠的微笑歡迎約翰和愛麗絲。

「好，兩位今天為什麼來這裡呢？」

「有醫師說我太太得了阿茲海默症，我們希望她做類澱粉前驅蛋白（ＡＰＰ）、早衰基因一（ＰＳ１）和早衰基因二（ＰＳ２）三種基因的突變篩檢。」

約翰果然做足了功課。過去幾週，他埋首在阿茲海默症分子病因的文獻裡。就目前所知，若擁有這三個突變基因的任何一個，產生的錯誤蛋白質便是引起早發性阿茲海默症的罪魁禍首。

「愛麗絲，告訴我，妳希望透過篩檢知道什麼？」史黛芬妮問道。

「嗯，我想，做了篩檢應該能確定之前的診斷對不對，起碼比驗屍或大腦切片可行多了。」

「妳擔心診斷可能不正確？」

「我們覺得很有可能。」約翰說。

「好，我們先來看看突變篩檢的陽性和陰性反應代表什麼。這些突變都具有高度的表現率，只要ＡＰＰ、ＰＳ１或ＰＳ２突變篩檢呈現陽性，我可以很有把握地說醫師的診斷沒有錯。不過假如結果是陰性，事情就有點複雜了，我們沒辦法確定實際狀況究竟如何。約有百分之五十的早發性阿茲海默症患者並沒有這三種基因突變，但不表示他們沒有阿茲海默症，或者他們的疾病與基因無關，只代表還不曉得他們的基因突變發生在哪個位置。」

「以愛麗絲的年紀，那樣的人不是只有百分之十？」約翰問道。

「的確，就她的年齡，那樣的人是比較少。只可惜萬一愛麗絲的篩檢結果呈陰性，我們無法肯定她沒有得病，她仍可能屬於這一小群阿茲海默症患者，雖有基因突變，卻檢測不出來。」

參考戴維斯醫師之前做過的專業分析，這樣的講法還算說得通。愛麗絲知道約翰很清楚這一點，只不過他的論點符合「愛麗絲沒有阿茲海默症，我們的生活完好無缺」的虛無假設，而史黛芬妮的說法沒有。

「愛麗絲，妳了解我說的意思嗎？」史黛芬妮問。

這麼問很正常，卻讓愛麗絲心頭火起，也瞥見自己未來將會面對的對話模式。她還有辦法理解別人說的話嗎？或者大腦將會嚴重受損，困惑得無法做出回應？別人對她說話向來畢恭畢敬，要是她機敏的頭腦逐漸被腦中疾病吞噬，別人對她的態度會從尊敬變成什麼？同情？還是尷尬？

「了解。」愛麗絲說。

「另外，我必須先說明一點，就算篩檢結果是陽性，這樣的基因診斷也不會改變妳的治療過程或疾病的預後。」

「我懂了。」

「很好，那我們來了解一下妳的家人。愛麗絲，妳父母親還健在嗎？」

「不在了，我母親四十一歲死於車禍，父親去年因為肝衰竭過世，享年七十一歲。」

「他們生前的記性如何？有誰曾經出現失智或人格改變的徵兆嗎？」

「我母親非常健康。父親則是一輩子酗酒，他是個沉靜的人，但年紀愈大，脾氣就愈反覆無常，後來根本沒辦法和他好好說話。我覺得他在世的最後幾年根本不認得我。」

「他曾經看過神經科醫師嗎？」

「沒有，我以為是喝酒的緣故。」

「妳覺得那些改變大約發生在他幾歲的時候？」

「五十歲出頭。」

「他每天都喝得不省人事。他死於肝硬化，不是阿茲海默症。」約翰說。

愛麗絲和史黛芬妮沒有開口。兩人心照不宣，就讓約翰照自己的意思去認定吧。

「妳有兄弟姊妹嗎？」

「我唯一的妹妹和母親一起死於車禍，當年她十六歲。我沒有哥哥或弟弟。」

「那麼姑姑阿姨、叔叔舅舅、表兄弟姊妹和爺爺奶奶呢？」

愛麗絲對於祖父母和其他親戚的健康狀況與過世原因所知不多，只能將自己知道的部分告訴史黛芬妮。

「好，如果沒有其他問題要問，護士會過來幫妳抽血，送去做基因分析，分析結果應該兩週之內就會出來了。」

兩人開車經過史托洛路，愛麗絲默默望向窗外。天寒料峭，五點半就已經暮色昏暗，查爾斯河畔見不到半個人影，沒有人不畏風寒出來活動，四下一片寂寥。約翰關掉收音機，少了廣播分心，愛麗絲完全沉浸在受損DNA和大腦組織壞死的想像裡。

「小愛，篩檢一定會是陰性的。」

「但那改變不了什麼，不表示我沒有得病。」

「理論上是這樣，但起碼大大增加其他可能性。」

「例如什麼？你也和戴維斯醫師談過，你能想到所有可能引起失智的原因，他都測試過。」

「聽著，我覺得妳太早去看神經科醫師了。他根據症狀說妳得了阿茲海默症，但那是根據他的經驗說的，不代表他說得對。還記得妳去年弄傷自己的膝蓋嗎？假如去看骨科醫師，他一定會說是韌帶拉傷或軟骨磨損，要妳開刀。他是外科醫師，什麼事都要用手術解決。可是妳那時休息一兩個星期，好好調養，吃幾顆止痛藥，膝蓋就沒事了。

「我覺得妳只是太勞累、壓力太大，更年期的荷爾蒙變化擾亂了妳的生理機能，而且我認為妳很沮喪。這些我們都能處理，小愛，只需要逐一對付就好。」

約翰說的話感覺很有道理，她這年紀的人不大可能罹患阿茲海默症。她是更年期到了，而且太累，說不定很沮喪。這可以解釋她為什麼沒有極力反駁醫師的診斷，沒有千方百計對抗無望的命運。這一點都不像她。她也許真的壓力太大、太累、更年期到了、心情沮喪。也許她根本沒得阿茲海默症。

星期四：

七點：服用早晨的藥✓

完成心理定律學會論文審查✓

十一點：和丹恩討論，在研究室✓

十二點：午餐時間專題討論，七〇〇室✓

三點：遺傳諮詢醫師門診（資料在約翰那裡）

八點：服用晚上的藥

他們走進診療室，史黛芬妮坐在桌前，但這回她沒有露出微笑。

「在我們討論檢查結果之前，對於上次談過的事情，妳有想要補充的嗎？」史黛芬妮問道。

「沒有。」愛麗絲說。

「妳還是想知道結果？」

「對。」

「很遺憾，愛麗絲，妳的PS1突變篩檢是陽性。」

果然，證據確鑿，直接了當，毫不加油添醋，熱辣辣的直灌到底。未來半年，她大可盡情享用雌激素補充療法、贊安諾和百憂解❶，在峽谷莊園療養，每天睡上十二小時，然而什麼都不會改變。她得了阿茲海默症。她很想轉頭看約翰，腦袋卻不聽使喚。

「我們上一回提過，這種突變是自體顯性遺傳，和某類阿茲海默症的形成有關，因此吻合之前醫師對妳的診斷。」

「檢驗的失誤率有多少？是哪一個檢驗單位？」約翰問道。

「雅典娜診測中心，他們偵測這類基因突變的準確率超過百分之九十九。」

「約翰，是陽性。」愛麗絲說。

她終於轉頭看他。約翰的臉孔平常看來剛毅果決，這會兒卻呆滯無神，感覺很陌生。

「很抱歉，我曉得你們兩位都希望診斷是錯的。」

「這對我們的小孩有什麼影響？」

「嗯，這一點確實值得考量，他們年紀多大？」

「全都二十幾歲。」

「所以，他們目前還不會出現症狀。妳的每個小孩都有百分之五十的機率遺傳到突變基因，發病率則是百分之百。他們可以在症狀出現前做基因檢測，但要考慮的事情很多，例如他們會想知道實情，然後帶著陰影過日子嗎？他們的生活會有什麼改變？要是姊姊呈陽性、妹妹是陰性，又會如何影響姊妹的關係？愛麗絲，他們知道妳診斷出阿茲海默症嗎？」

「不曉得。」

「妳可能得考慮要不要盡快告訴他們。我知道事情千頭萬緒，更何況你們自己都還在消化這些消息。這種病是逐漸惡化的，當然可以從長計議、晚點再說，不過到時候可能就無法按照妳原本的想法去做了。還是妳覺得該留給約翰處理？」

「不，我們會跟他們說。」愛麗絲回答。

「妳的孩子有小孩了嗎？」

安娜和查理。

「還沒。」愛麗絲說。

「假如他們想生小孩，可能必須知情，這很重要。我蒐集了一些資料在這裡，妳想要的話可

❶雌激素補充療法可緩解更年期症狀，贊安諾（Xanax）和百憂解（Prozac）是精神科用藥，三者都對阿茲海默症無效。

以給他們參考。另外，這是我和治療師的名片，這位治療師可以向家屬清楚解釋什麼是基因篩檢與相關診斷。還有什麼問題想要問我的嗎？」

「沒有，我沒想到什麼。」

「很遺憾，妳沒有得到想要的結果。」

「我也很遺憾。」

她和約翰都沒開口。兩人默默坐進車裡，約翰付錢給停車場管理員，靜靜將車開上史托洛路。寒風刺骨，波士頓的氣溫已經連續兩週低到零下。喜歡跑步的人被迫待在室內，不是練跑步機，就是等天氣稍微好轉。愛麗絲討厭跑步機。她坐在車子前座，等約翰說點什麼，但他沒有。他一路哽咽啜泣，直至回到家。

二〇〇四年三月

愛麗絲拿起塑膠做的七日份藥盒，打開「星期一」的盒蓋，倒了七顆小藥丸到拱成碗狀的掌心裡。約翰有事走進廚房，見到愛麗絲手裡拿藥，立刻轉身離開，彷彿撞見自己母親裸體似的。他拒絕看她服藥，就算話還沒講完、聊天聊到一半，只要愛麗絲掏出塑膠置藥盒，他就會起身離開房間，對話結束。

愛麗絲用三口熱茶將藥吞下，感覺喉嚨一陣灼熱。這樣的經驗對她也不好受。她坐在廚房桌邊，朝茶杯吹氣，傾聽約翰在樓上臥房大步走動的聲音。

「你在找什麼？」愛麗絲大喊。

「沒有。」約翰吼了回來。

可能是眼鏡。造訪過遺傳諮詢醫師之後，這一個月來，他不再叫愛麗絲幫忙找眼鏡或鑰匙，但愛麗絲知道他還是不曉得自己把東西放在哪裡。

約翰匆匆走進廚房，腳步聲充滿不耐。

「我能幫忙嗎？」愛麗絲問。

「不用，我很好。」

約翰最近事必躬親，她很好奇他這麼堅持是為什麼。難道不想讓她為了找他亂放的東西而增加腦袋負擔？還是覺得太難堪，竟然找阿茲海默症病人幫忙？愛麗絲喝著熱茶，專注欣賞畫裡的蘋果和梨子，傾聽約翰在背後的流理台旁翻動信件和紙張。那幅畫掛在牆上超過十年了。

約翰經過她身邊，走到前門玄關。她聽見門廳櫥櫃的門打開，聽見門關上，聽見門廳茶几抽屜打開又關上。

「妳好了嗎？」約翰喊她。

愛麗絲將茶喝完，走到玄關。只見約翰穿著外套，眼鏡插在蓬亂的頭髮上，手裡拿著鑰匙。

「我好了。」愛麗絲回答，跟著他走出屋外。

麻州劍橋的初春是個大騙子，完全不能信賴。樹上見不到新芽，地上殘留著一個月的積雪，沒有鬱金香很勇敢或傻到鑽出來，也聽不見宛如背景音樂的啾啾鳥鳴。街道兩旁堆滿黑黑髒髒的殘雪，此刻依然狹窄不堪。就算白天回暖讓雪稍微融化，一到晚上溫度驟降又會結凍，將哈佛中庭和市區人行道變成危險的黑冰小徑。月曆上的標示只會讓波士頓人忿忿不平、覺得被騙，心想其他地方都已經是春天了，大夥兒穿著短袖襯衫，在知更鳥的叫聲中幽幽醒來，這裡卻是冰天雪地、凜冽淒清，完全沒有緩和的跡象。這樣的季節，愛麗絲和約翰散步到校園途中，只會聽見烏鴉呀呀。

約翰答應每天早上和她一起走到哈佛校園。她說她不想冒迷路的風險，其實心底是想重拾與他共處的時光，恢復過往的習慣。可惜的是，他們走在結冰人行道上滑倒的機率比被車子撞傷還高，因此只好一前一後，兩人都沒有開口說話。

石頭彈進她右腳的靴子裡。愛麗絲內心交戰，不曉得該停下來清掉石頭，還是走到傑瑞的店再說。若要清掉石頭，她得在路上單腳站立，讓另一隻腳暴露在寒風中。她決定忍受不舒服，把剩下的兩條街走完。

傑瑞的店位於麻州大道，在波特廣場和哈佛廣場之間。早在星巴克大舉入侵之前，這裡已是劍橋咖啡成癮者的大本營。櫃檯後方的黑板用粉筆大字寫著咖啡、紅茶、糕點和三明治的菜單，從愛麗絲念研究所到現在都沒有改變。只有右邊的單價出現更動的跡象，留下板擦抹過的粉痕，字體也和左邊的菜單不同，顯然不是出自同一人的手筆。愛麗絲看著黑板，一臉困惑。

「潔西，早。一杯咖啡和一塊肉桂司康餅，謝謝。」約翰說。

「我也一樣。」愛麗絲說。

「妳不喜歡咖啡。」約翰說。

「才怪，我喜歡。」

「哪裡，妳不喜歡。她要一杯檸檬茶。」

「我要咖啡和司康餅。」

潔西望著約翰，看他是不是要回擊，但觸網球已經落地了。

「好，兩杯咖啡和兩塊司康餅。」潔西說。

走出店外，愛麗絲喝了一口。感覺很嗆、很不好喝，與聞起來的芳香完全不搭。

「妳的咖啡怎麼樣？」約翰問。

「好極了。」

兩人朝校園走去，愛麗絲故意喝她討厭的咖啡氣他。她恨不得立刻就到研究室，剩下自己一個人，將難喝的飲料扔掉。而且，她也好想把靴子裡的石頭清走。

脫下靴子、咖啡扔進垃圾桶之後，愛麗絲決定先處理收件匣。她打開一封安娜寫來的電郵。

嗨，媽：

我們很願意一起吃晚餐，但查理這星期要出庭，實在有點困難。不曉得改成下週方不方便？哪一天對妳和爸爸比較適合？我們除了星期四和五，每天晚上都有空。

安娜

愛麗絲望著電腦螢幕上不停閃爍、彷彿在嘲弄她的游標，試著生出她想放在回信裡的詞彙。她總是要刻意努力、耐心勸誘，才能將思緒化成聲音、寫成文字或敲打在鍵盤上。她小時候很會拼字，老師讚許有加，不過那已經是陳年舊事了，現在她一點信心都沒有。

電話響了。

「嗨，媽。」

「喔，剛好，我正要回覆妳的電郵。」
「我沒有寄電郵給妳。」
愛麗絲沒有把握，便重讀了螢幕上的電郵。
「我才剛讀過，上頭說查理這星期要出庭……」
「媽，我是麗蒂亞。」
「喔，妳這麼早起來幹嘛？」
「我一向很早起啊。昨天晚上想打電話給妳和爸爸，但你們那裡太晚了。我剛拿到一個很棒的舞台劇角色，劇名是《水的記憶》，導演出色到極點。五月會有六場演出，我覺得這齣劇應該會很好看，加上這位導演，肯定會吸引很多注意。我在想，妳和爸爸或許能來看我演出？」
揚起的尾音和之後的沉默，在在暗示輪到愛麗絲開口了，可是她依然忙著理解麗蒂亞剛才說的話。講電話時看不到說話的人、沒有視覺輔助，常常讓她陷入困惑，感覺字詞彷彿攪在一起；突然變換話題也會讓她措手不及，跟不上談話的內容，理解能力更是大打折扣。寫字也有寫字的問題，但起碼遮掩得住，因為她不用當下做出反應。
「要是不想來，妳就直說。」麗蒂亞說。
「沒有，我很想去，只是……」
「還是妳太忙了？隨便，早知道我就打給爸爸。」
「麗蒂亞……」
「算了，我得出門了。」

說完，麗蒂亞就掛斷電話了。愛麗絲正想說她必須和約翰商量，假如約翰做實驗抽得出時間，她很樂意去，但要是他沒空，愛麗絲就不能一個人搭機橫越美國，必須找理由拒絕。她很怕出遠門會迷路或搞不清方向，因此盡可能迴避遠行。她婉拒杜克大學下個月的演講邀約。另外她從研究生時代開始，每年都會參加一個語言學會議，今年卻把登記表格扔了。愛麗絲很想看麗蒂亞表演舞台劇，可是這一回能不能成行，完全得看約翰是否有空。

愛麗絲拿著電話，很想打給麗蒂亞，最後還是打消念頭。她把要回信給安娜、還沒動手打字的電郵關掉，另開一封電郵準備寫給麗蒂亞。愛麗絲凝望著閃爍的游標，手指僵在鍵盤上。今天她的腦袋電力不足。

「拜託。」她催促自己，很想在腦袋裡接兩條跨接的電線，好好地、狠狠地震撼自己一番。

愛麗絲今天沒時間和阿茲海默症間耗，她有電郵要回，有研究經費申請計畫要寫，有課堂要教，有專題討論要參加，還有等一切忙完之後要跑步；也許跑步能讓她的腦袋清楚一點。

愛麗絲塞了一張紙條在襪子裡，紙上寫著她的姓名、地址和電話。當然，如果她神智迷糊到不曉得家在哪裡，很可能也不記得身上帶著這張紙條幫手。不過她還是決定帶著，以防萬一。

跑步愈來愈難理清思緒。這陣子，她甚至覺得跑步彷彿是用身體去追趕無止無盡、不斷逃離的問題，不管步伐再大、再快也追趕不上。

我該怎麼辦？愛麗絲按時服藥，每天睡足六、七個小時，依然按照哈佛的作息過日子。但她感覺自己像個贗品，偽裝成沒有罹患神經退化疾病的健康教授，照常工作，彷彿沒有半點異狀，而且會繼續正常下去。

身為教授，擺擺樣子、完成每天的任務，其實不需要什麼真工夫。她不用記帳，不用製造出一定數量的零件，也不用寫報告。愛麗絲可以出錯，問題是能錯到什麼程度？到最後，她的能力會退化到遭人發現和無法包容的地步。她想要在此之前離開哈佛，躲過傳言與憐憫，卻完全無法預測這樣的日子哪一天會來到。

雖然她很怕在哈佛待得太久，然而離開這裡同樣讓她惶恐，甚至比留下還怕。如果不是哈佛大學的心理學教授，她還是什麼？

她應該盡量多花時間與約翰和三個孩子相處嗎？實際上又該怎麼做？坐在安娜身邊，看她打案情摘要嗎？跟著湯姆在醫院巡房？陪麗蒂亞一起上表演課？她又該怎麼告訴孩子，說他們也有百分之五十的機會經歷同樣的路？要是他們像她責怪、痛恨自己父親一樣責怪、痛恨她呢？

約翰現在退休還太早，他能夠撥出多少時間，又不會扼殺他的學術生涯？而她自己又剩下多少時間？兩年？二十年？

雖然早發性阿茲海默症患者惡化得比晚發患者快，但通常能存活許多年，這個心智疾病喜歡年輕健康的身體。她可以一路撐到底，直到殘酷的結局。她會無法自己進食、無法說話、認不得約翰和孩子們。她會像嬰兒一樣蜷縮著，也因為忘記如何吞嚥而併發肺炎，約翰、安娜、湯姆和麗蒂亞會同意不使用抗生素，雖然充滿罪惡感，卻又慶幸肺炎終於帶走她的身體。

愛麗絲停下腳步，彎下身子，將中午吃的義大利麵吐了出來。大雪還要過好幾個星期才會融化、將穢物沖走。

她很清楚自己身在哪裡。她在回家的路上，萬靈聖公會教堂前面，離家只有幾條街。愛麗絲很清楚自己身在哪裡，她的生命卻從來不曾如此迷失過。教堂鐘響，她想起祖父母家的時鐘。愛麗絲走到大紅番茄色的門前，轉動圓鐵門把，憑著一股衝動走進教堂。

教堂裡空無一人，愛麗絲發現自己不用向人解釋前來的理由，不禁如釋重負。她母親是猶太人，父親卻堅持愛麗絲和安恩要在天主教環境長大，因此她小時候每週日都去教堂做彌撒，領受聖餐和告解，也做了堅信禮。然而由於她的母親從來不曾參與，愛麗絲很年輕就開始質疑信仰，加上她父親和天主教會始終提不出令人滿意的答案，因此她一直沒有真正的宗教信仰。

教堂外的街燈穿透哥德式的彩繪玻璃，給了她足夠的光線看清楚整座教堂。每一扇彩繪玻璃都畫著身穿紅白袍子的耶穌，描繪祂是牧羊人，或是在行神蹟治療人。聖壇右方標語寫著「神是我們的避難所，是我們的力量，是我們在患難中隨時的幫助」。

愛麗絲從來沒有像此刻這麼身處患難、這麼需要幫助，但她覺得自己太僭越，不夠虔誠，不值得神的垂憐。她是什麼人，竟敢來到陌生的教堂，尋求她不曉得自己相不相信的神的幫助？

遠方車潮如浪，聲音令人平靜。愛麗絲閉起眼睛，傾聽車聲，試著敞開胸懷。教堂裡冰冷幽暗，愛麗絲坐在天鵝絨長椅上，不知道坐了多久，等待一個回答。沒有反應。她又等了一會兒，希望神父或教區居民出現，問她怎麼會在這裡。她已經把理由準備好了，卻沒有人來。

愛麗絲想起戴維斯醫師和史黛芬妮給她的名片。也許她該找社工人員或治療師談談，或許他們能幫助她。但她忽然靈光一閃，事情變得再清楚不過，答案就在眼前。

找約翰談。

愛麗絲走進家門，立刻被迎面而來的攻擊打得招架無力。

「妳去哪裡了？」約翰問。

「我去跑步。」

「妳早就出門了，跑到現在？」

「我還去了教堂。」

「教堂？我受夠了，小愛。聽著，妳不喜歡咖啡，也不上教堂。」

愛麗絲聞到他呼吸帶著酒味。

「嗯，但我今天去了。」

「我們晚上應該和鮑伯及莎拉吃飯，我不得不打電話取消。妳不記得了嗎？」

和朋友鮑柏及莎拉吃飯，寫在日曆上。

「我忘了，我有阿茲海默症。」

「我完全不曉得妳跑去哪裡、是不是迷路了。從現在起，妳必須隨時帶著手機。」

「跑步沒辦法帶手機，我身上沒有口袋。」

「那就用膠帶黏在頭上，我不管。下回妳又會忘記應該在哪裡出現，同樣的事情我不想再經歷第二次。」

愛麗絲跟著約翰走進客廳。他坐到沙發上，一手拿著威士忌，完全不看她，額頭上的汗珠和酒杯表面的水滴一樣大。愛麗絲遲疑片刻，接著坐到約翰腿上，手臂緊緊摟住他的肩頭，雙手環抱著自己的手肘，耳朵貼著他的耳朵，將心事傾瀉而出。

「對不起我變成這樣。我只要想到就覺得受不了。受不了事情會惡化到什麼程度，受不了自己有一天看著你，看著我愛的臉龐，卻不曉得你是誰。」

愛麗絲撫摸他的下巴、臉頰，以及不曉得多久未曾出現的笑紋。她抹去約翰額上的汗滴與眼中的淚水。

「我只要想到就幾乎無法呼吸，但我們不得不想。我不曉得自己還能認得出你多久，我們必須討論接下來可能發生什麼事。」

約翰仰頭將酒一飲而盡，吸光冰塊間的威士忌。他看著愛麗絲，眼裡是她從未見過的驚惶與深深的憂傷。

「我不曉得自己做不做得到。」

二〇〇四年四月

愛麗絲和約翰雖然聰明過人，卻連一個具體的長期計畫也生不出來。光是最關鍵的問題——症狀會惡化得多快？——就有太多變數，以致無法解答。他們六年前同時自教職輪休一年，合寫了一本書《從分子到心靈》，因此明年又有機會一起輪休。但她能撐到那時候嗎？到現在為止，他們只決定先過完這個學期，盡量避開遠行，整個暑假待在鱈魚角。他們只能設想到八月。

他們也同意暫時不告訴任何人，除了三個小孩。他們決定這天早上說，在貝果、水果沙拉、墨西哥蛋餅、含羞草汁和巧克力蛋之間，吐露出苦思良久、不得不說的祕密。

愛麗絲一家已經好幾年沒有共度復活節了。安娜有時會到賓州的公婆家過週末，麗蒂亞這幾年待在洛杉磯，之前則是在歐洲，而約翰幾年前曾到科羅拉多州的波爾德市開會。他們花了一番工夫才說服麗蒂亞回家過節。她正在排練新劇，說她沒辦法抽身，也買不起機票，不過約翰表示錢由他出，總算說動她抽出兩天時間。

安娜沒喝含羞草汁或血腥瑪麗，卻像嗑爆米花似的一口氣將焦糖蛋吃完，再配上一杯冰水。

大夥兒還來不及猜想她是不是懷孕了，安娜已經開始巨細靡遺說起即將接受的人工受精手術。

「我們到哈佛的百翰婦女醫院去看不孕症專家，他也找不出原因。我的卵子很健康，每個月固定排卵，查理的精子也沒問題。」

「安娜，拜託，我想他們對我的精子應該沒興趣。」查理說。

「哎，是沒錯，但真的很令人喪氣。我甚至試過針灸，結果沒用，不過偏頭痛倒是好了。所以，起碼我們知道我是能夠懷孕的。星期二要開始注射濾泡刺激素，下週要注射某種能讓我排放卵子的東西，之後再用查理的精子幫我做人工受精。」

「安娜。」查理說。

「嘿，他們就是這樣計畫的啊。所以，希望我下週就會懷孕了！」

愛麗絲勉強擠出鼓勵的微笑，將自己的恐懼緊鎖在牙關之後。阿茲海默症的徵狀要到生育期之後才會出現，而到這時，受損基因已經悄悄傳遞給下一代了。要是她當初曉得自己體內每一個細胞都有這個基因、會有如此的命運，她會怎麼做？仍然生下安娜、湯姆和麗蒂亞，還是會避孕，阻止他們來到世上？她會願意接受卵子形成過程減數分裂的任意擺布嗎？她的琥珀色眼眸、約翰的鷹勾鼻和她的早衰基因——。當然，她現在無法想像沒有這三個孩子的生活，然而在有小孩之前，在原本無法想像的純粹母愛隨著孩子而來之前，她會不會認為避孕對大家都好？換成安娜又會怎麼想？

湯姆走進屋裡，為自己遲到又沒帶新女友而道歉。這樣最好，今天應該只有家人在場，而且愛麗絲想不起那位新女友的名字。湯姆直接衝到飯廳，深怕錯過早餐似的，不久便笑呵呵走回客廳，手裡端著堆滿食物的盤子，感覺什麼都拿了一點。他在麗蒂亞身旁坐下，和她擠在一張沙發上。麗蒂亞手抓劇本閉著眼睛，正在默默背誦台詞。所有人到齊，是時候了。

「我和爸爸有一件很重要的事情想和你們談，而且必須你們全都在場才能說。」

愛麗絲看了看約翰，約翰點點頭、輕捏她的手。

「我的記憶出現問題已經有一段時間了。今年一月，醫師診斷出我得了早發性阿茲海默症。」

壁爐架上的時鐘滴答作響，彷彿有人將音量調大似的，又像家裡空無一人。湯姆又起一塊蛋餅，手就這麼僵在盤子和嘴巴之間。她應該等湯姆吃完早午餐再說的。

「醫生確定是阿茲海默症嗎？妳有沒有尋求另一位醫師的意見？」湯姆問。

「妳媽媽做了基因篩檢，結果發現早衰基因一有突變。」約翰說。

「自體顯性遺傳嗎？」湯姆問。

「對。」約翰又向湯姆透露了一點，不過是用眼神。

「這是什麼意思？爸，你剛才告訴湯姆什麼？」安娜問。

「這表示我們有百分之五十的機率罹患阿茲海默症。」湯姆說。

「那我的寶寶怎麼辦？」

「妳根本還沒懷孕。」麗蒂亞說。

「安娜，如果妳有突變基因，妳的小孩也會有。妳生的每個小孩都有百分之五十的機會遺傳到突變基因。」愛麗絲說。

「那我們該怎麼辦？要去做檢查嗎？」安娜問。

「你們可以去做。」愛麗絲說。

「喔，天哪，萬一我有突變基因怎麼辦？我的寶寶也可能會有。」安娜說。

「就算我們生的小孩有突變基因，到時也可能有辦法治療了。」湯姆說。

「但我們就來不及了，意思是這樣嗎？所以我的小孩沒事，我卻會變成神智不清的殭屍？」

「安娜，妳說夠了沒有！」約翰怒斥道。

約翰咬牙切齒，滿臉通紅。換做十年前，他一定會叫安娜回房間，然而這回他只是用力摁了摁愛麗絲的手，微微擺腿。他在許多方面都已經變得無能為力。

「對不起。」安娜說。

「等妳到我這個年紀，很可能已經有預防療法了。這就是你們最好去做檢查的原因，因為如果檢查出突變基因，或許能在症狀出現之前開始服藥，說不定永遠不會出現症狀。」愛麗絲說。

「媽，醫院現在有什麼療法可以幫助妳？」麗蒂亞問。

「嗯，他們要我服用抗氧化維他命、阿斯匹靈、施德丁和兩種神經傳導物質藥物。」

「這些藥能阻止阿茲海默症惡化嗎？」麗蒂亞問。

「或許可以撐一陣子，醫生其實也不清楚。」

「正在臨床測試的新藥呢？」湯姆問。

「我目前在查。」約翰說。

約翰前陣子開始聯絡波士頓專研阿茲海默症分子病因的臨床醫師和研究人員，詢問目前正在臨床測試的療法，請他們提供意見。約翰雖然是癌細胞生物學家，不是神經學家，但要掌握橫行於另一套生理系統的分子要犯並不困難。他們都說同一種語言，像是受體結合、磷酸化、轉錄調控、遍布著內涵蛋白（clathrin）的小凹、分泌酶等，而哈佛教授的身分更是一張超級會員卡，讓他立刻接觸到波士頓阿茲海默症研究圈的領導權威，贏得他們的信賴。要是有更好的療法，甚至就快出現，約翰一定會幫愛麗絲問到。

「可是，媽，妳看起來好得很。所以妳一定很早就得病了，因為我完全察覺不出任何異狀。」湯姆說。

「我察覺到了，」麗蒂亞說，「不是察覺媽媽得了阿茲海默症，而是她有些地方不對勁。」

「妳怎麼知道？」安娜問。

「她講電話有時候會沒有邏輯，而且常常重複，不然就是忘了我五分鐘前講了什麼。還有她去年耶誕節想不起布丁怎麼做。」

「妳多久之前就察覺到了？」約翰問。

「起碼一年前。」

一年前。愛麗絲自己都沒發現，但她相信麗蒂亞，同時察覺約翰的難堪。

「我一定要知道自己有沒有突變基因。我要做篩檢，你們難道不想做嗎？」安娜問。

「對我來說，不知道自己有沒有突變基因會比知道還要焦慮。」湯姆說。

麗蒂亞閉起眼睛。所有人都在等待。愛麗絲心裡閃過一個滑稽的念頭，麗蒂亞說不定是在默背台詞或睡著了。沉默讓大家很不自在，最後麗蒂亞終於開口。

「我不想知道。」麗蒂亞的做法永遠與眾不同。

威廉詹姆斯大樓靜得出奇，平常喧騰的走廊，學生的發問、爭執、說笑、抱怨、吹噓和談情說愛的聲音全都消失得無影無蹤。溫書假期間，學生確實會從校園瞬間蒸發，轉而窩在宿舍或圖書館裡，不過那是下星期的事情。根據教學進度，不少選修認知心理學的學生要花一整天到查爾斯頓區見習功能性磁共振造影，或許就是今天。

無論如何，愛麗絲很慶幸可以不受打擾完成許多工作。她上班途中沒有到傑瑞的店買杯茶，現在後悔了。她需要咖啡因。愛麗絲讀完最新一期《語言學期刊》，弄好今年「動機與情緒」課程的期末考試卷，回覆一直沒回的電郵，中間沒有半通電話，也沒有人敲門。

愛麗絲回到家才想起忘了去傑瑞的店，但她還是很想喝茶，於是走到廚房，將茶壺放到爐子上。微波爐的時間顯示現在是清晨四點二十二分。

愛麗絲望向窗外，只見到黑夜和窗上自己的倒影。她穿著睡袍。

嗨，媽：

人工受精失敗了，我沒有懷孕。我以為會很難過，結果沒有，我感覺查理甚至鬆了口氣。希望另一項檢查結果也是陰性。約診時間是明天，我和湯姆會回家把檢查結果告訴妳和爸爸。

愛妳

安娜

愛麗絲預計安娜和湯姆應該到家的時間已經過了一個小時，他們依然沒有出現。兩人檢查都是陰性的機率本來就低，這下更不可能，不然門診應該很快結束，簡單兩句「你們兩個都沒事」和「謝謝」就可以走人了。也許史黛芬妮今天有事耽擱了，也許安娜和湯姆在候診室坐著的時間比她想像得久。

等他們真的踏進家門，兩人檢查都是陰性的機率已經微乎其微，否則他們一定會脫口而出，至少也會從臉上歡欣喜悅的表情顯露出來。然而，他們將答案壓在心裡，緩緩走進客廳，將「劇變前」的生命盡量延長，將顯然是噩耗的消息拖到最後一刻才說。

兩人一左一右，並肩坐在沙發上，彷彿小時候坐進車子後座。湯姆是左撇子，喜歡坐在窗邊，安娜坐哪裡都無所謂。但他們現在坐得更靠近，湯姆伸手握住安娜的手，她也沒有尖叫道：「媽咪，湯姆碰我！」

「我沒有突變基因。」湯姆說。

「但是我有。」安娜說。

愛麗絲記得湯姆呱呱墜地之後，她覺得自己多麼幸運，生了理想中的一男一女。光陰花了二十六年，將幸運變成詛咒。愛麗絲身為母親的沉毅堅強徹底瓦解，開始哭泣。

「對不起。」她說。

「不會有事的，媽。妳之前也說了，他們會找出預防療法的。」安娜說。

愛麗絲事後回想，發現這一切真是造化弄人。安娜一向是最堅強的，起碼外表看來如此，永遠都是她在安慰別人。不過愛麗絲一點也不意外。三個孩子當中，安娜最像母親，頭髮、氣色與性格都和愛麗絲一模一樣，還有早衰基因一也一樣。

「我還是要嘗試做試管嬰兒。我和醫師談過，他們會先做胚胎著床前的染色體診斷，從每一個受精卵取出一個細胞做突變基因篩檢，只植入健康的受精卵，確保小孩沒有突變基因。」

這點確實是個好消息。然而面對其他人依然沉浸在喜悅裡，愛麗絲心中卻湧上一絲苦澀。她很痛恨自己會有這樣的感覺，但就是忍不住嫉妒安娜，羡慕安娜能做她做不到的事：讓自己的小孩免於受害。安娜絕對不用坐在她女兒面前，面對她的長女，看女兒辛苦反芻自己有一天可能罹患阿茲海默症的事實。愛麗絲好希望自己也能享受到婦產科進步的果實，可是如此一來，原本將變成安娜的受精卵一開始就會遭到捨棄。

根據史黛芬妮的說法，湯姆很好，不過他看來一點也不好，臉色蒼白，驚魂未定，似乎搖搖欲墜。愛麗絲原本以為他和安娜不管是誰檢驗出陰性都會如釋重負，結果應該簡單明瞭。然而，她忘了他們是一家人，被往事、DNA與愛羈絆在一起。安娜是他的姊姊，是安娜教他怎麼吹破口香糖泡泡，也是安娜永遠將自己拿到的萬聖節糖果送給他。

「誰來告訴麗蒂亞？」湯姆問道。

「我來說。」安娜回答。

二〇〇四年五月

愛麗絲診斷出阿茲海默症之後的那一週，她就想去那裡看一眼，可是並沒有去。在當時，無論幸運餅乾、占星、塔羅牌或生活照料機構都引不起她的興趣。儘管她正朝向命運邁進，卻不急著窺看未來；那天早上沒有什麼特別的事能撩起她的好奇心或勇氣，讓她去瞄一眼奧本山莊養護中心。但今天，愛麗絲走了進去。

大廳沒有什麼嚇人的景象。牆上掛了一幅海景水彩畫，地上是褪色的波斯地毯，一名眼影搽得很濃、黑髮有如短草的女人坐在桌前，面向大門。要是不仔細看，你可能會將這裡誤認為旅館大廳，但微微的藥味，加上看不到行李、服務人員和人來人往，在在都和旅館不同。待在這裡的人是住戶，不是房客。

「有何貴幹？」短髮女人問道。

「嗯，是的，你們這裡照顧阿茲海默症患者嗎？」

「是的，我們有一個部門專責照顧阿茲海默症病人。您想參觀嗎？」

「是。」

愛麗絲跟著女人走向電梯。

「您是為父母親來的？」

「沒錯。」愛麗絲說。

他們等了一會兒，中心的電梯就和這裡的老人一樣，年紀很大，反應又慢。

「您的項鍊很好看。」女人說。

「謝謝。」

愛麗絲的手指伸向胸骨上緣，摁著她母親的新藝術風格❶蝴蝶項鍊，摩挲著藍色含鉛玻璃做成的翅膀。她母親只有在生日或參加婚禮才會戴它，因此愛麗絲也唯有在特殊場合才會戴上。最近雖然沒有什麼大事，可是她很喜歡這條項鍊，因此上個月有一天，她穿著T恤和牛仔褲就戴了項鍊，感覺完美極了。

再說，愛麗絲很喜歡想起蝴蝶的感覺。她還記得，自己六、七歲時發現蝴蝶只有幾天壽命，忍不住在後院哭了。母親安慰她，要她別為蝴蝶難過，生命短暫並不一定是悲劇。母親看著蝴蝶在溫暖的陽光下，悠遊於院子的雛菊之間，低頭對她說：妳看，牠們的生命多麼美好。愛麗絲很喜歡想起這段往事。

他們踏出電梯來到三樓，沿著鋪了地毯的長走廊走，穿越幾道沒有標示的雙扇門之後停了下來。雙扇門自動關上，短髮女子轉身指著門說：「阿茲海默症加護病房是上鎖的，換句話說，必須知道密碼才能穿越這幾道門。」

愛麗絲看著門邊的號碼按鍵盤，數字上下顛倒排列，而且由右向左遞減。
「數字為什麼要弄成這樣？」
「喔，那是為了防止病人知道密碼，把密碼背下來。」
這麼小心似乎沒有必要。要是他們記得住密碼，就不用住在這裡了，不是嗎？
「我不曉得您父親或母親是不是這樣，阿茲海默症患者經常四處走動，夜裡沒辦法安靜。我們這裡允許住院者自由活動，可是必須確保安全和不會走失。我們晚上不會讓病人服用鎮靜劑，也不會限制他們待在房間，而是協助他們盡可能保持自由、獨立生活。我們知道這一點對患者和家屬都非常重要。」
這時，一名滿頭白髮、穿著粉紅和綠色家居服的小個子女人衝到愛麗絲面前。
「妳不是我女兒。」
「是的，很抱歉，我不是您女兒。」
「把我的錢還來！」
「她沒有拿走妳的錢，艾芙琳。妳的錢在房間裡，妳回去檢查梳妝台第一個抽屜，我想妳把錢收在那裡。」
女人滿臉疑心，嫌惡地瞪了愛麗絲一眼，但還是乖乖聽話，拖著髒兮兮的白毛巾布拖鞋走回

❶新藝術風格（art nouveau）是十九世紀末、二十世紀初的藝術表現風格，以華麗流暢的曲線與圖案作為裝飾，出現在美術工藝設計和建築裝飾上。

自己的房間。

「艾芙琳有一張二十元鈔票，整天藏來藏去，怕被別人偷走。想也知道，她忘了自己收在哪裡，看到誰都覺得是那個人偷的。我們試過各種辦法，想讓她把錢花掉或存進銀行，但她就是不肯。不過，她遲早會忘記自己有錢，事情就可以落幕了。」

躲過艾芙琳的偏執追查之後，他們一路走到走廊盡頭的休息室。房裡都是老人，圍著圓桌吃中飯。愛麗絲仔細一看，發現幾乎所有老人都是女的。

「這裡只有三個男的？」

「其實，三十二名住院者只有兩位是男性。哈洛德每天都會來陪太太吃飯。」

兩名阿茲海默症男患者自己一桌，和其他女病人隔開，感覺好像回到小時候的「男女授受不親」。桌子與桌子之間擺滿了助行器，還有許多女病人坐著輪椅。幾乎所有人都是白髮稀疏，戴著厚重的眼鏡，眼窩凹陷，吃得慢條斯理。沒有人聊天、交談，就連哈洛德和他妻子也沉默不語。房裡除了進食的聲音，就只有一名女病人一邊吃飯一邊哼歌，但她腦袋裡的唱盤反覆跳針，不停唱著《銀色月光下》的第一句。沒有人抗議或鼓掌。

銀色月光下。

「您應該看得出來，這裡是我們的餐廳兼活動室。住院者每天定時享用早餐、午餐和晚餐。按表作息很重要，其他康樂活動也在這裡進行，包括保齡球、丟沙袋、小常識比賽、音樂、跳舞和手工藝等。這些可愛的鳥屋是他們今天早上做的。早上也會有人讀報，讓他們掌握時事。」

銀色

「我們提供許多活動，讓住院者充分活動和充實身心。」

月光下。

「我們向來歡迎家屬與親朋好友來訪，除了一起參與活動，也可以陪親人用餐。」

除了哈洛德，愛麗絲沒有看到半個親人在場。沒有丈夫、妻子、小孩或孫子，也沒有朋友。

「我們擁有高度專業的醫療團隊，為住院者提供額外的照護。」

銀色月光下。

「你們這裡有六十歲以下的住院者嗎？」

「喔，沒有，我記得最年輕的也有七十歲，平均年齡是八十二、三歲。六十歲以下的阿茲海默症患者非常罕見。」

妳眼前就有一個，小姐。

銀色月光下。

「總共費用多少？」

「離開前，我可以給您一份資料。不過以一月來說，阿茲海默症加護病房的費用是每天二百八十五美元。」

愛麗絲在腦中概略計算，一年大約十萬美元，乘上五年、十年，甚至二十年。

「請問您還有其他問題嗎？」

銀色

「沒有了，謝謝。」

愛麗絲跟著為她導覽的女子走回上鎖的雙扇門前，看她按密碼。

〇七九一九二五

她不屬於這裡。

攝氏二十度的晴朗春日，這在劍橋是絕無僅有的天氣，是新英格蘭人夢寐以求、但每年都懷疑真有其事的奇蹟。今天就是這樣的日子，濃烈的蠟藍天空，總算不需要外套的春天。這天不應該浪費在辦公室裡，尤其當你得了阿茲海默症。

愛麗絲走出中庭，朝東南方走了兩條街，走進班傑利冰淇淋店，感覺渾身輕飄飄的，興奮得像個蹺課的青少年。

「我要三球花生醬冰淇淋，用甜筒裝，謝謝。」

該死，我正在吃立普妥❷。

愛麗絲捧著又大又重的甜筒冰淇淋，彷彿那是奧斯卡獎座，付了五美元鈔票，將找回的零錢放進「幫我念大學」的小費罐裡，繼續朝查爾斯河前進。

許多年前，她開始改吃優格冰淇淋，據說比較健康，因此早就忘了真正冰淇淋的口感是那麼濃郁滑順、美味可口。愛麗絲邊走邊舔冰淇淋，一邊回想剛才在奧本山莊養護中心看到的景象。她需要更好的計畫，讓她不用在阿茲海默症加護病房和艾芙琳玩丟沙袋，也不用讓約翰荷包失血，只為了保護一個已經不認得他、而他也不再認得的女人。如果真有這一天，她不想苟延殘喘，要身邊的人付出超額的金錢與情感，只為了讓她活在世上。愛麗絲犯了錯，正努力彌補，但她很有把握自己的智商至今仍超出常人，而智商普通的人不會自殺。呃，有些人會，但都和智商無關。

儘管記憶消逝得愈來愈快，她的大腦在許多方面仍然表現良好。比方說，她正在吃冰淇淋，完全沒有滴到甜筒或手上，因為她邊轉邊舔。這種做法從她小時候就已成為自然，或許和「如何騎單車」與「如何繫鞋帶」一樣儲存在大腦的某個部位。此外，她走出人行道穿越馬路，大腦的運動皮質區和小腦也會進行複雜的數學運算，讓她順利走到馬路對面，不會跌倒或被車撞上。她認得水仙花的甜香，也聞得出街角印度餐廳飄來的咖哩味。她每舔一口冰淇淋就嚐到巧克力和花生醬的美味，顯示大腦掌管愉悅的部位依然正常活化，讓她可以享受性愛和美酒的歡愉。

然而，她終有一天會忘記如何吃冰淇淋、繫鞋帶、走路。傳遞愉悅的神經元終有一天會被不斷堆積的類澱粉蛋白破壞，讓她不再能享受喜愛的事物，終有一天不再有「終有一天」。

她真希望自己得的是癌症，寧可用阿茲海默症和癌症交換，連考慮都不用。她覺得很丟臉，竟然有這種想法，何況交換一點意義也沒有，但還是任由自己這麼幻想。換成癌症，她起碼有事可做，可以動手術、做放射線治療和化療。她還有機會贏。家人和哈佛同事會與她並肩作戰，認為她在打一場聖戰。就算最後落敗了，她也可以了然於心望著親友，和他們從容道別。

阿茲海默症完全不是這麼回事，是不同的洪水猛獸，沒有武器殺得了它。服用愛憶欣或憶必

❷立普妥（Lipitor）是一種降血脂劑。冰淇淋是脂肪含量很高的食物。

佳感覺就像杯水車薪，只是用滲漏的水槍對付熊熊烈火。約翰還在探詢臨床階段的新藥，但愛麗絲懷疑它們是否能夠很快問世，也不認為它們能帶來什麼奇蹟，否則戴維斯醫師早就打電話要她務必嘗試。目前只要得了阿茲海默症，不管你是八十二歲也好五十歲也好，住在奧本山莊或者身為哈佛心理系教授也罷，下場全部相同，都會被烈火吞噬，沒有人能倖免。

光頭和頭巾是勇氣與希望的象徵，忘詞和記憶消退卻代表心智不穩與精神失常。癌症患者知道自己會得到周遭人們的支持，愛麗絲卻準備被社會流放。心地再善良、教育程度再高的人也會害怕心智障礙者，和他們保持距離。愛麗絲不想成為人人迴避與恐懼的對象。

假如她接受事實，承認得了阿茲海默症，只能靠兩種根本不算有效的藥物來治療，而且沒辦法換成可以治癒的疾病，她還期盼什麼？要是安娜做人工受孕成功了，愛麗絲希望自己能抱著安娜的寶寶，能夠知道那是她的孫子。她希望看到麗蒂亞演戲，令她引以為傲。她希望湯姆重新墜入愛河，也希望再有一年教職輪休，能和約翰一起度過。她希望自己在無法讀書之前，能夠讀完每一本想看的書。

這些出乎意料的想法，讓愛麗絲淺淺一笑。這裡頭沒有一件事和語言學、教書或哈佛大學有關。她吃完最後一口甜筒，希望能有更多晴朗溫暖的日子和更多冰淇淋。

當疾病的重擔超過冰淇淋的愉悅，也就到了她告別生命的日子。然而，在那命運交會的瞬間，她殘存的心智又能不能看出時候到了？她怕自己屆時忘了這樣的計畫，也沒有能力執行。至於要求約翰或孩子幫忙更是想都別想。她絕對不想讓他們陷入如此的困境。

愛麗絲現在就得擬好計畫，遙控未來的她，自殺。她得想出一個簡單的測驗，每天自我評估、掌握狀況。她想到戴維斯醫師和神經心理醫師的提問，也就是她去年十二月已然無法回答的問題。愛麗絲也想到自己期盼保留的事物，那些事沒有一項需要聰明才智。她知道就算短期記憶出現嚴重闕漏，自已還是想活下去。

她從淺藍色的小袋子拿出黑莓機。袋子是麗蒂亞送的生日禮物，愛麗絲總是斜背在左肩，靠著右臀，每天都帶著，是她必備的配件，與白金婚戒和運動錶一樣不可或缺。袋子和她的蝴蝶項鍊真是絕配，裡頭有她的手機、黑莓機和鑰匙。愛麗絲只有夜裡睡覺時才將袋子拿下來。

她開始打字：

愛麗絲，回答以下問題：

一、現在是幾月？

二、妳住在哪裡？

三、妳的研究室在哪裡？

四、安娜的生日是哪一天？

五、妳有幾個小孩？

只要有一題答不出來，立刻點開電腦裡的「蝴蝶」檔案匣，遵照指示去做。

愛麗絲將黑莓機的行事曆設定成振動提示，時間是每天早上八點。她曉得這套計畫破綻百出，不可能萬無一失，只希望自己能在變成白癡之前打開「蝴蝶」檔案匣。

愛麗絲可以說是衝去上課的，心想肯定遲到了，然而當她走進教室，卻發現裡頭風平浪靜。她在第四排左邊的走道位子坐了下來，幾名學生從後門姍姍來遲，但絕大多數都到齊了。愛麗絲看了看錶，十點零五分，牆上時鐘也表示贊同。這一點真是太不尋常了。愛麗絲不讓自己閒著，匆匆看了一眼課程進度表和上一堂課的筆記，接著寫下這一天的待辦事項：

實驗室

專題討論

跑步

準備期末考卷

時間，十點十分。愛麗絲拿筆打拍子，電影《四個畢業生》主題曲〈我的雪若娜〉。學生開始騷動，表情惶惶不安。他們低頭檢查筆記，抬頭看牆上的時鐘，翻開課本又闔起來，打開筆記型電腦，點按滑鼠，敲打鍵盤。他們把咖啡喝完，撕開糖果、洋芋片和零食的包裝，開始亂填肚子。有人咬筆蓋和指甲，有人轉身環顧教室後方，和別排同學交頭接耳，挑眉聳肩，低聲交談說笑。

「說不定今天是客座講師。」坐在愛麗絲後方兩排的女孩說道。

愛麗絲重新翻開「動機與情緒」進度表。五月四日，週二：壓力、無助與控制，十二及十四章。沒有客座講師。教室的騷動從等待變成了可怕的混亂，學生有如熱鍋上的爆米花，只要有人發難，所有人就跟著砰砰作響，卻沒人曉得是誰起的頭，又是哪時候開始的。哈佛大學規定，學生必須等候遲到的教授二十分鐘才能自行下課。愛麗絲不怕成為最先離開的人，她闔起筆記型電腦，蓋好筆蓋，將所有東西收進書包。十點二十一分，已經夠久了。

愛麗絲轉身準備離開。她看了看坐在後面的四個女孩，她們全都抬頭對她微笑，或許感激她解除了所有人的壓力、放大家自由。愛麗絲高舉手腕，鐵證如山似的指著錶上的時間。

「我不曉得你們有什麼打算，但我還有別的事情好做。」

愛麗絲踏上台階，頭也不回地從後門走出講堂。

她坐在研究室裡，俯瞰閃閃發亮的車潮沿著紀念路緩緩爬行，臀部忽然一陣振動。早上八點。愛麗絲從淺藍袋子取出黑莓機。

愛麗絲，回答以下問題：

一、現在是幾月？

二、妳住在哪裡？

三、妳的研究室在哪裡？

四、安娜的生日是哪一天？
五、妳有幾個小孩？
只要有一題答不出來，立刻點開電腦裡的「蝴蝶」檔案匣，遵照指示去做。

五月
美國麻州劍橋帕普拉街三十四號，郵遞區號〇二一三八
威廉詹姆斯大樓，一〇〇二室
一九七六年九月十四日
三個

二〇〇四年六月

一位明顯老人模樣的婦女搽著亮粉紅唇膏和指甲油，正在逗弄一個五歲小女孩，應該是她孫女，兩人感覺幸福愉快。廣告標語寫著：「第一名的逗小孩高手服用第一名的阿茲海默藥物。」

愛麗絲原本隨意讀著《波士頓》雜誌，翻到這一頁就停住了，無法再往下看。恨意有如岩漿在體內流竄，她憎恨廣告和廣告裡的老婦人。她望著相片和文案，等待思緒跟上她的感覺，告訴她這是怎麼回事。但她還來不及搞懂自己的反應為何如此激烈，莫耶醫師就推開診療室的門了。

「嗯，愛麗絲，看來妳的睡眠狀況很糟，能不能告訴我怎麼了？」

「我在床上翻來覆去一個多小時才睡著，通常睡個兩小時就會醒來，一整晚不停重複。」

「妳睡覺會出現熱潮紅或其他身體不適嗎？」

「沒有。」

「妳目前服用哪些藥物？」

「愛憶欣、憶必佳、立普妥、維他命C和E，還有阿斯匹靈。」

「嗯，很不巧，失眠可能是愛憶欣的副作用。」

「是啊，但我不可能停掉愛憶欣。」

「妳睡不著的時候都怎麼辦？」

「通常就是躺在床上擔心。我知道情況會惡化得很厲害，可是不曉得哪時會發生，因此很怕一覺醒來就忘了自己是誰、人在哪裡、在做什麼。我知道這麼想很荒謬，不過就是覺得阿茲海默症可能趁我睡覺的時候殺死腦細胞，所以只要醒著就好像監視著它，感覺事情不會變糟。

「我知道是焦慮讓我醒著，但實在沒辦法控制。只要睡不著就會開始擔心，一旦開始擔心更無法睡覺。光是跟妳說這些便讓我筋疲力盡。」

愛麗絲說的不完全是事實。她確實擔心沒錯，夜裡卻熟睡得像個小嬰兒。

「除了睡前，妳在其他時候都能克制這樣的焦慮嗎？」莫耶醫師問道。

「不能。」

「我可以開選擇性血清張力素重吸收抑制劑（ＳＳＲＩ）給妳。」

「我不要吃抗憂鬱藥，我沒有憂鬱症。」

其實，愛麗絲可能有一點憂鬱。她被診斷得了致命的不治之症，她女兒也是。她幾乎不再遠行，曾經生動活潑的講課變得單調枯燥，令人無法忍受。約翰很少在家，就算偶爾出現，感覺也像隔著幾百萬公里。所以，沒錯，她是有一點難過。然而以她目前的處境，這樣的反應很正常，沒理由再多服用一種藥物來增加更多副作用。再說，這也不是她這趟來的目的。

「我們可以讓妳試試安眠藥瑞斯妥（Restoril），每天晚上就寢之前服用。它可以讓妳迅速入眠，保持沉睡大約六小時，不會半夜或清晨驚醒。」

「我想吃藥效更強的。」

診療室裡出現冗長的沉默。

「我想妳最好再約一次門診，和妳先生一起過來，我們再談要不要開更強的藥。」

「這件事和我先生無關。我不憂鬱，也不絕望。塔瑪拉，我很清楚自己要什麼。」

莫耶醫師細細打量愛麗絲的臉龐，愛麗絲也定睛看著她。兩人都超過四十歲，看起來還很年輕，已婚，是受過高等教育的職業婦女。愛麗絲不曉得莫耶醫師的診療理念，但必要時，她不介意換人看診。她的失智症只會惡化，沒辦法冒險多等待，否則說不定哪一天就忘了。

她還演練過其他對話，以防萬一，但顯然沒有必要。莫耶醫師拿出處方箋，開始振筆疾書。

她跟著那個叫莎拉什麼的神經心理醫師再次走進小小的測驗室。對方剛剛才又自我介紹，但愛麗絲一下子就忘了她姓什麼。這不是個好兆頭。但她記得測驗室和一月造訪的時候一樣，擁擠、乾淨、沒有人味。房裡擺了一張桌子、兩張自助餐廳椅和一只金屬檔案櫃，桌上是一台蘋果電腦。就這樣。沒有窗，沒有植物，桌上和牆上也沒有相片或月曆。沒有任何讓人分心、得到暗示或引發聯想的東西。

莎拉什麼的開始說話，感覺就像一般聊天似的。

「愛麗絲，妳今年幾歲？」

「五十歲。」

「妳五十歲生日是哪一天？」

「十月十一日。」

「現在是哪個季節？」

「春天，不過感覺已經像夏天了。」

「我知道，今天外頭很熱。我們這會兒人在哪裡？」

「麻州波士頓麻州總醫院的記憶障礙科。」

「妳可以說出相片裡的四個東西嗎？」

「書、電話、馬和車子。」

「我襯衫上的這個東西叫什麼？」

「釦子。」

「我手指上的這個呢？」

「戒指。」

「妳可以倒過來拼出WATER（水）這個字嗎？」

「RETAW。」

「跟著我說一遍：誰、什麼、何時、哪裡、為什麼。」

「誰、什麼、何時、哪裡、為什麼。」

「請妳舉起一隻手，閉上眼睛，張開嘴巴。」

愛麗絲照做了。

「愛麗絲，剛才那張相片裡的四個東西是什麼？」

「馬、車子、電話和書。」

「很好，現在寫一個句子給我。」

我不敢相信有一天再也沒辦法這樣做。

「非常好，接下來一分鐘請妳說出開頭是S的字，愈多愈好。」

「Sarah, something, stupid, sound, survive, sick, sex, serious, something。啊，這個字我說過了。Speak, scared。」

「接著，請妳盡量想出開頭是F的字。」

「Forget, forever, fun, fight, flight, fit, fuck,」愛麗絲笑了出來，連她自己也沒想到，「實在很抱歉。」

「抱歉」（sorry）也是S開頭的字。

「沒關係，很多人都說過。」

愛麗絲不曉得自己一年前能迸出多少詞彙，一分鐘又該說出多少個字才算正常。

「好，接下來請妳盡量列舉蔬菜。」

「蘆筍、青花菜、花椰菜、韭蔥、洋蔥。青椒。青椒，不曉得，我想不出來了。」

「最後一個，請妳盡可能舉出四隻腳的動物。」

「狗、貓、獅子、老虎、熊、斑馬、長頸鹿、瞪羚。」
「請妳大聲讀出下面這個句子。」
莎拉什麼的遞給她一張紙。
「七月二日星期二，加州聖安娜的森林大火導致約翰韋恩機場關閉，三十名旅客受困，其中包括六名孩童和兩名消防隊員。」愛麗絲讀道。
這是紐約大學故事回想測驗，用來評估受試者的陳述性記憶。
「好，請妳告訴我剛才讀的故事是什麼，愈詳細愈好。」
「七月二日星期二，加州聖安娜一場大火讓三十人受困機場，其中包括六名孩童和兩名消防隊員。」
「很好。接下來我會讓妳看一系列圖卡，請妳說出圖上物品的名稱。」
這是波士頓命名測驗。
「公事包、紙風車、望遠鏡、冰屋、沙漏、犀牛，」犀牛是四隻腳的動物，「球拍。嘿，等等，我知道這是什麼，讓植物攀緣的梯子，是格架嗎？不對，是棚架！手風琴、扭結餅、波浪鼓。欸，等一下，我們在鱈魚角小屋的後院有這個，掛在樹與樹之間，讓人躺在上面。不是吊燈，是那個……吊架？喔，天哪，我知道第一個字是『吊』，卻想不出來。」
莎拉什麼的在評量表上做記錄。愛麗絲很想辯駁，說這只是正常的認知空白，不一定是阿茲海默症的徵狀。就算是身強體壯的大學生，每星期也會遇到一兩次。
「沒關係，我們繼續。」

愛麗絲把剩下的物品說完，沒有再遇到困難，卻還是無法喚醒腦中的神經元，讓它供出「睡覺網子」的名稱。他們在鱈魚角的屋子後院就有一個，掛在兩棵雲杉之間。愛麗絲記得她和約翰經常在那裡午後小睡片刻，享受微風與樹蔭。她將頭枕在約翰的胸膛與肩上，聞他襯衫飄來熟悉的衣物柔軟精味，還有他肌膚曬黑沾了海鹽的夏日氣息，讓她沉醉其中。這些她全都記得，但就是想不起那個該死的玩意兒叫做「吊」什麼。

愛麗絲做了魏氏連環圖系測驗、瑞文彩色圖形推理測驗、羅瑞亞心像旋轉和史楚普色字測驗，還有描摹與記憶幾何圖形。她看了看錶，她在這個小房間才待了一個多小時。

「好了，愛麗絲，現在我要妳回想剛才讀過的那一則故事，大概內容是什麼？」

愛麗絲嚥下心中的驚惶，慌亂的感覺卻沉沉卡在橫隔膜上，讓她難以呼吸。她要不是失去了通往故事細節的路徑，就是缺乏足夠的電化學能量來喚醒儲存訊息的神經元。只要走出眼前這個牢籠，她就能用黑莓機查詢失落的資訊、重讀電郵、用便利貼提醒自己，並借助一般人對哈佛教授的尊敬。只要走出這個小房間，她就能掩藏中斷的路徑與微弱的神經訊號。她知道測驗是為了找出自己無法喚起的記憶，但這麼被人逮個正著，還是讓她無地自容。

「我其實不大記得了。」

看吧，這就是她的阿茲海默症，赤裸裸攤在日光燈下，讓莎拉什麼的檢視與評判。

「沒關係，說出妳確實記得的部分就好，什麼都行。」

「呃，我想應該和機場有關。」

「事件發生在星期日、星期一、星期二，還是星期三？」

「我不記得了。」
「那就猜一天。」
「星期一。」
「當地發生颶風、洪水、森林大火，還是雪崩？」
「森林大火。」
「事件發生在四月、五月、六月或七月？」
「七月。」
「哪一座機場關閉了？約翰韋恩、杜勒斯，還是洛杉磯機場？」
「洛杉磯。」
「有多少旅客受困？三十、四十、五十或六十人？」
「我不曉得，六十人。」
「有多少小孩受困？兩個、四個、六個或八個？」
「八個。」
「還有誰也受困了？兩名消防隊員、兩名警察、兩位商人，還是兩名老師？」
「兩名消防隊員。」
「很好，測驗全部結束了，我陪妳走到戴維斯醫師的診療室。」
很好？難道她記得故事內容，只是自己不曉得？這可能嗎？

愛麗絲走進戴維斯醫師的診療室，發現約翰竟然來了，就坐在之前兩次她旁邊空著的椅子上，讓她大吃一驚。所有人都到齊了，愛麗絲、約翰和戴維斯醫師。她不敢相信眼前的一切，不敢相信這是自己的人生，她是病人，和丈夫一起來看神經科醫師。她差點以為自己是戲裡的角色，飾演一名罹患阿茲海默症的女病人。她丈夫腿上擺著劇本，不對，不是劇本，是日常活動項目問卷。（場景是醫師診療室，神經科醫師坐在女患者丈夫的對面，女患者走了進來。）

「愛麗絲，請坐，約翰才剛到這裡幾分鐘。」

約翰旋轉婚戒，抖動右腳，兩人座位相連，讓她的椅子也跟著搖晃。他們剛才談了什麼？愛麗絲很想先和約翰私下談談了解狀況，和他套好招。還有，她想叫他別再抖腳了。

「妳都好嗎？」戴維斯醫師問道。

「我很好。」

醫師對她微笑，笑容很親切，軟化了她內心的不安。

「嗯，妳的記性表現如何？和上次來這裡有什麼改變或需要注意的地方？」

「呃，我想我愈來愈難記住自己的行事曆，必須隨時拿出黑莓機或備忘錄。另外就是我現在很討厭講電話，只要看不到說話的人就很難理解對話內容。我會在腦袋裡拚命追趕對方講的字，可是最後常常忘記他到底說了什麼。」

「失去方向感呢？妳還會迷路或搞不清楚狀況嗎？」

「不會。呃，我有時會搞不清楚現在幾點，就算看錶也一樣，但最後還是會想出來。不過，我有一回以為自己是早上去研究室，等到回家才發現其實是半夜。」

「真的？」約翰問道，「這是哪時候的事？」

「我不曉得，上個月吧，我想。」

「我在幹嘛？」

「睡覺。」

「小愛，為什麼現在才讓我知道這件事？」

「我不知道。我沒告訴你嗎？」

愛麗絲對他微笑，但不僅沒讓他放心，反而讓他更不安了。

「搞不清楚狀況和夜間遊蕩是很常見的症狀，很可能會再發生。妳或許應該考慮在門上掛個鈴鐺之類的東西，要是半夜響了，約翰就會聽到。另外，妳可能也要聯絡阿茲海默症協會，加入他們的『安全回家』計畫。我記得費用大約是四十美元，他們會給妳一個手環，用數字號碼註明妳的身分。」

「我已經把『約翰』輸入手機裡，放在這個袋子隨身攜帶。」

「嗯，很好。但妳迷路的時候，萬一手機沒電或約翰沒開手機怎麼辦？」

「那我放一張字條在袋子裡，寫上我和約翰的名字，還有家裡的地址和電話。這樣呢？」

「應該可以，只要妳隨時帶著袋子，不過妳很可能會忘記。如果戴著手環就不用擔心了。」

「這個主意不錯，」約翰說，「她會去申請一個。」

「妳服藥的狀況如何？全都按時服用嗎？」

「是。」

「有沒有副作用，像是噁心想吐或暈眩？」

「沒有。」

「除了那天半夜跑去研究室，妳晚上會睡不好嗎？」

「不會。」

「妳還是固定運動？」

「對，我還是會跑步，大約八公里，幾乎天天跑。」

「約翰，你也跑步嗎？」

「沒有，我走路上下班，這就算運動了。」

「我想你最好開始陪她跑步。動物實驗證實，單是運動就足以減緩類澱粉蛋白沉積與認知能力衰退。」

「我讀過那幾篇論文。」愛麗絲說。

「對，所以妳要繼續慢跑。但我希望妳能找個同伴，這樣才不用擔心走失或忘記了沒跑。」

「我會和她一起慢跑。」

約翰討厭跑步。他打壁球和網球，偶爾打打高爾夫，可是從來不慢跑。他的智力現在肯定在她之上，但體力差得遠了。她很希望和約翰一起慢跑，卻懷疑他能持之以恆。

「妳的心情如何？感覺都好嗎？」

「大致不錯。當然，我很挫折，也很疲憊，因為要維持原本的生活步調，對於未來也很焦慮。除此之外，我覺得都沒變，甚至更好了，自從我把病情告訴約翰和孩子之後。」

「妳有沒有讓哈佛大學的人知道？」

「不，還沒。」

「妳這個學期還有辦法上課，盡到教學和研究的義務嗎？」

「可以，雖然比上學期辛苦很多倍，但我還可以。」

「妳有沒有單獨遠行開會或講課？」

「差不多都停了。我取消兩場大學演講，跳過四月的一個研討會，這個月在法國的會議也不會去。夏天通常邀約很多，我和約翰都是，可是我們今年暑假打算都待在鱈魚角的小屋，下個月就會出發。」

「很好，聽起來很棒。嗯，這麼看來，妳夏天不會有問題了。不過我認為妳最好先擬訂秋天該做的事，包括告知哈佛的同事，或許找出一個合理的過渡方案，慢慢放下妳的工作。我想，到時妳要單獨出遠門應該是不可能了。」

愛麗絲點點頭，她好怕九月的到來。

「還有一些法律事務也要考慮，例如草擬事前指示、賦予律師多少裁量權，還有撰寫生前遺囑等等。妳有沒有想過捐贈大腦，供醫學實驗之用？」

她想過。愛麗絲想像她的大腦泡在福馬林裡毫無血色，顏色有如小孩玩的玩具黏土，被醫學院學生捧在手上。講師會指著不同部位的腦溝和腦回，指出體感覺、聽覺與視覺皮質區。那些地方儲存了大海的氣息、三個孩子的聲音，還有約翰的手和臉。她想像自己的大腦被削成薄薄的冠狀切片，有如火腿放在玻片上；經過這道手續，增大的空洞腦室看起來特別驚人。她曾經填滿那些空空如也的地方。

「想過，我想捐贈。」

約翰打了個冷顫。

「好，我會在你們離開之前要妳填寫表格。約翰，可以把你手上的問卷給我嗎？」

他在問卷裡寫了什麼？約翰絕不會對她說。

「愛麗絲什麼時候告訴你診斷的事？」

「就在你告訴她之後。」

「好，那你覺得從那時到現在，她的狀況如何？」

「我覺得非常好。電話那件事沒有錯，她現在完全不接電話，要嘛讓我接，要嘛直接等它切到語音信箱。她變得很黏黑莓機，好像非帶不可似的。早上出門之前，她有時幾分鐘就會檢查一次，看得我很不忍心。」

愛麗絲感覺約翰似乎愈來愈難好好看著她，就算看了，也是帶著分析的目光，彷彿她是他實驗室裡的老鼠。

「還有嗎？還有什麼是愛麗絲可能漏掉沒提的？」

「我沒有想到什麼。」

「她的心情和性格呢？你有沒有觀察到任何改變？」

「沒有，她還是一樣。或許有一點自我防衛，也比較安靜，不像以前那麼主動開口攀談。」

「你呢？你怎麼樣？」

「我？我很好。」

「我有一些關於照護者互助小組的資料要給你。丹妮絲・達妲莉歐是我們醫院的社工人員，你應該找她見個面，讓她知道你的狀況。」

「你說我應該和她見面？」

「沒錯。」

「呃，我很好，真的不需要社工師。」

「嗯，好吧，反正資源都在，你有需要就用。接下來，我有一些問題要問愛麗絲。」

「其實，我想談一談其他療法和臨床試驗。」約翰問道。

「沒問題，我們可以談，不過先讓愛麗絲把測驗做完。愛麗絲，今天星期幾？」

「星期一。」

「妳的生日是哪一天？」

「一九五三年十月十一日。」

「現任的美國副總統是誰？」

「錢尼。」

「很好，現在我要給妳一個人名和地址，妳重複說一遍給我聽，過一會兒，我會再請妳重複說一次。準備好了嗎？約翰・布雷克，布萊頓西街四十二號。」

「跟上回一樣。」
「沒錯，非常好。妳可以重複一遍給我聽嗎？」
「約翰．布雷克，布萊頓西街四十二號。」
約翰．布雷克，布萊頓西街四十二號。
約翰從來不穿黑色❶，麗蒂亞住在美西，湯姆住在布萊頓，我八年前是四十二歲。
約翰．布雷克，布萊頓西街四十二號。
「好，現在請妳從一數到二十，再數回來。」
愛麗絲照做了。
「接下來，我要妳用左手手指比出妳所在城市的頭一個字母是英文第幾個字母。」
愛麗絲在心裡默默重複醫師的問題，然後伸出食指和中指比了個二❷。
「很好，我手錶上的這個東西叫什麼？」
「扣環。」
「好，現在請妳在這張紙上寫下一句話，描述今天的天氣。」

今天很溼熱，天空灰濛濛的。

---

❶布雷克（Black）的英文字意是「黑色」。
❷波士頓（Boston）的頭一個字母是B，英文第二個字母。

「接下來在紙的背面畫一個時鐘，顯示時間是三點四十五分。」
愛麗絲畫了一個大圓，在頂端寫下「十二」，接著往下填上數字。

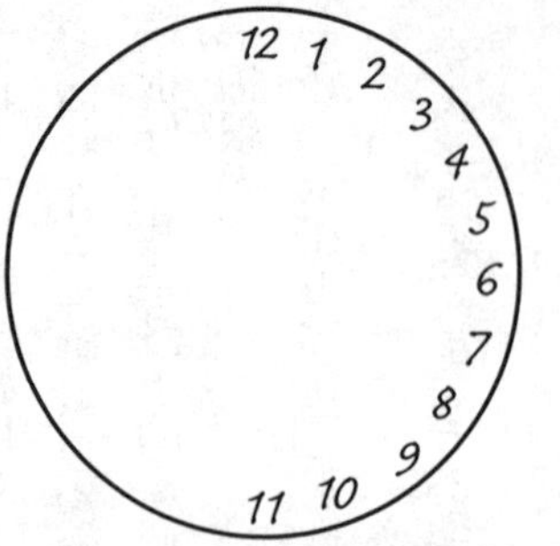

「唉呀，我把圓圈畫得太大了。」
愛麗絲將圓圈塗掉。

3:45

「不行，不能用數字，我要妳畫一個時鐘。」戴維斯醫師說。
「嗯，你是想看我能不能畫圖，還是想知道我能不能辨識時間？假如你能幫我畫一個錶面，我就能畫出三點四十五分。我很不會畫圖。」
安娜三歲的時候很喜歡馬，常常央求媽媽幫她畫，但愛麗絲再怎麼努力，也只能畫出半龍半狗的後現代混合體。就算那年紀的小孩再有想像力、對畫畫的要求再低，也沒辦法接受她畫的是馬。不對，媽咪，不是這個，我要一匹馬。

「我希望妳全都畫出來，愛麗絲。阿茲海默症很早就會影響大腦的頂葉，也就是我們用來表示體外空間訊息的內在部位。約翰，這也是我希望你陪愛麗絲跑步的原因。」

約翰點點頭，他和醫師已經是同一國的了。

「約翰，你知道我不會畫畫。」

「愛麗絲，醫生只是要妳畫個時鐘，又不是馬。」

約翰竟然沒幫她說話，讓愛麗絲嚇了一跳。她揚起眉毛瞪著他，想再給他一次機會，幫忙證明她的堅持很理直氣壯，但約翰只是回望著她，轉動手上的戒指。

「你幫我畫時鐘，我就標出三點四十五分給你看。」

戴維斯醫師拿出另一張紙，畫了鐘面，愛麗絲添上時針和分針，標出正確的時間。

「很好，現在請說出我剛才要妳記得的人名和地址。」

「約翰・布雷克，布萊頓西街，不曉得幾號。」

「好，妳覺得是四十二、四十四、四十六或四十八號？」

「四十八。」

戴維斯醫師在畫著時鐘的紙上寫了長長一段紀錄。

「約翰，別再搖我的椅子。」

「好，我們現在來討論臨床試驗。目前這裡和百翰婦女醫院正在進行幾項研究，而我最想讓妳做的試驗是在這個月開始申請。試驗分成三個階段，藥物名稱是艾米利斯（Amylix），似乎能與可溶的貝他類澱粉蛋白結合，預防類澱粉蛋白沉積，因此和妳目前所服用的藥物不同，或許可以阻止阿茲海默症加劇。第二階段的試驗結果頗有希望，病人對藥物的耐受程度很高，服藥一年之後，患者的認知能力似乎停止惡化，甚至有所改善。」

「實驗應該會用安慰劑做對照吧？」約翰問。

「會，他們採用雙盲設計，隨機發放安慰劑或真的藥劑給受試者。」

所以我有可能只拿到糖錠。愛麗絲想，貝他類澱粉蛋白或許根本不理會安慰劑，也不在乎病人的一廂情願。

「你對分泌酶抑制劑有什麼看法？」約翰問。

所有選項裡，約翰最中意這個。分泌酶是一種原本便存在的酵素，會製造出正常數量的類澱粉蛋白，因此對人體無害。然而愛麗絲的早衰基因一分泌酶發生突變，不再受到蛋白質調控，導致類澱粉蛋白生產過剩，戕害人體，就像水龍頭怎麼轉都關不緊，很快就滿出水槽了。

「現有的抑制劑不是會毒害人體、無法進行臨床試驗，就是……」

「活力燃❸呢？」

活力燃是一種消炎止痛藥，無窮製藥公司（Myriad Pharmaceuticals）宣稱它能夠抑制貝他類澱粉蛋白四十二的增生，也就是能減少流入水槽的水量。

「沒錯，活力燃的確受人矚目，目前有人在進行第三階段測試，不過僅限於加拿大和英國。」

「如果讓愛麗絲服用氟比洛芬，你覺得如何？」

「我們目前資料不足，無法判斷它治療阿茲海默症是否有效。假如她決定不申請臨床試驗，我想服用氟比洛芬應該無妨。但要是想加入，服用氟比洛芬就算是使用研發中藥物，讓她被排除在臨床試驗之外。」

「好吧，那麼伊藍製藥公司（Elan Pharmaceuticals）的單株抗體呢？」約翰問。

「我覺得很不錯，但它目前只到第一階段，而且申請也結束了。就算通過安全測試，第二階段最快也要明年春天才會開始，但我希望盡快讓愛麗絲接受臨床試驗。」

「你有沒有讓病人接受過免疫球蛋白靜脈注射劑（IVIg）？」約翰問。

約翰也很中意這個療法。免疫球蛋白靜脈注射劑來自捐血萃取的血漿，實驗證實非常安全，治療一些主要的免疫缺陷疾病和不少自體免疫神經肌肉疾病也很有效。這個療法所費不貲，而且是藥品仿單標示外的使用，他們的保險公司不會給付，不過只要有效，花再多錢也值得。

「我沒有讓病人做過，不是因為反對，而是目前不曉得合適的劑量，療法也很粗糙，無法鎖定特定基因，我認為充其量只有輕微的效果。」

「輕微有效就好。」約翰說。

「好，但你必須弄清楚這麼做會付出什麼樣的代價。愛麗絲一旦採用免疫球蛋白靜脈注射劑，就不可能參與任何臨床試驗。照理說，目前的臨床試驗藥物都比免疫球蛋白更有特定的效果，更能針對阿茲海默症。」

---

❸活力燃（Flurizan）的學名是 (R)-flurbiprofen，屬於消炎止痛藥氟比洛芬（flurbiprofen）的一種。

「可是沒有人能保證她不被放到安慰劑對照組。」

「那倒是，不管哪個決定都有風險。」

「參與臨床試驗的話，是不是要停止服用愛憶欣和憶必佳？」

「不必，妳要繼續服用。」

「我可以做雌激素補充療法嗎？」

「可以，有足夠的經驗證據顯示，雌激素補充療法有一定的保護作用，我可以開皮膚貼劑CombiPatch給妳。但我必須再次提醒，皮膚貼劑算是研發中藥物，一旦使用，妳就無法參與艾米利斯的臨床測試。」

「試驗期多長？」

「十五個月。」

「你太太叫什麼名字？」愛麗絲問。

「露西。」

「換成露西是阿茲海默症患者，你會要她怎麼做？」

「我會要她申請接受艾米利斯的臨床測試。」

「所以，艾米利斯是你唯一的推薦？」約翰問。

「是的。」

「我認為，我們應該嘗試免疫球蛋白靜脈注射劑，加上氟比洛芬和皮膚貼片。」

診療室陷入一陣沉寂。大量資訊來來回回，愛麗絲用手指摁著雙眼，試著分析手上握有的療法選擇。她在腦中努力列出表格、比較不同的藥物，但想像的圖表毫無幫助，很快就被她扔進想像的垃圾桶。愛麗絲改從概念出發，腦中很快浮現鮮明的影像：選一把槍，或者選一顆子彈。

「妳不需要今天就做決定，可以回家想一想，之後再告訴我。」

不用，她不需要多想什麼。愛麗絲是科學家，很清楚為了尋找未知的真相必須冒一切風險，沒有任何保障。就像她為了自己的研究，這些年來做過的無數次決定。她選擇了子彈。

「我要接受臨床試驗。」

「小愛，我覺得妳應該相信我才對。」約翰說。

「約翰，我還能夠自己做決定。我要接受試驗。」

「好，我會準備申請表格讓妳填寫。」

（診療室裡，神經科醫師離開房間。丈夫轉動戒指。女子期盼尋得解藥。）

二〇〇四年七月

「約翰？約翰，你在家嗎？」

她很確定約翰不在，但最近這一陣子，她的「確定」已經千瘡百孔，不再擁有和以往相同的分量。約翰出門去了，但她不記得他什麼時候離開、又要去哪裡。他是去店裡買牛奶或咖啡嗎？還是去租錄影帶？假如是兩者之一，那他隨時會出現。或者他開車回劍橋了？這樣一來，他就得好幾個小時之後甚至晚上才會回來。還是他終於受不了兩人的未來，決定一走了之，再也不回來了？不，約翰不可能這麼做，她很確定。

他們在鱈魚角的房子建於一九九〇年，看起來比劍橋的家還大、還要寬敞，沒有很多隔間的感覺。愛麗絲走進廚房。這兒和家裡的廚房完全不同，白牆、白櫃、白用具、白高腳椅和白磁磚地板，整個房間白花花的，稍微與眾不同的只有皂石流理台面，以及白瓷器與透明玻璃櫥櫃上的幾點鈷藍。感覺就像著色簿裡的空白繪畫，只用藍色點了幾筆。

獨立流理台上擺了兩個盤子和用過的舊紙巾，顯示剛才有人吃了沙拉和紅醬義大利麵當晚餐。其中一只杯子還留著一口白酒，愛麗絲有如事不關己的刑事鑑識人員，拿起杯子用雙唇感覺酒溫。酒還有點冰。她感覺很飽，看了看時間，才剛過九點。

他們已經在鱈魚角待了一週。過去這些年，只要離開哈佛的朝九晚五生活一個星期，愛麗絲就會完全融入鱈魚角堅守的悠閒步調，沉浸在書本世界裡，讀到第三、第四本小說。然而今年不一樣。哈佛朝九晚五的生活雖然忙碌而吃重，卻有如一個支架，讓她覺得熟悉與安定。會議、研討會、上課和活動邀約就像童話中灑在路上的麵包屑，帶領她度過每一天。

但在鱈魚角，她什麼行程也沒有。她很晚起床，用餐時間不固定，做什麼事都是臨時起意。她用服藥時間標示每一天，早上做「蝴蝶」測驗，每天和約翰慢跑。然而這些事並不足以給她一個支架。她需要更大、更多的麵包屑。

因此，愛麗絲常常搞不清現在幾點、今天星期幾。她不只一次坐下來吃飯，卻不曉得侍者端上來的是哪一餐。他們昨天去山德酒館，女服務生端了一盤炸蛤蜊到她面前時，她本來準備好要大快朵頤、享受一大盤早餐的鬆餅。

廚房的窗戶開著。愛麗絲望向車道，沒看到車。屋外的空氣依然飄著白天留下的一絲炎熱，還有牛蛙呱鳴、女人盈盈輕笑和哈丁海灘的浪濤聲。愛麗絲在杯盤狼藉的流理台上留了一張字條給約翰：

去海邊散步了。愛你，小愛。

她深呼吸一口清爽的空氣。午夜時分，藍天點綴著幾顆微星和宛如卡通的一鉤彎月，儘管不像平常那麼昏暗，卻已經比劍橋漆黑許多。這裡沒有街燈，距離主街又遠，只有門廊與房間的燈火、偶爾掃過的車燈和照亮附近海灘的月光。在劍橋，光線這麼幽暗會讓她走得提心吊膽，但在這裡，在這小小的海邊和度假社區，愛麗絲只覺得無比安全。

停車場空空蕩蕩，海灘也不見人影。小鎮警察不鼓勵居民晚上活動。值此深夜，海邊沒有尖叫的小孩，也沒有海鷗或擾人清淨的手機對話，更無須焦慮緊張、擔心趕不上別的事情。徹底清靜，不受干擾。

愛麗絲走到水邊，讓海水淹沒腳踝，溫暖的浪花輕舔她的雙腿。哈丁海灘面對南土克特島，庇護著一方海水，水溫比起附近直接面對冰冷大西洋的海灘高了五度左右。

她先脫掉襯衫和胸罩，接著一次卸下裙子和內褲，走進海裡。海水清澈，見不到平常隨著潮汐飄來的海草，細浪拂過她的肌膚，感覺如牛奶般滑順。愛麗絲開始隨著海浪呼吸。她步伐輕盈，仰身浮在海水之上，指尖與腳踝閃著點點磷光，有如仙塵，讓她看得滿心讚嘆。

月光照亮她的右腕，只見「安全回家」幾個大字刻在五公分寬的不鏽鋼手環正面，連同一個免付費電話號碼和她的身分資料，「記憶受損」幾個字則是刻在手環反面。她的思緒越過重重細浪，從被迫戴上的手環航向她母親的蝴蝶項鍊，橫越她的自殺計畫與想讀的書，最後擱淺在維吉妮亞·吳爾芙和艾德娜·彭特莉葉[1]的共同命運之上。其實一點也不難，她可以直直朝向南土克特島游去，直到筋疲力竭為止。

愛麗絲遠眺漆黑的海面。她身體強壯健康，兀自漂浮在海上，極力求生，不讓她了結自己的生命。的確，她忘了是否和約翰吃過晚餐，也不記得他說要去哪裡，而她明早醒來，很可能完全忘了今晚。但此時此刻，愛麗絲一點也不絕望，只覺得快樂、充滿活力。

她回頭望向沙灘與光線幽暗的陸地，發現有人影走近。她根本不用辨認對方的步伐與動作，就知道那是約翰。她沒有問他去哪裡、待了多久或謝謝他回來，約翰也沒有責怪她不帶手機，或是喊她上岸回家。兩人沒有說話，約翰褪下衣物，走進海裡，來到她的身旁。

「約翰？」

她發現約翰正在粉刷獨立車庫的門框。

「我一直在屋子裡喊你。」愛麗絲說。

「我在這裡，沒聽見妳的聲音。」約翰說。

「你什麼時候要去開會？」她問。

「星期一。」

約翰要到費城停留一週，參加第九屆國際阿茲海默症研討會。

---

❶維吉妮亞・吳爾芙（Virginia Woolf, 1882-1941）是英國女作家，艾德娜・彭特莉葉則是美國女作家凱特・蕭邦（Kate Chopin, 1850-1904）小說《覺醒》（*The Awakening*）的女主角。這兩位女作家的著作皆是女性主義先聲。吳爾芙深受憂鬱症所苦，六十歲時在口袋內裝滿石頭，投河自盡。而在小說《覺醒》中，女主角艾德娜從婚姻、家庭乃至婚外情的情慾中掙脫而出，致力追求徹底的獨立與自主，最後拋卻一切身分與留戀，游向大海。

「那是在麗蒂亞來了之後，對吧？」

「喔，沒錯。」

本地的莫諾墨伊劇院（Monomoy Theatre）收到麗蒂亞的詢問函，決定邀請她來擔任夏季客座演員。

「妳準備好要慢跑了嗎？」約翰問道。

朝霧還沒散去，愛麗絲已經換好衣服，可是天氣比她想像得涼。

「只要再拿一件衣服就好。」

愛麗絲走到門後，打開外套櫃。初夏要在鱈魚角穿對衣服很困難，早晨氣溫只有十到十五度，下午飆到二十五度，入夜又遽降回十幾度，再加上經常伴隨沁涼的海風，一天必須穿脫衣服好幾次，不得不花點巧思。愛麗絲逐一摸過外套的袖子，其中幾件很適合在海灘散步或坐著，但對慢跑來說都太厚重了。

愛麗絲跑上二樓，走進臥房。她找了幾個抽屜，翻出一件輕大衣穿上。她看到床頭櫃擺著最近在看的書，便順手拿了下樓走進廚房，倒了一杯冰茶，推門來到後院的陽台。朝霧還沒散去，天氣比她想像得涼。愛麗絲將茶和書本放在白色海灘椅之間的茶几上，回屋裡去拿毛毯。

她走回陽台，裹好毛毯，坐在椅子上拿起書本，翻到摺角的那一頁。得病之後，閱讀很快變成沉重又心痛的負擔，她必須不停回頭重讀，才能抓住旨意或故事內容。只要放下書本，不管時間長短，她都得倒帶重讀，有時甚至必須重看一整章才能找出之前讀到的段落。另外，她對於該讀什麼也變得很焦慮。要是沒時間讀完所有想讀的書怎麼辦？決定先後很不好受，總讓她想起自己時日無多，有些事情注定無法完成。

她最近開始讀《李爾王》。她很愛莎翁的悲劇，但一直沒讀過這本。只可惜，她才讀幾分鐘就卡住了。這種事現在已經成了常態。愛麗絲重讀前一頁，食指順著字句回溯想像的對話。她將冰茶一口喝完，看著林間的鳥兒。

「我們走吧。」

「喔，對，好啊。這本書真是快把我搞瘋了。」

「原來妳在這裡。妳在幹嘛？我們不是要去跑步嗎？」

「你今天要去研討會？」

「星期一。」

「今天星期幾？」

「星期四。」

「喔。麗蒂亞哪一天來？」

「星期日。」

「那是在你離開之前？」

「沒錯，小愛，這些我剛才全都跟妳說過了。妳應該記錄在黑莓機裡，我想那樣會讓妳好過一點。」

「好，對不起。」

「可以走了嗎？」

「可以。等等，我想先去上個廁所。」

「好吧，我會在車庫等妳。」

愛麗絲將空杯子放在水槽邊的流理台上，書本和毯子擺在客廳罩了椅套的單張沙發上。她轉身要走，卻發覺雙腳需要更多指示。她來客廳做什麼？愛麗絲回溯之前的路徑：書和毛毯、流理台的杯子、和約翰在後陽台。他很快就要出遠門參加國際阿茲海默症研討會了，好像是星期日？她得找他問個清楚。他們正要出門慢跑，天氣有點涼，她是回來穿大衣的！不對，不是，她已經穿著大衣了。管他的。

愛麗絲走到門邊，突然覺得膀胱一急，讓她想起自己回屋裡是要上廁所。她匆匆回到玄關，打開浴室的門，卻發現滿是掃帚、抹布、桶子、吸塵器、凳子、工具箱、電燈泡、手電筒和漂白劑，原來這是工具間。

她朝玄關另一頭望去，左邊是廚房，右邊是客廳，就這樣。一樓應該有間廁所才對，不是嗎？一定有，就在這裡，可是沒有。愛麗絲急急奔向廚房，卻只看到一扇門，而且通往後陽台。她衝到客廳，但是當然，客廳沒有浴室。愛麗絲跑回玄關，伸手握住門把。

「天哪，拜託，天哪，求求你，拜託。」

愛麗絲一把將門推開，動作有如表演絕招的魔術師。不過奇蹟沒有出現，門後不是浴室。

我怎麼會在自己家裡迷路？

她很想衝上樓，直奔浴室，卻莫名其妙卡地在這個幻影空間裡，在一樓沒有廁所的世界目瞪口呆。她再也受不了了。愛麗絲突然一陣恍惚，彷彿飄高起來看著自己，看著一個陌生的可憐女子在玄關落淚，聽起來不像成年女人自我克制的哭泣，而像個飽受驚嚇與挫折的小孩，哭得無法自拔。

壓抑不住的不只是淚水。約翰衝進門，正好看到尿液從她右腿汩汩流下，沾溼她的運動長褲與球鞋。

「別看我！」

「小愛，別哭，沒關係的。」

「我不曉得自己在哪裡。」

「別擔心，妳在家裡。」

「我迷路了。」

「妳沒有迷路，小愛，妳和我在一起。」

約翰抱著她，左右輕輕搖擺，就像她曾經看過無數次，當他們的孩子身體受傷或受到外人不公平對待時，他總是這樣安撫他們。

「我找不到浴室。」

「沒關係。」

「對不起。」

「別說對不起，沒關係。走吧，我們去換衣服，反正天氣已經變暖和了，妳需要比較輕便的穿著。」

約翰出門開會之前，對麗蒂亞詳細交代大小事情，包括愛麗絲的藥物、慢跑行程、手機和「安全回家」計畫。他還給了戴維斯醫師的電話號碼以防萬一。愛麗絲在腦袋裡重複播放約翰如簡短演講般的叮嚀，讓她想起孩子們小時候，夫婦倆單獨去緬因州或佛蒙特州度週末之前，他們對青少年保母也是這樣千叮萬囑。現在輪到她需要看管了，由她的女兒負責。

愛麗絲和麗蒂亞在廣場吃了頭一頓晚餐，兩人沿著主街漫步，彼此都沒有開口。路旁停滿了名貴的轎車與休旅車，車頂架著腳踏車和獨木舟，車內塞滿了嬰兒車、海灘椅與洋傘。除了麻州，還有來自康乃狄克、紐約與紐澤西州的車牌，顯示夏日旺季已經正式到來。遊客一家大小在人行道上悠閒漫步，更別提小巷裡川流不息的行人，他們不慌不忙、漫無目的走走停停，有時後退幾步、瀏覽櫥窗，彷彿擁有全世界的時間。

十分鐘後，愛麗絲和麗蒂亞走出擁擠的鎮中心，抵達查塔燈塔。兩人俯瞰海灘，默默享受景緻，接著往下走了三十級台階，來到沙灘上。幾雙拖鞋和涼鞋排在台階底端，是先來的遊客留下的。愛麗絲和麗蒂亞脫下鞋子，讓它們與同伴相聚，接著便往沙灘走去。前方一個布告寫著：

警告：水流強勁，衝浪活動可能遭遇突來巨浪與洋流而威脅生命。海灘未設救生員，從事以下活動可能發生意外：游泳、戲水、潛水、滑水、風浪板、划船、木筏、獨木舟。

愛麗絲望著不停拍打岸邊的海浪，聆聽破碎的濤聲。若不是岸邊蓋了巨大的防波堤保護海岸路的百萬豪宅，大海一定早就將所有房子捲走、吞噬，毫不留情，不帶一絲歉意。她想像阿茲海默症就像燈塔沙灘外的大海，橫掃一切，猛烈得無法抵擋，只是她的大腦沒有防波堤保護她的記憶與思緒不受侵害。

「對不起，我沒去看妳的演出。」她對麗蒂亞說。

「沒關係，我知道這回是爸爸的關係。」

「真想趕快看到妳夏天的表演。」

「嗯。」

夕陽低垂，映著粉紅與暗藍相間的天空，感覺大得離譜，眼看就要沉入大西洋。他們經過一個跪在沙上的男人，男人擎著相機對準地平線，想在太陽消失之前捕捉這轉瞬即逝的瑰麗片刻。

「爸爸去開的會議是討論阿茲海默症的？」

「對。」

「他想去看有沒有更好的療法嗎？」

「沒錯。」

「你覺得他會找到嗎？」

愛麗絲看著潮水湧來，抹去沙上的足跡，沖走一個用貝殼裝飾的精緻沙堡，填滿一個之前用塑膠鏟子挖出的坑洞，弭平了留在岸邊的所有印記。她好羨慕防波堤後方的美麗房子。

「不會。」

愛麗絲拾起一枚貝殼，揩去沙子，露出乳白的光澤與優雅的粉紅弧線。她很喜歡貝殼滑順的觸感，只可惜缺了一角。她本想扔進海中，不過還是決定留著。

「唔，我敢說他一定認為可以找到，才會花時間去參加。」麗蒂亞說。

兩個穿著麻州大學長袖厚T恤的女孩說說笑笑，朝他們走來。女孩經過時，愛麗絲向她們微笑，說了一聲「哈囉」。

「我好希望妳念大學。」愛麗絲說。

「媽，別這樣。」

兩人並肩走著，愛麗絲不希望兩人一開始相處就大吵一架，便默默回想當年。她想起自己又愛又怕也當面出過糗的教授們，以及她又愛又怕也當面出過更大的糗的男孩們。她想起考前振作精神大抱佛腳的同學們、上過的各種課、派對、朋友、認識約翰……當時的種種在她腦中記憶鮮明、完好無缺，一下就能喚醒，感覺蓄勢待發、趾高氣揚地出現在她面前，彷彿完全不曉得一場戰爭正在進行，就在它們所在位置左邊幾公分的地方。

只要她想起大學，就不免想到大一那年的一月。那天，家人到學校看她，才剛剛離開不久，大約三小時後吧，她聽見有人試探似地敲了敲她宿舍的門。她依然記得所有細節：系主任站在門口、他深鎖的眉頭、灰髮之間宛如孩子般的細髮、起滿毛球的墨綠色毛衣，以及他謹慎低沉、充滿抑揚頓挫的嗓音。

她父親在九十三號公路開車衝出路肩，撞上樹木。他可能睡著了，可能晚餐喝酒喝了太多。他老是晚餐喝酒喝得太多。她父親被送到曼徹斯特一間醫院，母親和妹妹則都死了。

「約翰，是你嗎？」

「不是，是我拿毛巾過來，快下大雨了。」麗蒂亞說。

天氣變了，空氣凝重，顯然就要下雨了。老天爺這一週很合作，白天是有如明信片的晴朗，晚上的氣溫也讓人一夜好眠。愛麗絲的腦袋這星期也很聽話，她開始能夠分辨阿茲海默症哪一天會惹麻煩，讓她找不到回憶、字句或浴室，哪一天又會默不出聲、放她一馬。遇到病症安靜的日子，愛麗絲的生活便恢復正常，拾回她能相信的熟悉的自己。她幾乎敢肯定戴維斯醫師和遺傳諮詢醫師都錯了，過去六個月只是一場恐怖的惡夢與夢魘；從她床下爬到被單上的怪獸不是真的。

愛麗絲站在客廳，看麗蒂亞將毛巾摺好、疊在廚房凳子上。麗蒂亞穿著淺藍色的吊帶背心和黑裙子，看起來剛沖過澡。愛麗絲仍然穿著印著魚圖案的褪色海灘裝，外頭罩著浴袍。

「我該換衣服嗎？」她問。

「如果妳想換的話。」

麗蒂亞將乾淨的馬克杯放回櫥櫃，看了看錶。接著走到客廳，將沙發和地上的雜誌與型錄收好，整整齊齊堆在咖啡桌上，又看了看錶。她從雜誌堆拿了一本《鱈魚角雜誌》，坐到沙發上開始翻閱。他們好像在打發時間，但愛麗絲不曉得原因。有事情不對勁。

「約翰呢？」她問。

麗蒂亞抬頭看她，似乎覺得很有趣、很尷尬或兩者都有，愛麗絲看不出來。

「他應該隨時會回來。」
「所以我們在等他。」
「嗯。」
「安恩呢？」
「安娜在波士頓，和查理在一起。」
「不對，我說安恩，我妹妹，安恩呢？」
麗蒂亞望著愛麗絲，眼睛眨也不眨，臉上的輕鬆全消失了。
「媽，安恩已經死了。她和妳母親死於車禍。」
麗蒂亞緊緊盯著愛麗絲的雙眼。愛麗絲停止呼吸，心臟緊縮有如握緊的拳頭，腦袋和手指完全麻木，身旁世界變得又窄又黑。她狠狠吸一口氣，讓氧氣灌滿腦袋與手指，讓狂跳的心臟脹滿憤怒和憂傷。愛麗絲開始發抖、哭泣。
「不，媽，這件事發生在很久以前，還記得嗎？」
麗蒂亞在對她說話，但愛麗絲聽不見女兒說了什麼。她只感覺憤怒與憂傷在體內每個細胞、難過的心臟與滾燙的淚水之間流竄；她只聽見自己腦中的聲音，為了安恩和母親尖叫。
約翰渾身溼透，出現在兩人中間。「發生什麼事？」
「媽媽問起安恩，她以為她們才剛過世。」
約翰用雙手捧著她的頭，對她說話、試著安撫她。為什麼他一點也不緊張？因為他已經知道一陣子了，卻瞞著我，一定是這樣。她不能相信他。

二〇〇四年八月

愛麗絲的母親和妹妹在她大一新生那年過世了。家庭相簿裡沒有一張她母親或妹妹的相片，沒有證據顯示她們參加過她的畢業典禮和婚禮，也沒有她們和她、約翰或三個孩子的合照，無論節日、假期或生日。要是她母親還活著，現在一定老了。然而愛麗絲無法想像母親年老的模樣，安恩在她心中也始終是個少女。儘管如此，她還是很有把握她們即將推門而入，不是來自過去的魂魄，而是活生生的人，要來鱈魚角與他們共度夏天。等到她醒來、恢復神智，發現自己竟然糊塗至此，真心認為她早已過世的母親和妹妹就要來訪，心裡忍不住害怕。但更讓她恐懼的是，她並非真的那麼害怕。

愛麗絲、約翰和麗蒂亞坐在陽台桌邊享受早餐，麗蒂亞聊起她的夏日劇團和排演時的種種，不過幾乎只對約翰一個人說。

「我來之前真是惶恐到了極點，你知道嗎？我是說，你看他們的資歷，不是紐約大學戲劇碩士，就是『演員工作坊』出身，或者耶魯大學畢業，曾經在百老匯演出。」

「哇，聽起來你劇團的人都經驗豐富，年齡層呢？」約翰問。

「喔，我當然是最年輕的，大多數團員應該是三十或四十多歲，但有一個男的和一個女的跟你和媽媽差不多老。」

「差不多老，是嗎？」

「你知道我的意思啦。反正，我不曉得自己是不是根本不夠格，可是之前一點一滴累積的訓練和做過的工作真的很有用，都選對了。我完全知道自己在做什麼。」

愛麗絲想起自己當上哈佛教授的頭幾個月，她也有同樣的不安與體會。

「他們的經驗絕對比我多，但沒有人學過梅西納表演法❶。他們都學過史坦尼斯拉夫斯基的寫實表演法❷，而我真的認為梅西納是最有力量的表演法，能夠讓演員臨場更有自發性。所以儘管我登台經驗不足，還是對劇團有特別的貢獻。」

「太好了，小乖。他們找妳加入，可能就是這個原因。不過，『臨場自發性』是什麼意思？」約翰問。

愛麗絲也很好奇，但她想說的話往往卡在類澱粉蛋白糊裡，趕不上約翰。她現在參與對話時經常是這個樣子，只能聽先生和女兒自在談天、毫不費力跑在她的前面，她則有如觀眾看著台上的演員。

愛麗絲將芝麻貝果切半，啃了一口。她不喜歡原味，桌上有幾種佐料供她選擇，包括緬因州的野藍莓醬、一罐花生醬、盤子上的奶油條，還有一碗白色奶油，可是那東西不叫白奶油，它叫什麼？不是美乃滋，它太稠了，很像奶油。它叫什麼？愛麗絲拿起奶油刀，指著那個東西。

「約翰，可以把那個遞給我嗎？」

約翰將那碗白奶油遞給她。愛麗絲在半片貝果上抹了厚厚一層，睜眼看著。她很清楚這東西嚐起來是什麼味道，也知道自己很喜歡，然而在想起它叫什麼之前，實在無法張嘴咬下去。麗蒂亞發現她母親正在端詳貝果。

「那是奶油乳酪，媽。」

「沒錯，奶油乳酪。謝了，麗蒂亞。」

電話響了，約翰走進屋裡去接。愛麗絲一聽到電話，立刻想是母親打來的，要對他們說她會晚點到。這個念頭既真實又直接，就和約翰幾分鐘後會回到陽台一樣合理，但愛麗絲還是否決了它，斥責一聲將它拋開。母親和妹妹在她大一那年過世了，她必須不斷提醒自己這一點，感覺真是令人發瘋。

陽台只剩她和女兒獨處，雖然時間不長，她還是把握機會說幾句話。

「麗蒂亞，妳要不要進大學念一個戲劇學位？」

「媽，我剛才說了一大堆，妳難道沒聽懂嗎？我不需要學位。」

「妳說的每一個字我都聽到了，也聽懂了，我只是想得比較更長遠一點❸。我敢說，演戲一

---

❶由美國劇場大師梅西納（Sanford Meisner, 1905-1997）發展出來的表演技巧。

❷史坦尼斯拉夫斯基（Constantin Stanislavsky, 1863-1938）是俄國戲劇大師，他的寫實表演法由美國導演卡山（Elia Kazan）與史特拉斯堡（Lee Strasberg）引進美國，成立「演員工作坊」（Actors Studio），對美國戲劇界影響深遠。

❸愛麗絲這裡說成「more big」，而不是用「bigger」，不合文法。

定有許多方面是妳沒摸過的，還可以學習，說不定嘗試導戲？重點是學位能幫妳打開更多扇門，以備不時之需。」

「例如哪些門？」

「呃，我隨便舉個例子，假如妳想教書，學位就能給妳資格。」

「媽，我想當演員，不是老師。想當老師的是妳，不是我。」

「我知道，麗蒂亞，妳已經講得夠清楚了。但我說的不是大學或學院的老師，雖然妳念了書就能去教。我是說妳有一天可能會開工作坊，就像妳現在去上的，而且非常喜歡的表演課。」

「媽，很抱歉，我實在不想浪費力氣去想自己能做什麼，要想也等我先變成好演員再說。我現在最不需要的就是不相信自己。」

「我不是不相信妳能靠演戲闖出一番事業，但如果妳忽然想成家，想放慢腳步，卻又不想拋下舞台呢？工作坊可能是不錯的權宜之計，在家也能工作。再說，重點有時候不在於妳會什麼，而是妳認識誰。同學、教授和校友都是潛在的人脈。我敢說戲劇界也有這樣的小圈子，除非你有學位或累積一定聲望的作品，否則會打不進去。」

愛麗絲停下來，等麗蒂亞說「是啦，可是」，但麗蒂亞什麼也沒說。

「好好想一想。生活只會愈來愈忙，年紀愈大就愈難重回校園。妳可以找劇團裡的人聊聊，聽聽他們的經驗，了解演戲演到三、四十歲甚至更老是什麼感覺，好嗎？」

「好。」

好。她們吵過那麼多回，這是最接近共識的一次。愛麗絲很想再講點什麼，可是想不出來。

她和麗蒂亞老是談演戲，已經很久、很久沒有聊過其他話題了。兩人間的沉默愈來愈濃。

「媽，妳感覺怎樣？」

「什麼感覺怎樣？」

「羅患阿茲海默症。妳感覺得到自己的狀況嗎？」

「嗯，我知道自己現在沒有腦袋糊塗，也沒有說話重複，但幾分鐘前就是想不到『奶油乳酪』這幾個字，而且很難插入妳和妳爸的對話。我知道這樣的事情遲早會再發生，而且間隔愈來愈短、情況愈來愈嚴重。所以，就算現在感覺很正常，我也知道其實不是。症狀沒有過去，只是暫停。我不能相信我自己。」

愛麗絲話一說完，便擔心自己吐露了太多實情。她不想嚇到女兒，但麗蒂亞一點也不害怕，反而很感興趣，讓她鬆了一口氣。

「所以症狀來的時候，妳都知道？」

「通常。」

「就像妳想不到奶油乳酪叫什麼。」

「我知道自己在找什麼，只是大腦不聽使喚，感覺就像你想拿那一杯水，手卻不肯聽話。你好說歹說，它就是不理不睬，等到終於動了，卻幫你拿個鹽罐回來，或是撞到杯子、灑了一桌子水。等你真的拿起杯子、放到嘴邊，喉嚨可能早就不乾不渴，根本不用喝水，身體的需要已經過去了。」

「感覺像酷刑一樣，媽。」

「沒錯。」

「我很難過妳得了這個病。」

「謝謝。」

麗蒂亞伸手越過杯盤與兩人多年來的隔閡，握住愛麗絲的手。愛麗絲摁摁女兒的手，對她微笑。她們總算找到可以聊的事。

愛麗絲在沙發上醒來。她最近經常打瞌睡，有時甚至一天兩次。儘管額外的休息讓她活力充沛、注意力大增，卻也讓她一天過得斷斷續續。愛麗絲看了看牆上的鐘，四點十五分。她不記得自己何時睡著，只記得吃了午飯，一個三明治，某種口味，和約翰一起，大概中午左右。沙發角落有個硬硬的東西抵著她的臀部，是她讀的書。她一定是看書看到睡著了。

四點二十分。麗蒂亞排練到七點。愛麗絲坐直身子，豎耳傾聽。她聽見哈丁海灘的海鷗鳴叫，腦中浮現鳥兒啄食的畫面。悠閒曬黑的遊客，海鷗瘋狂尋找爭搶人類留下的食物碎屑。愛麗絲也起身尋找，找尋約翰，但不像海鷗那麼急切。她看了兩人的臥室與書房，又望向屋外的車道。車子不在。她正想咒罵約翰竟然沒留字條，就發現字條用磁鐵壓在冰箱門上。

小愛，我開車出去，很快回來，約翰。

愛麗絲坐回沙發，拿起書本，是珍．奧斯汀的《理性與感性》，可是沒有翻開。她現在其實不想看書。之前《白鯨記》讀到一半，書卻搞丟了。她和約翰把家裡上上下下翻過一遍，什麼也沒找到。就連失智症患者才會扔書的地方也找了，像是冰箱、冷凍庫、食物儲藏室、衣櫥抽屜和毛巾櫃，甚至壁爐，但就是不見小說的蹤影。或許她把書留在海邊了，她希望是。這樣一來，愛麗絲起碼能說她本來就常把書忘在海邊，和阿茲海默症無關。

約翰說要幫她再買一本，或許他這會兒是去書店。她希望是。要是等太久，她可能忘記之前看的部分講了什麼，必須重頭讀起。虧她費了那麼多工夫，光想到這點就讓她渾身無力。不過她已經開始讀珍．奧斯汀；她一向喜歡珍．奧斯汀的作品，但這本小說怎麼也抓不住她的注意力。

愛麗絲晃到樓上，走進麗蒂亞的房間。三個孩子裡，她對麗蒂亞的了解最少。梳妝台上擺了一個紙盒，凌亂收著綠松石戒指、銀戒指、皮項鍊和彩色珠珠項鍊。盒子邊有一堆髮夾，還有一個薰香碟。麗蒂亞有一點嬉皮風格。

地板上都是衣服，有的摺好了，大部分沒有。她的衣櫥抽屜裡肯定沒剩多少東西，床上也亂七八糟。麗蒂亞有一點邋遢。

書架上擺滿詩集與劇作，像是《晚安，母親》、《讓我們共進晚餐》、《求證》、《微妙的平衡》、《匙河詩集》、《上帝的女兒》、《美國天使》和《奧利安娜》。麗蒂亞是演員。

愛麗絲抓了幾冊劇作，隨意翻閱。每冊劇作只有八、九十頁，每一頁的台詞更是寥寥無幾。也許讀劇本比較簡單，也更讓人滿足，還可以和麗蒂亞討論。她決定挑《求證》❹來看。

---

❹《求證》（*Proof*）是美國劇作家奧本（David Auburn）的作品，曾獲二〇〇一年普立茲獎與東尼獎，也曾改編電影《證明我愛你》，由安東尼霍普金斯和葛妮絲派特洛主演。

床頭櫃擺著麗蒂亞的日記、iPod、《梅西納論表演》和一張裱框相片。愛麗絲拿起日記，遲疑片刻，但也只猶豫了一秒鐘。她已經沒剩多少時間了。愛麗絲坐在床上，逐頁閱讀女兒的夢想和自白。她讀到麗蒂亞在表演課遇到的瓶頸與突破、試鏡時的恐懼和期待、選角的失望與喜悅。她讀到一個年輕女人的熱情與韌性。

她讀到馬孔。他和麗蒂亞在課堂上合演對手戲，兩人就這麼墜入情網。她一度以為自己懷孕了，結果沒有，讓她鬆了一口氣，因為她還沒準備好結婚或生小孩，她想先找到生命的方向。

愛麗絲審視裱框相片裡的麗蒂亞。一個男人在她身旁，應該是馬孔。兩人面帶微笑，臉龐依偎著。他們很開心，這一男一女。麗蒂亞是女人。

「小愛，妳在嗎？」

「我在樓上！」

愛麗絲將日記和相片放回床頭櫃上，悄悄走下樓去。

「你去哪裡了？」她問。

「我開車出去一趟。」

約翰拎著兩個白色塑膠袋，一手一個。

「你有沒有再幫我買一本《白鯨記》？」

「算是有吧。」

約翰將一只塑膠袋遞給愛麗絲，裡頭全都是DVD。有葛雷哥萊畢克和奧森威爾斯的《白鯨記》、勞倫斯奧利佛的《李爾王》，還有《北非諜影》、《飛越杜鵑窩》，以及她最喜歡的《真善美》。

「我想對妳來說，看電影可能簡單得多，而且我們可以一起看。」愛麗絲笑了。

「另一袋是什麼？」

她頭暈目眩，感覺就像迎接耶誕節清晨的小孩。約翰從袋裡掏出一包微波爐爆米花和一盒牛奶糖果球。

「我們可以先看《真善美》嗎？」愛麗絲問。

「當然。」

「我愛你，約翰。」

「我也愛妳，小愛。」

愛麗絲高舉雙手摟住約翰的背，臉龐緊貼他的胸膛、呼吸他的味道。她很想再說一點什麼，說他對她多麼重要，卻想不出半個字來。約翰抱著愛麗絲，雙手微微收緊。他知道。兩人就這麼默默摟著對方，在廚房裡站了好久、好久。

「喏，妳負責微波爆米花，我來放電影，我們沙發見。」約翰說。

「好。」

愛麗絲走到微波爐邊，將門打開，忍不住笑了出來。她非笑不可。

「我找到《白鯨記》了！」

愛麗絲已經獨自醒來兩個小時了。她一個人享受清晨，啜飲綠茶，讀了點書，在屋外草坪練習瑜伽。她像狗兒一樣做下犬式，深呼吸一口氣，讓早晨清新的海風充塞她的胸臆。她伸展腿筋和臀大肌，感覺既痛楚又愉悅，很特別也很讓人陶醉。愛麗絲眼角餘光一掃，發現她能保持這個姿勢是靠左手的三頭肌使力。她的肌肉看起來很結實，充滿線條美，很漂亮；她整個身體都很漂亮和結實。

現在是她體能的顛峰。吃得好加上規律運動，讓她每天能用結實強健的三頭肌、靈活的臀肌、強壯的小腿與輕鬆自在的呼吸跑完六公里。當然，她的頭腦完全不是如此，依然毫無反應、不聽使喚、愈來愈弱。

愛麗絲服用愛憶欣、憶必佳、神祕的新藥艾米利斯、立普妥、維他命C、E和低劑量阿斯匹靈。她還吃藍莓、紅酒和黑巧克力，給身體額外的抗氧化劑。她喝綠茶，也嘗試銀杏萃取精華。她玩數學紙牌遊戲，讓自己動動腦筋。她改用不習慣的左手刷牙，累了就睡。然而，這些努力似乎都白費力氣，看不出絲毫成效。但要是不做運動、不吃愛憶欣或藍莓，認知能力也許會惡化得更厲害；要是她不這麼努力反抗，失智症也許早就大開殺戒。也許吧。但也許，這一切努力根本無法改變任何事情，除非停止服藥、不再喝酒和吃巧克力、一個月坐著不動才有辦法分辨與判斷。然而，這樣的實驗她可不想做。

愛麗絲轉換成瑜伽的戰士姿勢，長吐一口氣，將弓箭步壓得更低。她忍受身體的不適，不顧這個姿勢對於耐力與注意力造成的負擔。她決定維持這個姿勢，決定繼續奮戰。

約翰從廚房走了出來，頭髮還是剛睡醒的樣子，整個人像殭屍，但已經換上慢跑的衣服。

「要不要先喝杯咖啡？」愛麗絲問。

「不用，先跑步吧，跑完回來再喝。」

他們每天早上從主街跑到鎮中心，之後原路折返，來回六公里。約翰的體型苗條了許多，線條也更明顯，這一段路現在很輕鬆就能跑完，不過他就是不喜歡跑步。他會乖乖和她一起跑，從不抱怨，但就像付錢或洗衣服一樣無精打采、意興闌珊。然而，這樣反倒讓愛麗絲更愛他。

她跑在約翰後頭，由他決定快慢，也彷彿欣賞美妙樂器似的聽著、看著約翰，看他手肘有如鐘擺前後搖晃，聽他規律有力的呼吸與慢跑鞋踩在沙地人行道的聲響。約翰啐了一口，愛麗絲笑了。他沒有問為什麼。

回程途中，愛麗絲加快腳步，和他跑在一起。她忽然心生同情，很想告訴約翰，假如他不想跑，可以不用陪她出門，她自己應付得來。但兩人跑到三叉路口，愛麗斯覺得應該左轉，約翰卻右轉跑上彌爾街，這才是回家該走的方向。阿茲海默症不喜歡受到忽略。

回到家，愛麗絲向他道謝，親了他流汗的臉頰，沒有洗澡就直接去找麗蒂亞。麗蒂亞還穿著睡衣，坐在陽台喝咖啡。她和女兒每天早上都會討論她在讀的劇本，享受加了藍莓的多種穀類麥片粥，或吃奶油乳酪芝麻貝果，配上茶和咖啡。她的直覺是對的，比起小說和傳記，她更愛讀劇本，喜歡得多。和女兒討論她剛讀過的部分，不管是第一景、第一幕，甚至整部劇本，都是幫她記下內容、加強記憶既愉快又有效的方法。她和麗蒂亞一起分析場景、角色和劇情，發現女兒不但聰明慧黠，也對人類的需求、情感與掙扎有深厚的理解。她看著麗蒂亞，發現自己很愛她。今天，她們討論的是《美國天使》❺的某一幕。兩人一問一答，有來有往，旗鼓相當，談得興高采烈、趣味盎然。而且她不用和約翰賽跑、搶著擠出想法，可以慢慢思考，不怕落在後頭。

「和馬孔合演這一幕戲是什麼感覺？」愛麗絲問。

麗蒂亞看著她，彷彿被她的問題嚇壞了。

「妳說什麼？」

「妳不是在課堂上和馬孔一起演過這一幕嗎？」

「妳偷看我的日記？」

愛麗絲感覺腹部一空。她以為是麗蒂亞告訴她的，說她和馬孔的事。

「小乖，對不起……」

「我不敢相信妳竟然偷看我的日記，妳沒資格看！」

麗蒂亞一推椅子、衝出陽台，留下愛麗絲一個人在桌邊目瞪口呆、惶惶不安。幾分鐘後，愛麗絲聽見前門甩上的聲音。

「別擔心，她會冷靜下來的。」約翰說。

整個早上，她一直找事情做。她試著打掃、澆花除草和讀書，但唯一做得來的就只有擔心，深怕自己做了不可原諒的事情。她怕失去女兒的尊重、關愛與信任，而她才剛開始認識她。

午餐後，愛麗絲和約翰散步到哈丁海灘。她在海裡一直游到精疲力竭、沒有任何感覺為止。她腹中的空洞與翻攪消失了，回到岸邊，整個人平躺在沙灘椅上，閉目冥想。

她曾讀過報導，規律冥想能增加大腦皮質厚度，減緩年老造成的變薄。麗蒂亞早就開始每天冥想，愛麗絲一說有興趣，麗蒂亞馬上教她。就算冥想無法維持大腦皮質厚度，愛麗絲也很喜歡潛心專注的時光，總是能夠有效弭平腦中堆積的雜音與憂慮，讓心靈得到名副其實的寧靜。

過了大約二十分鐘，她的神智恢復清明，身體放鬆，充滿活力，而且滾滾發燙。愛麗絲再度走入海中，這一回只是小泡片刻，卸下汗水和炎熱，換來一身的鹽味與清涼。回到椅子旁，她聽見隔壁一個女人躺在毯子上，說她在莫諾墨伊劇院看了一齣精彩的好劇。愛麗絲肚子裡的空洞翻攪又回來了。

那天晚上，約翰烤了乳酪漢堡，愛麗絲做了沙拉，但麗蒂亞沒有回家吃飯。

「我敢說一定是排練拖得有點晚。」約翰說。

「她現在鐵定恨死我了。」

「她不會恨妳的。」

晚飯過後，愛麗絲又喝了兩杯紅酒，約翰喝了三杯加冰威士忌，卻仍不見麗蒂亞的身影。愛麗絲將晚上的藥送進翻攪不安的胃裡，兩人同坐一張沙發，捧著一碗爆米花和一盒牛奶糖果球，開始看起《李爾王》。

約翰將她從沙發上喚醒。電視關了，屋裡一片漆黑。她一定在電影結束前就睡著了，總之不

5《美國天使》（*Angels in America*）是美國劇作家庫許納（Tony Kushner）的重要作品，曾獲一九九一年普立茲獎和東尼獎，也曾改拍同名電影。

記得結局。約翰帶她上樓，回到兩人的臥房。

愛麗絲站在床邊，不可置信地摀住嘴巴，淚水溢出眼眶，所有的擔憂頓時從心裡和胃裡一湧而出。麗蒂亞的日記就擺在她枕頭上。

「抱歉，我遲到了。」湯姆一邊說著，一邊走進屋裡。

「好了，各位，既然湯姆到了，我和查理有件事要向你們宣布，」安娜說，「我已經懷孕五週了，而且是雙胞胎！」

全家人擁抱、親吻、互道恭喜，接著開始興奮發問和回答，中間不停有人插話，然後又是一陣發問與回答。愛麗絲愈來愈難掌握同時有很多人開口的複雜對話，反倒對於沒說出口的話語、肢體語言和隱密情感的感受力愈來愈強。兩週前，她向麗蒂亞解釋這個現象，麗蒂亞說這是每一位演員夢寐以求的能力。她說她和其他演員必須全神貫注才能從口說的話語抽離開來，確實感應對方的動作與感受。愛麗絲不太能夠分辨其間的差別，但很高興麗蒂亞將她的缺陷看成令人豔羨的能力。

約翰一臉開心與興奮，不過愛麗絲看出他只讓一部分的真實情感顯露出來，或許是不想忽略安娜的警告：「現在高興還太早。」就算安娜沒這麼說，約翰也很迷信，如同絕大多數的生物學家一樣，不喜歡先打如意算盤。其實他早就等不及了，很想快點抱孫子。

在查理的開心興奮之下，愛麗絲看出他身上有一層厚厚的焦慮壓著一層厚厚的驚恐。她覺得兩種情緒非常明顯，安娜卻毫無所悉，也沒有人說些什麼。難道她看到的只是初為人父必然的擔憂？難道查理緊張的是家裡多了兩口人吃飯，必須同時支付兩份大學學費？然而這只能解釋查理的第一層情緒。難道他怕的是兩個小孩上大學的時候，妻子卻得了失智症？

麗蒂亞和湯姆站在一起，和安娜說話。愛麗絲的孩子們真美，但都不是小孩了。麗蒂亞容光煥發，比起全家齊聚一堂看她演出，她更開心姊姊的好消息。

湯姆的笑容也是真的，但愛麗絲看出他有那麼一絲不安，眼睛和雙頰微微凹陷，身型也消瘦了。是上課的關係？還是女朋友？他發現愛麗絲正在打量他。

「媽，妳覺得怎麼樣？」他問。

「大部分都很好。」

「真的嗎？」

「嗯，是真的，我感覺非常好。」

「妳感覺太靜了一點。」

「那是因為我們很多人同時說話，而且說得很快。」麗蒂亞說。

湯姆的笑容消失了，感覺就要掉下淚來。愛麗絲放在淺藍袋子裡的黑莓機響了，振動她的臀部，提醒她晚上吃藥的時間到了。她想多等幾分鐘，不想現在吃藥，在湯姆的面前。

「麗蒂亞，妳明天的演出是幾點？」愛麗絲手裡抓著黑莓機問道。

「晚上八點。」

「媽，妳不用事前記下來。大家都在，我們又不會忘記帶妳一起去。」湯姆說。

「我們要看的戲，劇名叫什麼？」安娜問。

「《求證》。」麗蒂亞說。

「妳會緊張嗎？」湯姆問。

「有一點，因為是首場演出，而且你們都會出席。但我只要一上台就會把你們完全忘光。」

「麗蒂亞，妳的演出是幾點？」愛麗絲問。

「媽，妳剛剛才問過。別擔心。」湯姆說。

「演出是八點，媽，」麗蒂亞說，「湯姆，你在幫倒忙。」

「才怪，是妳在幫倒忙。她何必擔心記不得根本不需要記得的事情？」

「只要把時間記到黑莓機裡，她就不用擔心了。你就讓她記錄。」麗蒂亞說。

「哎，反正她本來就不該倚賴黑莓機，應該一有機會就鍛鍊記憶力。」安娜說。

「所以是怎樣？她應該記下我的演出時間，還是完全倚靠我們？」麗蒂亞問。

「妳應該鼓勵她集中注意力，想辦法專心。她應該靠自己想起來，不能偷懶。」安娜表示。

「她不懶。」麗蒂亞說。

「那是因為妳和黑莓機在幫她。嗨，媽，麗蒂亞明天演出是幾點？」安娜問。

「我不曉得，所以才會問她。」愛麗絲說。

「媽，她已經跟妳說過兩次了，妳能不能試著回想她說了什麼？」

「安娜，別考她。」湯姆說。

「我正想把時間記入黑莓機，卻被妳打斷了。」愛麗絲說。

「我不是要妳查黑莓機，而是要妳記得麗蒂亞說的時間。」

「呃，我不用記住時間，因為我打算輸入存檔。」

「媽，妳想一下，麗蒂亞明天演出是幾點？」

愛麗絲不曉得答案，但她知道可憐的安娜需要了解她的處境。

「麗蒂亞，你明天的演出是幾點？」愛麗絲問。

「晚上八點。」

「晚上八點，安娜。」

七點五十五分，全家人就座，第二排正中間的位子。莫諾墨伊劇院只有一百個座位，第一排往前幾步就是舞台，這樣的空間感覺很親近。

愛麗絲恨不得燈光立刻就暗下來。她讀過這齣劇，也和麗蒂亞討論了很多，甚至幫忙女兒對台詞。麗蒂亞飾演凱塞琳，父親是位發瘋的數學天才。愛麗絲等不及要看所有角色在她面前鮮活起來。

從第一幕開始，整齣戲就表現得細膩而忠實、層次豐富，讓愛麗絲一下就徹底沉浸在演員創造的想像世界裡。凱塞琳說她完成了一道驚世的數學證明，可是她的愛人和關係疏離的姊姊都不相信，質疑她心智有問題，讓她深深陷入恐懼，害怕自己也會像天才父親一樣變成瘋子。愛麗絲隨著凱塞琳一起經歷她的痛苦、背叛與恐懼，從頭到尾沉迷其中，看得如癡如醉。

戲演完了，所有演員出來謝幕。凱塞琳顯得光彩奪目，約翰獻花給她，外加一個大大熱情的擁抱。

「妳演得真是太精彩、太出色了！」約翰說。

「謝謝！這齣劇很棒吧？」

其他家人也和她擁抱、親吻，向她道賀。

「妳演得很好，非常生動。」愛麗絲說。

「謝謝。」

「我們今年夏天還會看到妳其他的演出嗎？」愛麗絲問。

她神情不安地看著愛麗絲，看了很久才開口回答。

「不會，今年夏天我就只有這個角色。」

「妳只會待到夏天結束嗎？」

她沉吟不答，彷彿這個問題讓她陷入哀傷，只見她眼眶泛出淚水。

「沒錯，我八月底就會回洛杉磯，但我以後會常回這裡看家人。」

「媽，她是麗蒂亞，妳的女兒啊。」安娜說。

一個神經元健康與否，

端看它與其他神經元的聯繫能力而定。

許多研究顯示，對一個神經元來說，

輸入和輸出的電刺激與化學刺激

是非常重要的細胞作用。

神經元一旦無法與其他神經元有效聯繫就會萎縮，

猶如廢棄物失去作用，

終至死亡。

二〇〇四年九月

哈佛大學的秋季學期已經正式開始，天氣卻還緊守著陰曆的規律。九月這一天早晨，氣溫將近三十度，溼溼黏黏有如夏日，愛麗絲就在這一天開始上班。新學期開始前後的那幾天，她很喜歡看大一新生，欣賞著來自新英格蘭以外的新面孔。秋天的劍橋總是讓人想起樹葉變色、採蘋果、美式足球賽、毛衣和圍巾。在這裡，雖然九月底的清晨發現南瓜結霜不是什麼新鮮事，但早上，尤其是九月初，依然隨處可以聽見冷氣機不斷呻吟，以及人們過分樂觀熱烈討論紅襪隊的賽事。然而，每一年都有新落腳的學生有如來錯季節的觀光客，猶豫不決走在哈佛廣場的人行道上，總是穿了太多層毛衣與外套，手裡大包小包，全是哈佛庫普合作社的購物袋，塞滿文具和繡有哈佛字樣的長袖運動衫。滿頭大汗的可憐孩子。

愛麗絲雖然穿著白色純棉無袖T恤和黑色人造絲長裙，走到系主任艾瑞克的辦公室還是覺得溼溼熱熱很不舒服。艾瑞克的房間在她研究室正上方，大小相同，家具一樣，就連窗外的查爾斯河與波士頓也沒有區別，但感覺更壯觀、更壓迫人。愛麗絲每回來到這裡都覺得自己像個學生，尤其是今天，艾瑞克請她過來「小談片刻」，這樣的感覺更加強烈。

「暑假過得怎麼樣？」艾瑞克問。

「非常放鬆，你呢？」

「也很好，只可惜太快結束了。妳六月沒去參加研討會，我們都覺得很可惜。」

「我知道，我也很想念開會。」

「嗯，愛麗絲，課程開始之前，我想和妳談談去年的教學評鑑。」

「喔，我自己都還沒時間看呢。」

那一疊「動機與情緒」課程的教學評鑑還用橡皮筋綁著，擺在她研究室裡，一直沒有打開。哈佛大學的學生教學評鑑完全匿名，也只有任課教授和系主任可以翻閱。愛麗絲過去會看評鑑，純粹是為了虛榮，她知道自己是個出色的好老師，學生對她總是一致好評。然而，艾瑞克從來沒有要她和他一起閱讀評鑑。從她入行以來，這是頭一回擔心她可能會不喜歡學生眼中的自己。

「這裡，妳花個幾分鐘，把評鑑讀一讀。」

艾瑞克將他拿到的評鑑遞給她，有一頁摘要擺在最上頭。

任課教授上課表現出眾嗎？評鑑分數由一（非常不同意）到五（非常同意）。

全都是四或五

課堂討論有助於理解上課內容嗎？

有四、有三、有二。

任課教授能否協助我理解難懂的概念與複雜的理論？

一樣，有四、三和二。

任課教授是否鼓勵學生發問，並接受不同的觀點？

有兩名學生寫了一。

由一到五（極差到極佳），請給任課教授一個總體評分。

大部分是三。就愛麗絲記憶所及，她教這堂課從來沒有拿過四以下的分數。

摘要裡的評鑑成績都是三分、兩分和一分。愛麗絲完全不想為自己辯解，說這是學生不經大腦惡意亂寫，一點也不準確。她的教學表現顯然比自己察覺的還要糟，但她仍然有百分之百的把握，自己絕不是系上表現最差的老師。她也許退步得非常厲害，但肯定不到差勁的底限。

愛麗絲抬頭看著艾瑞克，準備聽他開口。艾瑞克抑揚頓挫的語氣或許不是她的最愛，起碼不會刺耳。

「要不是看到妳的名字在上頭，我根本不會翻開來看。評鑑分數普通，我從來沒看過妳拿到這樣的成績，但不至於太糟。是學生寫的評語讓我很擔心，才決定找妳過來談談。」

愛麗絲只看了摘要那一頁，沒看其他部分。艾瑞克拿起自己節錄的重點，大聲唸出來。

「課程綱要有很大一部分她都跳過沒講，所以我們也跳過沒唸，可是考試的時候她認為我們都應該知道。」

「她似乎不曉得自己在教什麼。」

「上課根本就是浪費時間，不如自己唸教科書。」

「我很難抓得到她上課在講什麼，就連她自己也搞不清楚。這一堂課比起她教的導論課程簡直天差地遠。」

「她有一回來上課，結果什麼都沒教，在教室坐幾分鐘就走了。還有一回，她教的是上星期教過一模一樣的東西。我從來不敢糟蹋赫蘭博士的時間，但我想她也不應該糟蹋我的時間。」

全都是難以下嚥的評語。情況比她察覺的還要嚴重許多，非常多。

「愛麗絲，我們已經認識很多年了，對吧？」

「沒錯。」

「請恕我冒昧和莽撞，妳家裡沒出什麼事情吧？」

「沒有。」

「那妳自己呢？是不是壓力太大或過度憂慮？」

「沒有，不是那樣。」

「這實在有點難以啟齒，但妳是不是有飲酒或用藥的問題？」

她聽夠了。我受不了別人這樣看我。就算罹患失智症，也比被人當成壓力過大、憂鬱病發的酒鬼還好。

「艾瑞克，我得了阿茲海默症。」

艾瑞克登時傻了。他以為愛麗絲會說約翰外遇，甚至已想好要推薦某一位出色的心理醫師給她。他也準備安排勒戒，或送她到哈佛的麥克連精神疾病醫院治療。他怎麼也沒想到會是這樣。

「一月的時候診斷出來，上學期教書教得很吃力，可是不曉得情況這麼嚴重。」

「真遺憾，愛麗絲。」

「的確。」

「我完全沒想到。」

「我也是。」

「我以為狀況只是短期的，一段時間就能解決，沒想到並非如此。」

「沒錯，不是這樣。」

愛麗絲看著艾瑞克陷入沉思。他在系裡就像父親般對人慷慨呵護，但也非常實際與嚴格。

「現在的家長一年要付四萬美元。這對他們來說不是什麼好事。」

的確，肯定不是。家長花費大把鈔票，可不是為了讓自己的兒子女兒來聽阿茲海默症患者上課。愛麗絲彷彿已經聽見晚間新聞一片喧騰，大嚷醜聞、醜聞。

「另外，妳班上有兩名學生質疑成績，我想情況只會更嚴重。」

愛麗絲教書二十五年，從來沒有學生質疑她打的分數，從來沒有。

「我想妳或許不能再教書了，但我希望尊重妳的時間安排。妳有什麼計畫嗎？」

「我原本希望再待一年，然後是教職輪休年，不過沒想到症狀表現得這麼明顯，干擾到我的教學。我不想變成爛老師，艾瑞克，那不是我。」

「我知道。要不要以健康醫療為由請假，讓妳直接輪休？」

他希望愛麗絲立刻就走。她過去的研究成果與教學表現足堪典範，更重要的是她已經拿到終身教職。就法律而言，他們不能開除她。然而這不是她想要的處理方式。愛麗絲非常不想放棄她在哈佛的學術生涯，但她的敵人是阿茲海默症，不是艾瑞克，也不是哈佛。

「我還不想離開，但我同意你的看法，雖然很難受，可是我想我不應該再教書。不過，我很希望繼續擔任丹恩的指導教授，也想繼續參加專題討論和學術會議。」

我再也不能教書了。

「我想這點應該沒問題。我希望妳找丹恩談談，向他說明狀況，由他決定。如果妳或他覺得有我一起指導比較好，我很樂意配合。另外，妳顯然不該再收研究生了。丹恩是最後一個。」

我再也不能做科學研究了。

「妳或許應該停止接受其他大學或會議的演講邀約，以妳目前的能力，可能不大適合代表哈佛大學。我發現妳這段時間幾乎沒有遠行，或許妳自己也明白。」

「沒錯，我同意。」

「妳打算怎麼告訴校務人員和系上的人？這方面我一樣尊重妳的時間安排，完全由妳決定。」

愛麗絲不再教書、做研究、遠行和演講，其他人很快就會發現，開始揣測、交頭接耳和傳言，認定她是壓力過大、憂鬱病發的酒鬼。說不定已經有人這麼想了。

「我會跟他們說，這件事應該由我開口。」

二〇〇四年九月十七日

親愛的朋友與同事：

儘管難以割捨，但經過深思熟慮，我還是決定停止我在哈佛大學的教學、研究與遠行講學工作。今年一月，我由醫師診斷得了早發性阿茲海默症，雖然可能還在初期或中期階段，可是已經出現無法預期的認知障礙，讓我不再適合擔任教授一職，維持我一貫的高水準表現，滿足我對自己向來的要求，以及哈佛對我的期望。

各位未來將不會看我出現在教室講台，也不會見我忙著撰寫研究計畫，但我會繼續擔任丹恩·麥洛尼的指導教授，也會出席會議與專題討論。我希望自己照常積極參與這些活動，也期盼得到各位的歡迎。

懷著深深的情感與尊敬。

愛麗絲·赫蘭

秋季學期的第一週，馬提接下她的教學工作。轉交課程表和講義的那一天，馬提抱了抱她，說他很遺憾發生這樣的事。他問她感覺如何、有沒有能幫忙的地方，愛麗絲向他道謝，說她感覺很好。一拿到上課需要用的所有材料，馬提就急急忙忙離開她的研究室。

系上其他人差不多也是這樣。

「我很難過，愛麗絲。」

「我真是不敢相信。」

「我完全沒發覺。」

「有什麼需要我幫忙的地方？」

「妳確定嗎？妳看起來和以前一樣。」

「我很難過。」

「我很難過。」

說完，他們就趕緊拋下她離開了。他們遇到她總是客氣又和善，但愈來愈少在她面前出現。這主要是因為他們很忙，而愛麗絲變得很閒。不過還有一個不明顯的理由，就是他們選擇迴避。面對愛麗絲就必須面對她耗弱的心智，更讓他們不由得想到，或許下一秒便會遇上她發作。面對她很恐怖。因此，除了會議和專題討論，他們多半時間都寧願躲開。

今天是本學期第一次心理系午餐專題討論，艾瑞克的學生萊絲莉好整以暇地坐在會議桌的主位，講題投影片已經打在螢幕上。「尋找解答：注意力如何影響我們辨識眼睛所見事物的能力」。愛麗絲坐在第一個位子，在艾瑞克對面，她也準備好了。她開始吃自己的午餐，茄子披薩餃和田園蔬菜沙拉。艾瑞克和萊絲莉交頭接耳，其他人陸續走進專題討論室。

幾分鐘後，愛麗絲發現所有座位都滿了，除了她旁邊的位子，但還有不少人站在房間後方談話。桌邊是人人覬覦垂涎的位置，一方面比較容易看到報告內容，一方面坐著能避免手上要拿盤子餐具和飲料、又要拿筆和記事本的狼狽樣。不過，手忙腳亂顯然比坐在她旁邊好。愛麗絲看著那些不看她的人。房裡擠了大約五十人，全都是她認識多年的人，她還以為他們是一家人。

丹恩匆匆忙忙走進討論室，襯衫下襬沒塞進褲頭，戴著眼鏡而不是隱形眼鏡。他停了一下，隨即走到愛麗絲身旁的空位前，將筆記本啪的扔在桌上，宣示占領這個位子。

「我熬夜寫了一晚上，得找點東西填肚子，我馬上回來。」

萊絲莉的報告持續了整整一小時。雖然很費精神，愛麗絲還是從頭到尾聽完。放完最後一張投影片，螢幕恢復空白，萊絲莉開放台下發問。愛麗絲首先發言。

「赫蘭博士，請說。」萊絲莉說。

「我想妳的實驗少了一個控制組，用以衡量干擾物的實際干擾能力。或許有些人不管什麼原因就是不會注意到干擾物，於是不受影響。妳可以測驗受試者，看他們有沒有能力同時看到並注意干擾物。妳也可以進行一連串測試，每次更換目標的干擾物。」

桌邊許多人點頭，丹恩滿嘴披薩餃「嗯」了一聲。萊絲莉在愛麗絲說完之前便已抓起紙筆，猛做筆記。

「沒錯，萊絲莉，請妳切回講解實驗設計的那張投影片。」艾瑞克說。

愛麗絲環顧四周，所有人的眼睛都黏在螢幕上，專心諦聽艾瑞克闡述她的評語。不少人繼續點頭，愛麗絲覺得光榮，有點沾沾自喜。就算得了阿茲海默症，也不代表她再也無法批判思考。就算得了阿茲海默症，也不代表她不再有資格和他們共處一室，更不代表她的看法不值一哂。

討論室裡一問一答，往來了幾分鐘。愛麗絲吃完披薩餃和沙拉，丹恩起身離座，很快又坐了回來。馬提新收的博士後研究員問了一個尖銳的問題，萊絲莉答得左支右絀。實驗設計的投影片還在螢幕上，愛麗絲讀過一遍之後舉手發問。

「有什麼問題嗎，赫蘭博士？」萊絲莉問。

「我想妳的實驗少了一個控制組，用以衡量干擾物的效度。有些受試者可能根本沒有發現。妳可以同時測試干擾物的干擾能力，或者每次更換目標的干擾物。」

她說得很有道理。實驗必須這樣做才行，除非滿足這一點，否則萊絲莉的論文不可能發表。愛麗絲很有把握，然而在場的人似乎都沒發覺。她看著房裡不看她的人，他們的身體語言顯示既尷尬又害怕。愛麗絲重讀螢幕上的數據，實驗確實需要補上一個控制組。就算得了阿茲海默症，也不代表她不能夠批判思考。就算得了阿茲海默症，也不代表她不曉得自己在說什麼。

「喔，好吧，謝謝。」萊絲莉說。

但她不再抄寫筆記，也沒有正眼看她，甚至一點感謝的意思也沒有。

愛麗絲沒有課程要教，沒有研究計畫要寫，沒有新研究要做，沒有會議要開，也沒人邀她演講。再也沒有了。她感覺到一大部分的自己，她最讚賞、花最多工夫推上頂峰的自己，此時已經死去。剩下的一小點自己、她沒那麼喜歡的自己，則是自憐自艾垂淚哭泣，心想那部分的她死了，剩下的一切又有什麼意義。

在研究室裡，對著偌大的窗子，愛麗絲望向窗外沿著查爾斯河畔蜿蜒小徑慢跑的人。

「你今天有時間跑步嗎？」她問。

「可能有。」約翰回答。

約翰啜飲咖啡，同樣望著窗外。她很好奇他在看什麼，是不是和她一樣注意慢跑的人，還是完全不同的東西。

「我希望我們多花點時間在一起。」她說。

「妳是什麼意思？我們整個夏天都在一起。」

「不是，我不是說夏天，而是這輩子。我最近一直在想，我們應該多花點時間在一起。」

「小愛，我們住在一起，在同一個地方工作，我們一輩子都在一起。」

起初確實如此，他們住在一起，彼此分享生命，但隨著時間過去，一切都變了。允許改變的不是別人，正是他們自己。愛麗絲想起兩人分別輪休、分工照顧小孩、輪流遠行、各自全力投入工作。他們不生活在一起已經很久、很久了。

「我覺得我們離開彼此太久了。」

「小愛，我不覺得妳離開我。我喜歡我們的生活，我覺得我們找到了很好的平衡，在各自追求熱中的事物與共同的生活之間。」

愛麗絲想起約翰熱中的事物，也就是他的研究。他總是比她還要投入，就算實驗沒有成功、數據不一致、原本的假設後來證明是錯的，他還是一樣熱情，不曾動搖。不管研究有多大瑕疵，就算讓他整夜焦頭爛額、猛抓頭髮，他也甘之如飴。約翰投注在研究的時間、呵護、心力與精神總是刺激著愛麗絲，讓她覺得自己應該更投入實驗，而她也確實這麼做。

「妳不是孤單一個人，小愛，我現在正和妳在一起。」

他看了看錶，將剩下的咖啡一飲而盡。

「我得跑去上課了。」

約翰拾起背包，將咖啡杯扔進垃圾桶，走到她面前。他微微彎身，雙手捧著她鬈曲的黑髮，溫柔地吻了她。愛麗絲抬頭看他，抿出淺淺一彎微笑，忍住淚水，讓約翰放心離開她的研究室。

她好希望約翰愛的不是工作，而是她。

愛麗絲坐在研究室裡。她的認知課開始了，但不需要她。愛麗絲一邊喝茶，一邊望著紀念路閃閃發光的車潮。忽然，她的臀部傳來振動：早上八點。愛麗絲從淺藍小袋子裡拿出黑莓機。

愛麗絲，回答以下問題：

一、現在是幾月？

二、妳住在哪裡？

三、妳的研究室在哪裡？

四、安娜的生日是哪一天？
五、妳有幾個小孩？
只要妳有一題答不出來，立刻點開電腦裡的「蝴蝶」檔案匣，遵照指示去做。

九月
美國麻州劍橋帕普拉街卅四號，郵遞區號〇二一三八
威廉詹姆斯大樓，一〇〇二室
一九七六年九月十四日
三個

愛麗絲一邊喝茶，一邊望著紀念路上閃閃發光的車潮。

二〇〇四年十月

愛麗絲從床上起身，心想不知該做什麼。天色很黑，仍然是半夜。她腦袋並不糊塗，知道現在應該睡覺。約翰躺在她身邊，鼾聲大作，但她就是睡不著。她最近到了晚上很難入眠，可能因為白天打了太多瞌睡。或者正好反過來，她白天常打瞌睡，是因為夜裡睡不好？她已經陷入惡性循環、正回饋循環，彷彿搭上車子坐得頭暈目眩，卻不曉得怎麼下車。或許只要白天努力不打瞌睡，晚上就能一夜安眠，打破這個循環。然而每天一到下午，她就覺得精疲力竭，最後總是舉手投降，窩到沙發上休息片刻，一休息就睡著了。

愛麗絲記得，孩子們兩歲的時候也遇過類似的兩難，下午不睡覺，到了傍晚就很愛鬧、不聽話；但要是睡午覺，到了上床時間又得拖個幾小時才能睡著。她不記得當時是怎麼解決的。

我吃這麼多藥，應該至少有一種的副作用是會想睡覺。喔，等等，醫生曾開安眠藥給我。

愛麗絲起身，走出臥房下到一樓。儘管她有把握安眠藥不在淺藍色小袋子裡，還是把裡頭的東西掏出來。皮夾、黑莓機、手機、鑰匙。她打開皮夾。信用卡、銀行提款卡、駕照、哈佛教職員證、健保卡、幾張二十元鈔票和一把零錢。
她在平常放信的蘑菇碗裡翻找。電費帳單、瓦斯帳單、電話帳單、房貸帳單、一份哈佛大學寄來的東西，還有收據。
愛麗絲走到書房，打開書桌和檔案櫃的抽屜，將所有東西拿出來。她把客廳籃子裡的雜誌和型錄全部清出來，翻了兩頁《週刊》雜誌，又在女裝型錄上看到一件可愛的毛衣，摺頁做記號。她想買一件海藍色的。
她打開堆放雜物的抽屜。幾顆電池、一把螺絲起子、一捲透明膠帶、膠水、一捲藍色電工膠帶、鑰匙、幾個充電器、火柴，還有其他東西。這個抽屜可能幾年沒整理了。愛麗絲將抽屜整個拉出來，把所有東西倒在廚房桌上。
「小愛，妳在做什麼？」約翰問。
愛麗絲嚇了一跳，抬頭只見他滿頭亂髮，瞇著眼睛。
「我在找……」
她低頭望著桌上堆置的物品。電池、針線包、膠水、軟尺、幾個充電器和一把螺絲起子。
「我在找東西。」
「小愛，已經半夜三點多了，妳弄得都是聲音，能不能明天早上再找？」
約翰聽起來很不耐煩，他不喜歡睡眠被打斷。
「好。」
愛麗絲躺在床上，試著回想自己到底要找什麼。天色很暗，依然是半夜。她知道自己應該睡覺。約翰一躺下就沉沉睡去，已經在打鼾了。他很容易入睡。她以前也容易入睡，現在卻睡不著。她最近到了晚上很難入眠，可能因為白天打了太多瞌睡。或者正好反過來，白天常打瞌睡，是因為夜裡睡不好？她已經陷入惡性循環、正回饋循環，彷彿搭上車子坐得頭暈目眩，卻不曉得怎麼下車。

喔，等一下，我有辦法讓自己睡著。莫耶醫師開過藥給我，我收到哪裡去了？

愛麗絲起身，離開臥房下到一樓。

今天不用開會，也沒有專題討論，研究室裡的教科書、期刊和信件全都無法引起她的興趣，丹恩沒有新的進展讓她閱讀，收件匣也沒有新的郵件。麗蒂亞每天都會寄信來，但總是要到中午過後。愛麗絲看著窗外的律動，車潮順著紀念路蜿蜒流動，慢跑的人沿著查爾斯河畔曲折前進，松樹樹梢隨著秋天的強風左右搖擺。

愛麗絲打開檔案櫃，拿出一疊標示「赫蘭著作」的檔案。她列名作者的論文總共有一百多篇。愛麗絲將研究論文、評論和審查意見捧在手上，這就是她被迫縮短的學術生涯所累積的思想與看法。感覺很重，她的思想和看法很有分量，起碼之前很有分量。她很想念做研究，想念思考它、談論它的感覺，想念自己的靈感與洞見，以及有如藝術般優雅的心理學。

愛麗絲放下檔案，從書架抽出她寫的教科書《從分子到心靈》。這本書也很重，是她最自豪的文字成就，融合了她和約翰的想法與詞彙，兩人一齊創造出世上獨一無二的著作，以此啟發、影響了別人的想法與文字。她想，有一天他們會再寫一本。她打開書，翻了幾頁，但不是很感興趣。她現在也不想讀這本書。

愛麗絲看了看錶。她和約翰約好今天忙完要一起去慢跑，不過還有好幾個小時。她決定跑步回家。

他們家離研究室只有一公里半，愛麗絲跑得很輕鬆，一下就到家了。再來呢？她走進廚房泡茶，拿起水壺裝滿自來水，放回爐上將開關旋到「大火」，轉身去拿茶包，但是放茶包的錫罐不在流理台上。愛麗絲打開放咖啡杯的櫥櫃，卻看見三層盤子擺在裡面。她打開右邊的櫥櫃，心想是一整排玻璃杯，結果卻是碗和馬克杯。

愛麗絲從櫥櫃拿出碗和馬克杯，放在流理台上，接著搬出盤子，放在馬克杯和碗旁邊。她打開旁邊的櫥櫃，裡面的東西還是不對。流理台上已經堆滿碗、盤子、馬克杯、果汁杯、水杯、酒杯、湯鍋、平底鍋、收納保鮮盒、防熱鍋夾、抹布和銀質餐具，整間廚房的東西都被她翻出來了。唉，我到底把東西擺在哪裡？水壺開始尖叫，愛麗絲無法思考，轉身將旋鈕切到「關」。

她聽見前門打開的聲音。太好了，約翰提早回家了。

「約翰，你為什麼把廚房搞成這個樣子？」她大吼著說。

「愛麗絲，妳在做什麼？」

愛麗絲被女人的聲音嚇了一跳。「喔，蘿倫，妳嚇死我了。」

蘿倫是他們家的鄰居，就住在對面。蘿倫沒有說話。

「不好意思，妳要不要先坐下來？我正打算泡茶。」

「愛麗絲，這裡不是妳家的廚房。」

什麼？愛麗絲環顧房間。黑色花崗岩流理台、樺木櫥櫃、白色磁磚地板、窗戶在水槽上方、洗碗機在水槽右邊、烤爐有兩個。等等，家裡沒有兩個烤爐，對吧？這時她突然注意到冰箱。那是證據。冰箱門上用磁鐵貼著相片，是蘿倫、蘿倫的先生、她家的貓咪和沒見過的小嬰兒。

「唉，蘿倫，我把妳家的廚房搞得一團亂。我幫妳把東西放回去。」

「沒關係，愛麗絲。妳還好嗎？」

「嗯，其實不大好。」

愛麗絲很想拔腿就跑，跑回自己家的廚房。她們能不能當做沒有發生這件事？她真的必須現在來一段「我得了阿茲海默症」的對話？她討厭說「我得了阿茲海默症」。

愛麗絲試著解讀蘿倫的表情。蘿倫看起來既困惑又害怕，臉上的神情在說，愛麗絲可能瘋了。愛麗絲閉上眼睛，深呼吸一口氣。

「我得了阿茲海默症。」

愛麗絲睜開眼睛，蘿倫的臉上依然是同樣的表情。

現在，她只要走進廚房就會立刻看冰箱，確定沒有搞錯。上頭貼的不是蘿倫的相片，她在自己家沒錯。為了怕這麼做還不能消除疑慮，約翰拿黑筆在字條上寫了幾個大字，用磁鐵固定在冰箱門上。

愛麗絲：不要一個人去跑步。
我的手機：617-555-1122
安娜：617-555-1123
湯姆：617-555-1124

約翰要她保證絕不會一個人去跑步。愛麗絲發誓保證，保證得真心誠意。但當然，她很有可能忘記。

反正，她的腳踝也需要時間。上星期她不小心踩到人行道，扭傷了腳踝。她的空間感知能力有一點退化了，物體有時看來會比實際距離遠或近，通常不是在它實際所在的地方。她去做了視力檢查，結果很正常，她的眼睛就和二十歲年輕人一樣。問題不在角膜、水晶體或視網膜，約翰說，是處理視覺訊息的過程出了差錯，也就是她大腦的枕葉皮質區。顯然，她擁有大學生的眼睛和八旬老婦人的枕葉皮質區。

她不能一個人跑步，可能會迷路或受傷，但約翰最近都沒有陪她。他常出遠門，就算沒去哪裡，也一早就趕去哈佛上班，工作到深夜，回到家總是精疲力竭。她很討厭倚靠約翰，討厭沒有他就不能跑步，尤其他又那麼不可倚賴。

愛麗絲拿起電話，撥打了冰箱上的號碼。

「喂？」

「我們今天要去跑步嗎？」她問。

「不曉得，也許。我正再開會，晚點打給妳。」約翰說。

「我真的需要出去跑步。」

「我晚點打給妳。」

「什麼時候？」

「等我有空。」

「很好。」

愛麗絲掛上電話，望向窗外，接著低頭看著自己腳上的慢跑鞋。她扯下鞋子，朝牆壁扔去。她試著體諒約翰，他必須工作。但他為什麼不能體諒她，知道她需要跑步？假如光憑跑步就能減緩阿茲海默症惡化，那她真的應該多跑。約翰每次說「今天不行」，她就可能失去更多原本能夠挽救的神經元，讓它們白白犧牲。約翰正在扼殺她的生命。

她又拿起電話。

「喂？」約翰低聲說道，語氣很不悅。

「我要你答應我，今天會去跑步。」

「對不起，」約翰對旁邊某個人說，接著對手機說，「拜託，愛麗絲，等我開完這個會再打電話給妳。」

「我今天需要跑步。」

「我還不曉得今天會忙到幾點。」

「所以呢？」

「所以我才說應該買台跑步機。」

「喔，去你的。」愛麗絲咒罵一句，掛上電話。

這麼做很不體貼，她想。她最近經常發飆，不曉得這是疾病惡化的徵狀，還是合理的反應。她不想要跑步機，她要他。或許她不該這麼固執，或許她也在扼殺自己。

她起碼可以一個人去哪裡走走，當然這個「哪裡」必須很安全。她可以走到自己的研究室。可是她不想走到自己的研究室，她在研究室只覺得無聊、受到冷落和疏離。她再也不屬於那裡。哈佛之大，卻沒有一名認知能力殘缺的認知心理學教授的容身處。

愛麗絲坐在客廳的扶手椅上，想找點事情做，卻想不出什麼主意。她試著想像明天、下星期和今年冬天，但還是想不出什麼值得做的事情。她坐在家裡客廳的扶手椅上，卻覺得無聊、受到冷落和疏離。午後斜陽灑進客廳，形成提姆波頓電影般的詭異暗影，沿著地板起伏，悄悄攀上牆壁。愛麗絲看著陰影緩緩消逝，房間裡暗了下來。她闔起眼睛，沉沉睡去。

愛麗絲站在臥室裡，身上不著一縷，只有一雙短襪和「安全回家」手環，正努力掙扎將衣服套進頭上。她低聲咆哮、和衣服纏鬥，有如瑪莎．葛蘭姆劇團的舞者，正在用詩意的肢體動作表達內心的痛苦。她長長尖叫一聲。

「怎麼回事？」約翰奔進臥房問道。

愛麗絲卡在扭成一團的衣服裡，露出一隻眼睛，神色驚惶地看著他。

「我做不到！我想不出來該怎麼穿這件該死的運動胸罩。我想不起來該怎麼穿胸罩，約翰！我連自己穿胸罩都不會！」

約翰走到她身邊，打量她的頭。「這不是胸罩，小愛，是內褲。」

愛麗絲不禁哈哈大笑。

「這一點也不好笑。」約翰說。

愛麗絲笑得更起勁了。

「停下來，這一點也不好笑。聽著，妳如果想去跑步，最好動作快點，把衣服穿好，我可沒有很多時間。」

約翰走出臥房。他無法看著愛麗絲站在房裡，把內褲套在頭上，訕笑著自己愚蠢的瘋狂。

愛麗絲知道坐在對面的年輕女人是她女兒，卻不是很有把握，這讓她頗為困擾。她知道自己有個女兒名叫麗蒂亞，但她看著坐在對面的年輕女子，知道那是她的女兒，感覺卻像學來的知識，是她同意的事實、別人告知而她也接受的訊息，並非自己當下的體悟。

她看著湯姆和安娜，他們也坐在桌邊。她立刻將兩人和自己對長女與兒子的回憶連結起來。她腦中浮現安娜穿著婚紗，穿著法學院、大學和高中畢業服，還有三歲那一年每天都穿的白雪公主睡衣。她還記得湯姆頭戴帽子、穿著長袍，記得他滑雪摔斷一腳裹著石膏、戴著牙套、穿著少棒隊球衣，以及在她襁褓中的模樣。

愛麗絲也想得起麗蒂亞的往事，可是不曉得為什麼，對面這個年輕女子就是和她對自己小女兒的回憶連不起來。這一點讓她很不自在，也更痛苦意識到自己的智力正在退化，過去和現在的聯繫正逐漸斷開。但她曉得坐在安娜旁邊的男人是安娜的丈夫查理，這個人兩年前才走進他們的生命，可她一眼就認出來，毫無困難，這實在非常奇怪。愛麗絲想像阿茲海默症是個魔鬼，在她腦中肆意破壞，完全沒有道理可言，將連結「麗蒂亞現在」和「麗蒂亞過去」的線路拔斷，卻將所有和查理有關的連結保留下來。

餐館又擠又吵，其他桌的聲響不停讓愛麗絲分心，音樂從遠方傳來又消失，麗蒂亞和安娜的聲音聽起來對她而言都一樣。大家都用太多代名詞了，愛麗絲手忙腳亂，想搞清楚誰在說話，又說了什麼。

「親愛的，妳還好嗎？」查理問。

「那個味道。」安娜說。

「妳要出去一下嗎？」查理問。

「我和她一起去。」愛麗絲說。

兩人走出溫暖舒適的餐館，愛麗絲立刻脊背一縮。她們都忘了穿外套。安娜抓起母親的手，帶她遠離站在門口附近抽菸的一群年輕人。

「啊，新鮮空氣。」安娜享受地深吸一口氣，開口說道。

「而且很安靜。」愛麗絲說。

「媽，妳覺得怎麼樣？」

「我還好。」愛麗絲說。
安娜還牽著愛麗絲的手，便搓了搓媽媽的手背。
「我好多了。」愛麗絲坦白說。
「我也是，」安娜說，「妳懷我的時候也這麼難受嗎？」
「嗯。」
「那妳怎麼辦？」
「就撐下去，很快就會結束了。」
「等妳回過神來，寶寶已經出生了。」
「我真是等不及了。」
「我也是。」安娜說，不過語氣沒有愛麗絲那麼興奮，只見她雙眼突然泛出淚水。
「媽，我身體一直很不舒服，又很累，每回只要忘記事情，就以為自己病了、出現症狀。」
「喔，小乖，妳沒有得病，只是太累了。」
「我知道，我知道。只是每次想到妳不再教書，失去了那麼多東西……」
「別這樣，妳應該高興才對，想想我們就要得到什麼了，好不好？」
愛麗絲摁了摁安娜的手，另一手溫柔地放在她肚子上。安娜笑了，但淚水依然從惶惶不安的眼中汩汩而出。「我實在不曉得以後該怎麼辦，我的工作，兩個寶寶，還有……」
「還有查理。別忘了妳和查理，設法維持妳和他擁有的一切。讓所有事情保持平衡，妳和查理，妳和事業、孩子，還有妳所愛的一切。別把生活中妳所愛的一切視為理所當然，這樣就能兼顧了。查理會幫忙的。」

「他最好會。」安娜狠狠說了一句。

愛麗絲笑了。安娜用手腕揩了幾次眼睛，從嘴裡長吁一口氣，感覺像是在做拉梅茲呼吸法。

「謝了，媽，我感覺好多了。」

「很好。」

回到餐館，愛麗絲和安娜坐回原位享用晚餐。坐在她對面的年輕女子，她的小女兒麗蒂亞，拿起刀子敲了她的空酒杯。「媽，我們想要送妳一份大禮物。」

說完，麗蒂亞拿出一個金紙包裝的長方形小盒子。所謂的「大」顯然是指意義非凡。愛麗絲撕開包裝紙，裡面是三張光碟：赫蘭家的小孩、愛麗絲與約翰、愛麗絲．赫蘭。

「這三張光碟是為妳製作的回憶ＤＶＤ。《赫蘭家的小孩》是安娜、湯姆和我的談話，是我在夏天拍的，講我們對妳、對自己童年和成長的回憶。爸爸那一張是他遇見妳、和妳約會、結婚、度假和其他許多事情的回憶。裡面有兩段往事非常棒，我們三個從來沒聽過。第三張我還沒做，是要訪問妳、記錄妳的故事，如果妳願意的話。」

「我當然願意。我太喜歡了。謝謝妳，真想現在就看。」

女服務生端來咖啡、茶和巧克力蛋糕，上頭插了一根蠟燭。全家人開始齊聲高唱「生日快樂歌」，愛麗絲吹熄蠟燭，許了一個願望。

二〇〇四年十一月

約翰在夏天買的電影ＤＶＤ，如今也和它們取而代之的書本一樣，淪落到被拋棄的命運。愛麗絲不再跟得上電影情節，只要某個角色消失一段時間，她就會忘記這人在劇中的分量。她還能體會小小的片段，然而電影落幕之後，往往只能領略個大概，像是「這部電影很好笑」之類的。要是約翰或安娜陪她一起看，他們總是哄堂大笑、渾身緊張或噁心迴避，用發自內心的明顯神情回應劇情，但她完全不曉得怎麼回事。她會一起反應、裝模作樣，不讓他們發現她有多麼跟不上。看電影讓愛麗絲清楚意識到自己有多麼跟不上世界。

麗蒂亞製作的ＤＶＤ來得正是時候。約翰和三個小孩述說的每一段往事都只有幾分鐘，讓她能夠完全吸收理解，也不需要記住其中某一段往事才能欣賞其他部分。愛麗絲看了又看，他們提到的事情她不是全都記得，不過感覺很正常，因為三個小孩和約翰也不記得所有細節。麗蒂亞要他們回憶同一件往事，每個人講的都不大一樣，漏掉某些部分、誇大某些地方，清楚顯露個人的角度與觀點。就算沒有疾病從中作梗，一個人回顧生平也可能充滿漏洞與扭曲。

但《愛麗絲．赫蘭》她只看了一次就看不下去了。她過去是多麼口才便給，在所有人面前都能侃侃而談，如今卻老是「那個、那個」的說，次數多得令人難堪。然而，她還是慶幸自己能有這張光碟，記錄她的回憶、想法與建議，確定清楚，不受阿茲海默症的分子逆襲所侵擾。有一天，她的孫子會看著光碟說：「那是外婆還能說話、記得事情的時候。」

《愛麗絲與約翰》播放完了，螢幕轉成黑色，愛麗絲依然坐在沙發上，雙腿蓋著毯子，豎耳傾聽。屋裡的寂靜讓她開心。她一邊呼吸一邊放空，什麼也不想，只有壁爐架上的時鐘滴答響，就這樣過了幾分鐘。忽然，時鐘的滴答聲讓她想起什麼，立刻睜開眼睛。

愛麗絲低頭注視雙手，差十分鐘十點。喔，天哪，我還在這裡做什麼？她將毯子扔到地上，雙腳塞進鞋裡，跑進書房闔上筆記型電腦袋。我的藍色小袋子呢？不在椅子上頭，不在桌上，不在抽屜裡，也不在筆記型電腦袋裡。愛麗絲跑到臥房，不在床上，不在床頭櫃、梳妝台和衣櫃裡，也不在書桌上。愛麗絲站在走道上，用殘缺的頭腦奮力回溯自己剛才的動線，忽然發現袋子就掛在浴室門把上。

她拉開拉鍊，有手機、黑莓機，沒有鑰匙。她一直把鑰匙放在袋子裡，呃，其實不完全正確，應該一直放在袋子裡，但有時會放在書桌抽屜、銀器抽屜、內衣抽屜、珠寶盒、信箱和衣服或褲子口袋，有時甚至插在鎖孔上。她一天不知道要花多少時間找東西，想到就覺得討厭。

愛麗絲衝下樓，回到客廳。沒有鑰匙，但她發現外套放在高背椅上。她穿上外套，雙手放進口袋。是鑰匙！

愛麗絲跑到門前玄關，可是沒到門邊就停了下來。真是奇怪極了，玄關地板上竟然有個大洞，和走廊一樣寬，長度大約兩公尺半到三公尺，洞裡空空如也，只連接著漆黑的地下室。她完全走不過去。玄關地板扭曲龜裂，她和約翰最近討論要換新的。難道約翰已經找了包商？今天有工人來？愛麗絲不記得了。無論如何，除非把洞補好，否則她不可能走出前門。

愛麗絲轉身朝後門走去，這時電話響了。

「嗨，媽，我大約七點過去，我會帶晚餐。」

「好。」愛麗絲說，聲音微微上揚。

「我是安娜。」

「我知道。」

「爸爸會在紐約待到明天，還記得嗎？我今天會在家裡過夜，但六點半以前要工作走不開，所以等我一起吃晚飯。或許妳應該寫下來，記在冰箱的白板上。」

愛麗絲轉頭望向白板。

不要一個人跑步。

她突然一肚子火，很想朝電話大吼，說她不需要保母，一個人在家也不會有事，然而她只是吸了口氣。

「好，晚點見。」

愛麗絲掛上電話，慶幸自己壓住原始的情緒反應，很快她就做不到了。她很高興可以見到安娜，不用一個人在家也很好。

愛麗絲穿著外套，筆記型電腦和淺藍色小袋子掛在肩上，目光飄向廚房窗外。屋外強風大作，潮溼昏暗，所以現在是早晨？她不想出門，也不想待在研究室。她在研究室只覺得無聊、受到冷落和疏離。她在那裡感覺很可笑，她再也不屬於那個地方。

她脫下袋子和外套，朝書房走去，忽然聽見噹啷一聲，於是又走回前門玄關。郵件剛從門上的開口掉進來，就落在那個大洞上，但是飄浮不動。郵件底下一定有柱子或地板，只是她看不到。會飄的信。我的腦袋完蛋了！愛麗絲回到書房，試著忘記玄關那個違反地心引力的大洞，沒想到很難、很難。

愛麗絲坐在書房裡，雙手抱膝，望著天色漸暗的窗外，等安娜來吃晚飯，等約翰從紐約回來一起跑步。愛麗絲坐著等待，坐著等待病情更糟。她恨透了只是坐著等待。

她認識的哈佛同事只有她得了早發性阿茲海默症。當然，其他地方一定有，不可能只有她一個人。她必須尋找新的同伴，必須在她發現自己踏進的新世界裡落腳，這個失智症世界。

她在Google打入「早發性阿茲海默症」搜尋，列出一堆事實和數據。

據估計，全美約有五十萬人罹患早發性阿茲海默症。

早發性阿茲海默症的定義為六十五歲以下得病。

症狀可能在三、四十歲開始出現。

Google 找出許多網站，列舉症狀、遺傳風險因素、病因和療法。還有文章介紹相關醫療研究與藥物研發。這些她都看過了。

愛麗絲在搜尋欄多打了「協助」兩個字，按下輸入鍵。

她找到許多論壇、連結、資源、留言板和聊天室，主要是給照護者的，幫助他們照顧病患，主題包括造訪看護機構、藥物諮詢、紓解壓力、處理妄想症、處理夜遊、處理否認與憂鬱症。照護者將問題和答案貼上網路，彼此安慰打氣、解決疑難問題，關於如何照顧他們罹患阿茲海默症的八十一歲母親、七十四歲丈夫或八十五歲祖母。

罹患阿茲海默症的人呢？他們得到什麼協助？五十一歲就罹患失智症的人呢？職業生涯還沒結束就被診斷剝奪生活的人呢？無論任何年紀，罹患阿茲海默症都是悲劇，這點她不否認。她不否認照護者需要協助，也不否認他們非常痛苦。她知道約翰很痛苦。但我呢？

愛麗絲想起麻州總醫院社工人員的名片。她找出名片，撥了電話。

「我是丹妮絲．達妲莉歐。」

「嗨，丹妮絲，我是愛麗絲．赫蘭，戴維斯醫師的病人，他把妳的名片交給我。我今年五十一歲，差不多一年前診斷得了早發性阿茲海默症。我在想，麻州總醫院是不是有阿茲海默症患者的互助小組？」

「很抱歉，醫院沒有。我們有互助小組，可是只開給照護者。醫院裡大部分阿茲海默症患者都沒有能力參與這樣的小組討論。」

「但有些人可以。」

「的確，不過我想人數恐怕不足以爭取到資源，也就無法成立互助小組。」

「怎樣的資源？」

「嗯，以照護者互助小組來說，成員大約十二到十五人，每週聚會兩個小時。我們有專用的房間，提供咖啡和糕點，還有兩名醫護人員擔任引導者，每個月會請一位來賓演講。」

「如果只需要一個房間讓早發性阿茲海默症患者聚會，彼此交換經驗呢？」

我可以自己帶咖啡和果醬甜甜圈，拜託。

「我們需要有醫護人員在場監督，但很可惜，目前醫院找不到誰有空。」

照護者互助小組的那兩位引導者呢？

「妳手上有早發性阿茲海默症患者的名單可以給我嗎？或許我能試著聯絡他們，自己辦一個小組。」

「我恐怕不能把資料給妳，不過妳要不要約個時間到醫院來和我談談？十二月十七日星期五早上十點，我有一個空檔。」

「不用了，謝謝。」

愛麗絲在沙發上打盹，前門的聲響將她吵醒。屋子又冷又暗，前門吱嘎一聲打開了。

「抱歉，我來晚了！」

愛麗絲起身走到玄關，只見安娜一手拿著棕色大紙袋，一手抓著一堆信件。她就站在洞上！

「媽，家裡的燈都沒開，妳在睡覺嗎？妳不應該這麼晚還睡午覺，晚上一定睡不著。」

愛麗絲走到安娜面前蹲下來，將手放在洞上，但她的手沒有撲空，手指觸碰到黑色毯子的捲曲羊毛。是她家玄關的黑色踏墊，已經擺了好幾年。她的手掌用力一拍踏墊，砰的發出回音。

「媽，妳在做什麼？」

愛麗絲手心刺痛，感到精疲力竭，無法說出令人丟臉的答案。袋子裡飄出濃濃的花生味讓她噁心想吐。

「不要管我！」

「媽，沒關係，我們一起到廚房吃晚餐。」

安娜放下郵件，伸手想要牽起愛麗絲，牽她刺痛的手。她猛然閃開，大聲尖叫。

「別管我！離開我的房子！我恨妳！我不要妳在這裡。」

愛麗絲的話語彷彿巴掌甩在安娜臉上，只是力道更重。安娜潸然淚下，神情轉為沉著堅決。

「我買了晚餐，我已經餓壞了，我要留下來。我要到廚房吃飯，然後上床睡覺。」

愛麗絲獨自站在玄關，滿腔怒火在她體內瘋狂流竄。她打開大門，開始拖動踏墊。她使盡全力，結果摔倒了。她站起來，抓著踏墊又拉又扭又扯，將它整個拖出屋外。接著她高聲咆哮、猛踢踏墊，直到它滑落前門台階，一動不動躺在人行道上為止。

愛麗絲，回答以下問題：

一、現在是幾月？
二、妳住在哪裡？
三、妳的研究室在哪裡？
四、安娜的生日是哪一天？
五、妳有幾個小孩？
只要妳有一題答不出來，立刻點開電腦裡的「蝴蝶」檔案匣，遵照指示去做。

十一月
劍橋
哈佛
九月
三個

二〇〇四年十二月

丹恩的論文總共一百四十二頁，不包括參考書目。愛麗絲已經很久沒有讀過這麼長的文章了。她坐在沙發上，論文放在腿上，右耳夾著紅筆，右手拿著一枝粉紅色螢光筆。她用紅筆修改，螢光筆則是提醒自己讀過的地方。只要覺得重要，她就畫下來，萬一必須回頭看，可以只看畫線的部分。

然而她卡在第二十六頁，怎麼也無法往前，整頁都被她塗成粉紅。她覺得腦袋一片渾沌，求她休息一會兒。她彷彿見到粉紅色的文字變了形狀，在腦中變成黏答答的棉花糖。她愈往下讀就愈需要畫線，才能理解和記住自己讀了什麼。愈是畫線，腦袋裡的粉紅棉花糖愈堆愈多，阻斷了幫助理解和記住自己讀了什麼的大腦線路。愛麗絲讀到第二十六頁，卻什麼也沒看懂。

嗶，嗶。

愛麗絲將丹恩的論文扔到咖啡桌上，走到書房的電腦前，發現收件匣有一封新郵件，是丹妮絲寄來的。

親愛的愛麗絲：

妳提到早發性失智症患者互助小組的構想，我向我們科裡和百翰婦女醫院的早發性失智症患者談過，得知其中三名患者是本地人，他們對妳的提議非常感興趣，同意我將姓名和聯絡資料給妳，請見附件。

妳或許可以聯絡麻州阿茲海默症協會，他們可能認識一些人會想和妳見面。

請讓我知道妳的進展，假如需要提供資訊或建議也請告訴我。很抱歉，我們科裡無法提供更多的正式協助。

祝好運！

丹妮絲．達妲莉歐

愛麗絲點開附件。

瑪莉．詹森，五十七歲，額顳葉失智症

凱西．羅勃茲，四十八歲，早發性阿茲海默症

丹恩．蘇利文，五十三歲，早發性阿茲海默症

就是他們了，她的新夥伴。愛麗絲反覆讀著他們的名字。瑪莉、凱西和丹恩。瑪莉、凱西和丹恩。她開始莫名興奮，同時摻雜著遏制不住的恐懼，就像她進幼稚園、大學和研究所前幾週的感覺。他們長得什麼模樣？還在工作嗎？已經發病多久了？他們的症狀和她相同，還是更輕微或更嚴重？是不是有任何事情和她一樣？萬一我比他們惡化得還要厲害呢？

親愛的瑪莉、凱西和丹恩：

我是愛麗絲．赫蘭，今年五十一歲，去年診斷得了早發性阿茲海默症。我是哈佛大學的心理學教授，在學校服務二十五年，但因為症狀發作，今年九月已經差不多無法再執教鞭。

目前我待在家，得病讓我感覺很孤單。我打電話給麻州總醫院的丹妮絲．達妲莉歐女士，詢問有沒有早發性阿茲海默症患者互助小組，但他們只有照護者互助小組，沒有患者小組。不過，她把你們的名字給了我。

我想邀請你們到我家來喝茶、喝咖啡，聊聊天。時間是週日，十二月五日下午兩點。照顧你們的人也歡迎一起來，敬請隨意。底下是我家的地址和交通指南。

非常期待與你們見面。

愛麗絲

瑪莉、凱西和丹恩。瑪莉、凱西和丹恩。丹恩。丹恩。丹恩的論文。他寫了論文要我改。愛麗絲回到客廳，拿起丹恩的論文，翻到二十六頁。粉紅色一下湧進她的腦袋，讓她頭痛。她心想會不會有人回信了，這念頭才剛出現，她已經扔下丹恩的東西跑回書房。

愛麗絲點開收件匣，沒有新郵件。

嗶，嗶。

愛麗絲拿起電話。

「喂？」

嘟嘟聲。她希望是瑪莉、凱西或丹恩。丹恩。丹恩的論文。

愛麗絲回到沙發，手裡拿著螢光筆，看來蓄勢待發，目光卻沒有落在文字上，反而作起白日夢來。

瑪莉、凱西和丹恩若讀完二十六頁東西，是不是還能理解和記得自己讀了什麼？萬一只有我會把玄關踏墊看成大洞怎麼辦？如果只有她心智退化呢？她可以感覺自己正在退化，感覺自己正在墮入失智症的黑洞裡，獨自一人。

「只有我，只有我，只有我。」愛麗絲低聲呻吟。她每聽到自己說出這三個字，就更加陷入孤獨的黑洞裡。

嗶，嗶。

門鈴將她從白日夢中驚醒。他們來了？她邀他們今天過來？

「請等一下！」

她用袖子揉揉眼睛，邊走邊以手指梳齊糾結的頭髮，深吸一口氣，將門打開。沒有人。

大約有半數的阿茲海默症患者會將幻覺和幻聽當真，但愛麗絲一直沒經歷過。也許她有。當她一個人獨處，就沒辦法分辨自己經歷到的是真實，還是阿茲海默症讓她感覺到的真實。她的失去方向感、虛構、錯覺和其他失智症狀都沒有辦法用粉紅螢光筆做註記，無法和正常、真實與正確的情境清楚區分開來。她以為踏墊是個洞，以為那聲音是門鈴。

愛麗絲再次看了收件匣，有一封新郵件。

嗨，媽：

妳好嗎？昨天有沒有去參加午餐專題討論？有沒有跑步？我的表演課還是很棒。今天我又去試鏡，一家銀行的廣告，就看結果如何吧。爸爸好嗎？這週在不在家？我知道上個月很難熬。撐著點，我很快就會回家了！

愛妳。

麗蒂亞

嗶，嗶。

愛麗絲拿起電話。

「喂？」

嘟嘟聲。她打開檔案櫃最上層的抽屜，將電話扔進去，聽見它撞到幾百份資料底下的金屬底板，然後關上抽屜。等一下，說不定是我的手機。

「手機，手機，手機。」她一邊大聲覆誦，一邊在屋裡走動，提醒自己要找什麼。

愛麗絲找遍所有地方，就是看不到手機。她想到應該找淺藍色小袋子，便改變覆誦的內容。

「小袋子，小袋子，小袋子。」

她發現小袋子在廚房流理台上，手機在袋子裡，但是關著的。也許聲音來自屋外有人啟動或解除汽車的防盜鎖。愛麗絲回到沙發，拿起丹恩的論文，翻到第二十六頁。

「哈囉？」男人的聲音。

愛麗絲抬頭瞪大雙眼，豎耳傾聽，彷彿聽見鬼魂喊她似的。

「愛麗絲。」沒有形體的聲音說道。

「什麼？」

「愛麗絲，妳準備好了嗎？」

約翰出現在客廳門口，似乎在等她。愛麗絲鬆了一口氣，但她需要知道更多訊息。

「走吧，我們要到鮑伯和莎拉家吃晚飯，現在已經有點遲了。」

晚飯。她忽然發覺自己肚子餓了。她不記得今天是否吃過東西，或許因此才讀不下丹恩的論文，也許她只是需要吃點食物。但她想到晚飯、想到在嘈雜的餐廳裡講話就覺得渾身沒力。

「我不想去，我今天很累。」

「我今天也很累，我們一起去好好吃一頓吧。」

「你去吧，我只想待在家裡。」

「走嘛，很好玩的。我們不用去參加艾瑞克的派對。出去走走對妳很好，而且我知道他們會很高興見到妳。」

才怪，他們不會。我不在那裡，他們會鬆一口氣。我是粉紅棉花糖大象，只會讓大家不自在，只會把晚餐變成瘋狂馬戲團，搞得所有人緊張又憐憫，被迫拿著酒杯和刀叉擠出微笑。

「我不想去，替我向他們說抱歉，但我真的不想去。」

嗶，嗶。

她發現約翰也聽見了，於是跟著他走到廚房。約翰打開微波爐，拿出一個馬克杯。

「這個冰得要命，要我重新加熱嗎？」

一定是她早上泡了茶，後來忘記喝，於是放進微波爐加熱，結果留在裡頭。

「不用了，謝謝。」

「好吧。鮑伯和莎拉可能在等了，妳真的不想去？」

「我很確定。」

「我不會待太久。」

約翰吻了她，便留下她出門了。愛麗絲站在廚房裡，手上捧著冷掉的茶，站了很久很久。

已經到了上床時間，約翰依然沒有回來。愛麗絲正要上樓，忽然發現書房的電腦發出藍光，於是走進書房檢查收件匣。純粹出於習慣，而不是好奇。

是他們。

親愛的愛麗絲：

我是瑪莉．詹森，今年五十七歲，五年前診斷得了額顳葉失智症。我住在北岸區，因此離妳家不遠。妳的點子真是太棒了，我很樂意參加。我先生貝利會開車載我去，可是不曉得他想不想待著。我和他都提前退休，兩人成天窩在家裡，我猜他可能想一個人靜靜。回頭見。

瑪莉

嗨，愛麗絲：

我是丹恩．蘇利文，今年五十三歲，三年前診斷得了早發性阿茲海默症。是家族遺傳，我的母親、兩位舅舅、一位阿姨和四位表兄弟姊妹都得了失智症，因此我很早就知道自己可能得病，從小在這樣的家庭長大。但是說來好笑，這對我發現自己得病和面對疾病沒有什麼幫助。我太太知道妳家在哪裡，離麻州總醫院不遠，靠近哈佛。我的女兒也念哈佛，我每天都向神禱告，希望她不要得病。

丹恩

嗨，愛麗絲：

謝謝妳的電郵和邀請。我一年前診斷得了早發性阿茲海默症，和妳一樣。感覺真是鬆了一口氣，我還以為自己瘋了，和人講話常常跟不上，連自己把話說完都有困難，忘記回家的路，再也看不懂支票簿，搞錯小孩的作息（我有十五歲的女兒和十三歲的兒子）。症狀出現的時候我才四十六歲，當然沒有人認為是阿茲海默症。

我覺得服藥幫助很大。我目前服用愛憶欣和憶必佳，狀況時好時壞。好的時候，外人甚至我的家人都覺得我只是拿阿茲海默症當藉口，認為我其實好得很，甚至懷疑我是裝出來的！我才沒那麼需要別人注意呢！然而狀況壞的時候，我連詞彙都想不起來，不能專心，根本沒辦法一心多用。我還覺得很寂寞。真希望趕快見到你們。

凱西．羅勃茲

又：妳知道國際失智症協助支持網路嗎？妳可以到他們的網站：www.dasninternational.org，非常棒，有不少像我們一樣的早發或早期患者可以聊天、傾訴、尋求支持和分享資訊。

是他們，而且他們就要來了。

瑪莉、凱西和丹恩脫下外套，在客廳各自找了位子坐。他們的妻子和丈夫穿著外套，勉強向他們道別，和約翰一起到傑瑞的店喝咖啡。

瑪莉金髮棕眼，留著學生頭，眼睛圓圓的像兩顆巧克力，戴著一副黑框眼鏡。凱西的臉龐看起來討喜聰慧，眼睛比嘴巴還愛笑，愛麗絲立刻就喜歡上她。丹恩留著厚厚的鬍髭，頭髮漸禿，身材結實。三人感覺就像外地來訪的教授或讀書會成員，也像她的多年老友。

「有誰要想點什麼嗎？」愛麗絲問。

三個人看著她，接著面面相覷，沒有回答。他們太害羞，還是太拘謹，不敢第一個發言？

「愛麗絲，妳的意思是『喝點』什麼嗎？」凱西問。

「對，我剛才說什麼？」

「妳說『想點』。」

愛麗絲滿臉通紅，說錯字可不是她想留給他們的第一印象。

「我其實想喝杯『想點』，因為我最近腦袋空空，能續杯更好。」丹恩說。

所有人都笑了，彼此立刻聯繫在一起。愛麗絲端來咖啡和茶，瑪莉開始講她的故事。

「我是房地產經紀人，做了二十二年，突然開始忘記約定看屋的時間和要開的會議。我會帶客人去看房子，結果沒帶鑰匙。開車載客人到我熟得不能再熟的地段，卻找不到房子在哪。原本只要十分鐘的路程，我兜圈子兜了四十五分鐘。我根本不敢想像客人是什麼感覺。

「我開始很容易動怒，在辦公室對同事發飆。我一向很好相處、很讓人喜歡，但忽然變成人人眼中的火藥桶。我的名聲愈來愈差，而名聲是我的一切。醫生開抗憂鬱藥物給我吃，這個藥沒用，他就另開一個，然後又一個。」

「很長一段時間，我都以為自己太累，一次做太多事情，」凱西開口說，「我是兼職的藥劑師，有兩個小孩，要照顧一個家，像隻無頭蒼蠅，忙完一件事情又是另一件。我只有四十六歲，因此完全沒想到自己可能得失智症。後來有一天我在工作，卻想不起藥物的名字，也不曉得怎麼測量十毫升。我忽然發覺自己很有可能給錯劑量，甚至完全給錯藥，換句話說，我可能意外殺死人。於是我脫下實驗衣提早回家，再也沒有回去上班。我痛不欲生，覺得自己瘋了。」

「那你呢，丹恩？你最早發覺的症狀是什麼？」瑪莉問。

「我本來很會做家裡的大小雜事，但有一天，我突然不曉得該怎麼修理本來會修的東西。我向來把工作室收拾得整整齊齊、所有東西擺好，現在卻是一團亂。只要找不到東西，我就認為是朋友借走沒還我、是他們把工作室弄得亂七八糟，其實都是我自己搞的。我是消防隊員，我開始忘記同事的名字，講話講不完整，忘記怎麼泡咖啡。我青少年的時候看過母親這個樣子，她也得了早發性阿茲海默症。」

他們分享自己最初的症狀與尋求正確診斷的過程，以及如何應付失智症、與它共處、有什麼策略與做法。他們聊起找不到鑰匙、喪失思緒、失去夢想的經歷，一起點頭、大笑與流淚。愛麗絲覺得自己暢所欲言，得到真實的傾聽。她覺得自己很正常。

「愛麗絲，妳先生還在工作嗎？」瑪莉問。

「對，他這學期仍然埋首在研究與教學裡，經常外出遠行。很辛苦，不過我們明年會一起輪休一年，所以我只要撐到下學期結束，我們就能一起在家一整年了。」

「妳可以的，就快了。」凱西說。

再幾個月就到了。

安娜要麗蒂亞到廚房去做白巧克力麵包布丁。安娜現在身孕很明顯，不再嘔吐，感覺好像隨時都在吃東西，彷彿想彌補之前早晨不舒服而損失的熱量似的。

「我有事宣布，」約翰說，「史隆凱特靈醫院請我擔任癌症生物學與遺傳研究計畫主任。」

「那是在哪裡？」安娜滿嘴蔓越莓巧克力，開口問道。

「紐約市。」

沒有人說話，只有迪恩馬丁在音響裡唱著〈軟糖世界〉。

「呃，你不會真的考慮去吧，會嗎？」安娜問。

「我在考慮。秋天時我去過那裡幾趟，對我來說，那是很完美的工作。」

「可是媽呢？」安娜問。

「她已經不工作，而且幾乎不去學校了。」

「但她需要待在這裡。」安娜說。

「不用，她不需要，她和我一起去。」

「喔，拜託！我晚上來家裡，好讓你工作到深夜。你出差，我就來家裡睡。湯姆只要週末有空就會來，」安娜說，「我們雖然沒有隨時都在，可是……」

「沒錯，你們不是隨時都在，所以不曉得情況有多糟。她有很多事明明不曉得，卻假裝自己知道。妳想一年之後，她會感謝我們留在劍橋嗎？她現在連自己在哪都搞不清楚，就算我們只在三條街外。我們大可搬到紐約，只要我跟她說這裡是哈佛廣場就好，她根本分不出來。」

「不對，她分得出來，」湯姆說，「別這樣講。」

「哎，反正我們明年九月之前不會搬家，還早得很。」

「時間不是重點，她需要待在這裡，搬家會讓她惡化得更厲害。」安娜說。

「我同意。」湯姆說。

他們談論她，彷彿坐在高背椅上的她根本不存在。他們談論她，當著她的面，彷彿她是聾子，什麼都聽不見。他們談論她，沒有讓她參與，彷彿她得了阿茲海默症。

「我這輩子可能不會再有同樣的機會，而他們要我坐那個位子。」

「我希望她能看到我的雙胞胎。」安娜說。

「紐約沒那麼遠，而且妳也不能保證你們會一直住在波士頓。」

「我可能會去紐約。」麗蒂亞說。

麗蒂亞站在客廳和廚房門口。愛麗絲聽見她開口才發覺她在那裡，她突然從旁邊出現讓她嚇了一跳。

「我申請了紐約大學、布倫戴斯大學、布朗大學和耶魯。要是我進紐約大學，你和媽媽搬到紐約，我可以和你們一起住，幫忙照顧媽。要是你們留下來，我可以念布倫戴斯或布朗大學，一樣在附近。」麗蒂亞說。

愛麗絲很想告訴麗蒂亞，這幾所都是非常好的大學。她很想問麗蒂亞想要念什麼科系，想對她說以她為榮。但今天，思緒來到嘴邊的速度太慢，彷彿必須游過好幾公里的黑泥漿才能變成聲音、讓人聽見，而大部分還來不及浮現便已經淹沒無蹤。

「太好了，麗蒂亞。」湯姆說。

「所以就是這樣，你打算繼續過自己的生活，彷彿媽根本沒得阿茲海默症，而我們完全無從置喙？」安娜說。

「我做了很多犧牲。」約翰說。

他愛她，一直都是，然而她讓他愛得很容易。她很珍惜兩人僅剩的共處時間。她不曉得自己還能清醒多久，可是她說服自己能撐到輪休年結束。這是他們最後一個共有的輪休年，她說什麼也不肯放手。

但顯然他肯放手。他怎麼可以這樣？問題在她腦中的黑泥漿裡流竄，沒有人回答。他怎麼可以？愛麗絲找到的答案在她眼睛後方猛踹、窒息她的心臟：他們之中必須有人犧牲一切。

愛麗絲，回答以下問題：
一、現在是幾月？
二、妳住在哪裡？
三、妳的研究室在哪裡？
四、安娜的生日是哪一天？
五、妳有幾個小孩？
只要妳有一題答不出來，立刻點開電腦裡的「蝴蝶」檔案匣，遵照指示去做。

十二月
哈佛廣場
哈佛
四月
三個

二〇〇五年一月

「媽，起來。她已經睡多久了？」
「差不多十八個小時了。」
「她之前曾經這樣嗎？」
「兩次吧。」
「爸，我很擔心，萬一她昨天吃了太多藥怎麼辦？」
「不會，我檢查過她的藥罐和藥盒。」
愛麗絲聽見他們說話，也聽得懂他們在說什麼，但不是很感興趣。感覺就像竊聽兩個陌生人在談論一個她不認識的女人。她不想起床，完全沒有意識到自己還在睡。
「小愛，妳聽得見嗎？」
「媽，是我，麗蒂亞，妳能醒來嗎？」
那個叫麗蒂亞的女人說她要打電話給醫生，那個叫爸爸的男人說讓那個叫小愛的女人再睡一會兒。他們討論要點墨西哥餐，在家裡吃晚飯，或許食物的味道能夠喚醒那個叫小愛的女人。接著，聲音消失了，一切再度回歸黑暗與沉寂。

她沿著沙地小徑朝濃密的森林走去，經過一連串曲折山路，走出森林來到一望無際的陡峭懸崖。她走到崖邊，俯瞰前方。大海在她腳下，彷彿冰凍的固體，海岸埋在深深的雪裡。眼前的遼闊景象感覺毫無生氣與顏色，徹底靜止與沉默。她放聲大喊，呼叫約翰。她轉身想要回頭，但小徑和森林都不見了。她低頭看著自己蒼白嶙峋的足踝與雙腳。別無選擇，她準備縱身一跳。

她坐在沙灘椅上，雙腳埋進溫暖的細沙裡再抽出來。她看著克莉絲汀娜，她幼稚園的好朋友，依然只有五歲，正在放蝴蝶風箏。克莉絲汀娜身上泳裝的粉紅與黃色小花、蝴蝶風箏的藍色與紫色翅膀、湛藍天空、金黃太陽與她自己腳趾上的紅指甲油，事實上，她從來不曾看過如此燦爛動人的景象。她看著克莉絲汀娜，心中漲滿喜悅與愛，不是為了她的童年朋友，而是對方泳裝和風箏上令人屏息的明豔色彩。

她的妹妹，安恩，還有麗蒂亞，兩個大約十六歲的女孩肩並著肩，躺在紅白藍條紋的海灘巾上，麥芽色的肌膚搭配粉紅泡泡糖色的比基尼泳裝，在陽光下閃閃發光。她們也是光潔明亮，顏色有如卡通般鮮豔，令人迷醉。

「準備好了嗎？」約翰問。

「我有點害怕。」

「現在不試，就再也沒機會了。」

她站起來，約翰在她腰間綁上皮帶，連接著橙黃色的拖曳傘。約翰扣上釦環、調整長度，讓她感覺合身又安全。他扶著她的肩膀，抵抗著想要將她往上拉扯的強烈無形力量。

「準備好了嗎？」約翰問。

「好了。」

約翰放開她，她立刻以令人興奮的速度往上升，衝向色彩繽紛的天空。托起她的氣旋耀眼奪目，混合著知更鳥蛋藍、玉黍螺藍、薰衣草藍和吊鐘花紫。腳下的大海有如翻滾的萬花筒，有藍綠、水藍和深紫。

克莉絲汀娜的風箏獲得自由，在附近飛舞。她從來不曾見過這麼精緻的東西，也從來不曾這麼想要一個東西。她伸手去抓風箏線，但氣流突然一變，讓她猛然轉了一圈。愛麗絲回頭望去，風箏卻已經躲到璀璨有如夕陽的拖曳傘後方。從小到大，她頭一回發現自己無法掌控方向。她低頭望向陸地，看著化成小點移動的家人，心想這道美麗猛烈的狂風會不會帶她回到他們身邊。

麗蒂亞蜷縮身子，側躺在愛麗絲的床罩上。夕陽西斜，房裡滿溢著幽微柔和的日光。

「我在作夢嗎？」愛麗絲問。

「沒有，妳醒了。」

「我睡了多久？」

「已經兩天了。」

「喔，糟糕，對不起。」

「沒關係，媽，聽見妳的聲音真好。妳想妳是不是吃太多藥了？」

「我不記得了，有可能。我不是故意的。」

「我很擔心妳。」

愛麗絲看著麗蒂亞，有如拍特寫快照般一格一格注視她的臉龐。她認得每一寸輪廓，就像認得從小長大居住的房子、父親或母親的聲音、手掌的皺摺一般清楚分明，不費吹灰之力，也無須思考。然而說也奇怪，她就是無法將麗蒂亞的整張臉拼成一塊。

「妳好美，」愛麗絲說，「我好怕自己看著妳，卻認不出妳來。」

「我想，就算妳有一天再也不認得我，還是曉得我愛妳。」

「要是我看見妳，不知道妳是我女兒，也不曉得妳愛我呢？」

「那我就會對妳說我愛妳，而妳會相信我。」

愛麗絲很高興。但我會永遠愛她嗎？我對她的愛是出於腦袋，還是出於心？她體內的科學家認為情感來自複雜的大腦邊緣系統，而她的大腦線路此刻正困在戰場壕溝裡，注定無人能生還。她體內的母親則相信自己對女兒的愛是穩固的，不因神智受損而動搖，因為那份愛活在她的心裡。

「媽，妳還好嗎？」

「不太好。這學期很難熬，沒有做研究，沒有哈佛，症狀加重，妳爸爸又幾乎不在家，實在有點太難熬了。」

「對不起，我好希望能常來陪妳。明年秋天我就會近一點了。我想過搬回家住，但我剛拿到一個角色，很棒的一齣劇。雖然是個小角色，可是……」

「沒關係，我也希望能常常見到妳，不過我絕對不要妳為了我而活。」

她想到約翰。

「妳爸想搬到紐約，史隆凱特靈找他過去。」

「我知道，那天我在。」

「我不想去。」

「妳想去的話，我才覺得奇怪。」

「我不能離開這裡，雙胞胎四月就要出生了。」

「真等不及想看到他們。」

「我也是。」

愛麗絲想像自己抱著兩個嬰兒，感受他們溫熱的身軀、蜷曲的小手指、新生的肥短雙腿和圓圓腫腫的眼睛。她想，不知道他們會像她，抑或約翰。還有味道。她等不及要聞她可愛小孫子身上的香味了。

大部分外公外婆想到孫子的未來，想到自己參加他們的表演會、生日派對、畢業典禮和婚禮，都會想得很開心。愛麗絲知道她不會出現在表演會或派對，也不會參加畢業典禮和婚禮。但她還可以抱著他們、聞他們的味道，只有腦袋壞了才會想一個人孤零零留在紐約。

「馬孔好嗎？」

「他很好，我們才剛去洛杉磯參加『為記憶健走』活動。」

「他長得什麼樣子？」

麗蒂亞甜甜一笑，接著才開口回答。

「他很高，喜歡戶外活動，有一點害羞。」

「他和妳在一起的時候是什麼樣子？」

「他很貼心，喜歡我的聰明，非常以我的表演為榮，到處向別人炫耀，讓我很尷尬。妳一定會喜歡他。」

「妳和他在一起的時候又是什麼樣子？」

麗蒂亞沉吟半晌，彷彿從來沒想過這個問題。

「像我自己。」

「很好。」

愛麗絲笑了，摁了摁女兒的手。她想問麗蒂亞，像這樣描述自己、聯想事情到底是什麼感覺。然而這個念頭還來不及說出口，就已經煙消雲散了。

「我們剛才在說什麼？」她問。

「妳說馬孔？為記憶健走？還是紐約？」麗蒂亞問道，試著提示她。

「我在這附近散步，感覺很安全。就算有時會迷惑，只要再往下走，就會看到熟悉的景物，不然路上店家也有很多人認識我、替我指路。傑瑞的店那個女孩子總是幫我留意皮夾和鑰匙。

「而且，我互助小組的朋友也都在這裡。我需要他們。我現在不可能熟悉紐約，我會失去僅有的一點獨立。有了新職位，妳爸一定整天都在工作。我也會失去他。」

「媽，妳應該把這些話告訴爸。」

麗蒂亞說得對，可是對她訴說容易多了。

「麗蒂亞，我好以妳為榮。」

「謝謝。」

「如果我忘了說，記得我愛妳。」

「我也愛妳，媽。」

「我不想搬到紐約。」愛麗絲說。

「那件事還早得很，我們不用現在做決定。」約翰說。

「我要現在就做決定。我正在做決定。我要趁自己還能做決定的時候把決定做好。我不想搬到紐約。」

「要是麗蒂亞也去紐約呢？」

「要是她不去呢？你應該先和我討論，之後才對孩子們說。」

「我有。」

「你沒有。」

「我有，真的，很多次。」

「喔，所以是我不記得了？這個藉口真好用。」

他們又要像小學生一樣吵架了。愛麗絲用鼻子深吸一口氣，從嘴巴吐出來，讓自己冷靜冷靜，跳出這個循環。

「約翰，我知道你和史隆凱特靈的人見面，但沒想到他們是打算明年找你過去。我要是曉得，肯定會在當下就對你說這些。」

「我已經對妳說過我為什麼要去。」

「很好。可是他們會讓你輪休一年，從明年九月開始工作嗎？」

「不行，他們現在就需要人。要他們等那麼久很困難，不過我倒是需要一些時間完成這裡的實驗。」

「他們難道不能短期聘請一個人，讓你和我一起輪休，然後你再開始？」

「不行。」

「你問過嗎？」

「聽著，這個領域現在競爭空前激烈，而且變動得非常快。我們就快要得出大發現了，我是說，我們已經找到治療癌症的叩門磚，有不少藥廠很感興趣。哈佛大學的教學和行政事務像圈套一樣，只會拖慢我的腳步。假如我不接這個位子，可能就會錯過絕無僅有的機會，發現不了真正重要的東西。」

「這不是絕無僅有的機會。你很聰明，而且沒有阿茲海默症。你還有很多機會。」

約翰看著她，什麼都沒說。

「約翰，明年是我絕無僅有的一年，不是你。明年是我最後的機會，能夠照我的意思活著，能夠明白這麼活著的意義。我覺得我還能真正做自己的時間不多了，而我希望和你共度這段時間，但你竟然不想，我真不敢相信。」

「我想，我們會的。」

「胡扯，你明知道不會。我們的生活在這裡，湯姆、安娜、兩個寶寶、瑪莉、凱西和丹恩，也許再加上麗蒂亞。如果你接下新職務，就會不停工作，你自己也知道會這樣，放我孤零零在家。你的決定根本和想跟我在一起無關，只會把我僅有的一切都奪走。我不要離開。」

「我保證，我不會成天工作。假如麗蒂亞搬去紐約呢？或者你每個月和安娜及查理住一個星期呢？我們有很多辦法可想，不會留妳一個人在家的。」

「要是麗蒂亞不去紐約呢？要是她去了布倫戴斯呢？」

「所以我才說應該等一等，晚一點再做決定，等到資訊更齊全再說。」

「我要你輪休一年。」

「愛麗絲，我的選擇不是『去史隆凱特靈』或『輪休一年』，而是『去史隆凱特靈』或『繼續留在哈佛』，我明年真的沒辦法輪休。」

愛麗絲身體顫抖，憤怒的淚水燒灼她的雙眼，讓眼前的約翰變得模糊不清。

「我已經沒辦法了！拜託！沒有你，我實在撐不下去！你可以輪休，只要你想就一定可以。我需要你輪休。」

「假如我拒絕邀約，明年輪休一年，結果妳根本連我是誰都不認得，那該怎麼辦？」

「如果我認得，但明年過後就不認得了怎麼辦？你為什麼寧願將我們僅剩的時間用在他媽的實驗室？我絕對不會這樣對你。」

「我也不會要妳這樣對我。」

「因為你不需要。」

「我想我沒辦法，愛麗絲。很抱歉，我真的認為我沒有辦法在家待一整年，成天坐著，看這個病把妳奪走。我受不了看妳不曉得怎麼穿衣服、不會開電視。可是在實驗室，我就不用看妳在櫃子和門上貼滿便利貼。我實在無法待在家裡，看妳變得更糟，那會殺了我。」

「你錯了，約翰，它殺的是我，不是你。無論你在家裡看我或躲在實驗室，我的狀況都會愈來愈差。我正在失去我自己，但假如你明年不和我一起輪休，我們倆就會先失去你。我得了阿茲海默症，你他媽的有什麼藉口？」

愛麗絲拿出罐子、盒子和瓶子，搬出玻璃杯和碗盤、煎鍋與爐子。她將所有東西堆在廚房桌上，擺不下的就放地板。

她將前廳衣櫃的外套拿出來，解開拉鍊，掏出每一個口袋。她找到錢、票根、面紙和空氣。

每找完一件，就將無辜的外套扔到地上。

她翻動沙發和扶手椅的靠墊，清空書桌抽屜和檔案櫃，將書袋、筆記型電腦袋和淺藍色小袋裡的東西倒出。她在成堆的東西裡翻找，用手指觸摸每一樣物品，並在腦中記下名稱。都不是。

她東翻西找，但無須記得找過什麼，只要見到一堆被她翻出來的東西，就曉得之前挖掘過這裡。放眼望去，一樓地板已經堆滿物品。愛麗絲汗流浹背，激動若狂。她不放棄，轉身又往樓上奔去。

她搜查洗衣籃、床頭桌、梳妝台抽屜、臥房衣櫃、首飾盒、壁櫥和藥櫃。啊，樓下浴室。

她衝下樓，汗流浹背，激動若狂。

約翰站在玄關，外套淹沒他的腳踝。

「這到底是怎麼回事？」他問。

「我在找東西。」

「什麼東西？」

愛麗絲想不出名字，不過深信自己記得也知道，就在她腦中某個地方。

「等我找到就知道了。」

「這裡根本是一團混亂，看起來像是被人搶劫過一樣。」

她沒想到這一點，難怪找不到。

「喔，天哪，說不定被人偷走了。」

「我們沒有被搶，是妳把屋子翻過來了。」

愛麗絲瞥見客廳沙發旁邊一籃雜誌還沒動過，便逕自拋下約翰和「搶匪說」，到客廳抓起沉重的籃子，將雜誌倒在地板上開始翻找，接著又走開。約翰跟在她後面。

「停下來，愛麗絲，妳連自己在找什麼都不曉得。」

「錯了，我知道。」

「是什麼？」

「我說不出來。」

「看起來像什麼？做什麼用的？」

「不知道。我已經說了，等找到就會曉得。我非找到不可，否則我會死。」

她沉思自己剛才說的這句話。

「我的藥呢？」

兩人走進廚房，腳下踢著麥片盒、湯罐和鮪魚罐頭。約翰發現一堆藥罐和維他命散落地上，又在餐桌碗裡發現一週置藥盒。

「藥在這裡。」他說。

然而，那股生死攸關的緊迫感並沒有消失。

「不對，不是這個。」

「這太瘋狂了，妳必須停下來，屋子都變成垃圾堆了。」

垃圾。

愛麗絲打開垃圾搗碎機，拉出塑膠袋，朝地下一扔。

「愛麗絲！」
她用手指撥開酪梨皮、黏稠的雞油脂肪、揉成一團的面紙和紙巾、空盒、包裝紙和其他垃圾東西。她看到《愛麗絲》光碟，用雙手捧著溼溼的光碟盒仔細打量。嗯，我可沒打算扔了它。

「找到了，一定是這個，」約翰說，「真高興妳找到了。」

「不對，不是這個。」

「好了，求求妳，地板上都是垃圾。別再找了，坐下來，放輕鬆。妳太激動了。或許停下來，放輕鬆，東西就會自己出現了。」

「好吧。」

或許坐著不動，她就能想出在找什麼、又放在哪裡。或許她會完全忘記自己在找東西。

從前一天開始，大雪為新英格蘭多數地區添了六十公分積雪，這會兒終於停了。若不是約翰車子的擋風玻璃乾了，雨刷前後刷動發出刮擦聲，她可能一點也不會察覺。約翰關閉雨刷。街道清理過了，但只有他們一輛車。愛麗絲一向喜歡暴風雪過後的靜謐與沉寂，此刻她卻焦躁不堪。

約翰開進奧本山墓園停車場，園方已經劃出一塊不小的空地供人停車，可是墓園、走道和墓碑還埋在雪裡。

「我想墓園還會這樣一陣子，我們得改天再來了。」約翰說。

「不，等一下，讓我多看一會兒。」

蒼老黑樹盤根錯節，爬滿樹瘤，冰封在雪白之中，占據了這座冬季樂園。她看見幾塊灰色，應該是碑頂。這些富裕權勢人家的墓碑高大精緻，只有它們突出於白雪之外，其他全都橫遭掩埋。棺木裝著腐朽的屍體，葬在泥土與碑石之下，泥土與石碑又埋在白雪之下。觸目所及只有黑與白，冰凍和死寂。

「約翰？」

「什麼？」

她說得太大聲、太突然打破沉寂，嚇了他一跳。

「沒事，我們可以走了，我不想待在這裡。」

「妳想要的話，我們這星期可以找一天再去。」約翰說。

「去哪裡？」愛麗絲問。

「墓園。」

「喔。」

愛麗絲坐在廚房桌邊，約翰斟了兩杯紅酒，遞了一杯給她。愛麗絲出於習慣，搖了搖高腳杯。她老是忘記女兒的名字，那個演員女兒，卻記得搖晃酒杯，也記得自己喜歡這麼做。真荒謬的病。她喜歡酒液在杯裡令人目眩的旋轉、血紅的色澤、濃烈的葡萄氣味、橡木與土味，以及滑入胃裡的溫熱感覺。

約翰站在打開的冰箱門前，拿出乳酪、檸檬、一罐會辣的液體和兩棵紅色蔬菜。

「晚上吃雞肉玉米餅如何？」約翰問。

「好。」

約翰打開冷凍庫，在裡頭翻找。

「我們還有雞肉嗎？」

愛麗絲沒有回答。

「喔，不會吧，愛麗絲。」

約翰轉身，手裡拿了一樣東西讓她看。不是雞肉。

「是妳的黑莓機，在冷凍庫裡。」

約翰摁了按鈕，搖搖它，用手摩擦。

「感覺好像進水了，我們可以等它解凍再說，但我想已經壞了。」他說。

愛麗絲心都碎了，淚水奪眶而出。

「沒關係，如果壞了，我們再買一個新的。」

真荒唐，我幹嘛為了一個壞掉的電子工具這麼難過？也許她是為了死去的母親、妹妹和父親而哭，也許她現在經歷的是之前在墓園浮現卻無法表達的情感。這麼說比較有道理。或者「機器故障」象徵了她在哈佛大學的隕落，讓她感嘆自己剛剛失去的事業。這也說得通。然而，她此刻感受到的是難以撫平的哀傷，為了壞掉的黑莓機，就只為了它。

二〇〇五年二月

愛麗絲頹坐在約翰旁邊，一起面對戴維斯醫師。她在那個小房間和那個女人做了一堆神經心理學測驗，就是那個在小房間負責神經心理測驗的女人，兩人折騰很久，搞得她身心俱疲。那些字彙、訊息、女人提問的意思與她自己的回答，就像小孩用塑膠環吹出來的肥皂泡泡遇到大風，很快從眼前四散飄走，不知飄往哪個方向，需要極度努力與專注才能把捉。而且就算真的跟上了，跟了一段時間，它們也一下子就「啵！」的破裂，毫無理由消逝無蹤，彷彿從來不曾出現。

現在則輪到戴維斯醫師吹泡泡了。

「好了，愛麗絲，可以請妳倒著拼『Water』（水）這個字嗎？」他說。

換做六個月前，她肯定覺得這個要求既無聊又侮辱人，現在卻變得非常重要，必須用心費力回答。她只有一點擔心和羞辱，但絕不像半年前那麼擔心和屈辱。她感覺和自己的自我意識變得愈來愈遠。她意識到的愛麗絲（她知道什麼、了解什麼、喜歡或不喜歡什麼、感受或認知到什麼）也像肥皂泡泡般愈飄愈高、愈來愈難辨認，只有薄薄一層液體薄膜保護著，不至於迸裂。

愛麗絲先在心裡拼出『water』這個字，邊唸邊扳左手手指，一個字母扳一根。

「R。」她彎起小指說道，接著又從頭默念一次water，停在無名指，然後彎起來。

「E。」她重複相同的步驟。

「T。」然後她豎起拇指和食指，像手槍一樣，低聲提醒自己：「A，W。」

「A，W。」

她笑了，左手勝利握拳，看著約翰。約翰轉動婚戒，笑得一點也不開心。

「很好。」戴維斯醫師咧嘴微笑，似乎印象深刻。愛麗絲喜歡他。

「現在，我要妳先用左手碰右臉頰，然後指向窗戶。」

愛麗絲舉起左手朝臉龐伸去。啵！

「對不起，你可不可以再說一遍？」她問，左手依然舉在面前。

「當然，」戴維斯醫師彷彿早就知道似的，乖乖重說一遍，感覺就像爸爸讓兒子偷看撲克牌，或讓兒子在鳴槍前偷跑幾步，「先用左手觸碰右臉頰，然後指向窗戶。」

醫師還沒說完，愛麗絲就將左手放在右臉頰上，接著猛力甩動右臂，對準窗戶，同時大大鬆了一口氣。

「很好，愛麗絲。」戴維斯醫師說，臉上再度露出笑容。

約翰沒有稱讚，看不出絲毫喜悅或驕傲。

「好，現在我要妳說出之前請妳記住的地址和人名。」

地址和人名。她依稀有點印象，感覺就像清晨醒來，知道自己作了一個夢，甚至曉得和什麼有關，然而怎麼絞盡腦汁就是抓不住夢境的細節。徹底不在，消失了。

「那個人叫約翰什麼的。你知道，你每次對我說同一個傢伙，而我都記不得他住在哪裡。」

「好，我們來猜一猜。是約翰．布雷克、約翰．懷特、約翰．瓊斯，還是約翰．史密斯？」

她完全沒概念，但不介意瞎猜。

「史密斯。」

「他住在東街、西街、北街，還是南街？」

「南街。」

「他居住的城市是阿靈頓、劍橋、布萊頓，還是布魯克萊？」

「布魯克萊。」

「好，愛麗絲，最後一個問題，我的二十元鈔票在哪裡？」

「在你的皮夾裡？」

「不對，我之前藏了一張二十元鈔票在房間的某個地方，你記得我藏在哪裡嗎？」

「你藏的時候，我在場嗎？」

「在場。你的腦袋裡有任何概念嗎？假如妳找得到，鈔票就給妳。」

「嘖，要是我知道，肯定會想出一個辦法記得它。」

「我想也是。鈔票在哪裡有沒有概念？」

她發現他的目光瞬間飄向右方，微微超過她的肩膀，隨即收了回來。她立刻轉頭，只見牆上的白板用紅筆潦草寫了三個詞：麩胺酸、長期增益效應和細胞凋亡。紅色麥克筆放在底部的托盤裡，旁邊就是摺起來的二十元鈔票。愛麗絲開心不已，起身走到白板前面領取她的獎品。
戴維斯醫生笑呵呵說：「如果我的病人都像妳這麼聰明，我早就破產了。」
「愛麗絲，妳不能拿這個錢，妳發現他朝那裡看了。」約翰說。
「我贏了。」愛麗絲說。
「沒關係，她找到了。」戴維斯醫師說。
「她發病剛滿一年，而且按時服藥，這樣的表現正常嗎？」
「嗯，目前有幾種可能。她的病徵或許在去年一月診斷出來之前就開始了，你們、家人和她同事可能發現某些症狀，但是不以為意，覺得很正常或歸因於壓力、睡眠不足、喝太多酒等，或許一年、兩年甚至更久都沒有察覺。
「而且她非常聰明。簡單來說，假設一般人用上十個神經突觸來取得某項資訊，愛麗絲可能用上五十個。一般人只要失去這十個突觸，資訊就找不到、遺忘了，但愛麗絲即使失去了那十個，還有四十個可以達成目標。因此，她身體的損失起初並不明顯，也沒影響到大腦的功能。」
「可是現在，她失去的突觸已經遠遠超過十個。」約翰說。
「是啊，恐怕是這樣。她最近的記憶能力已經落到測驗分數最低的百分之三，語言處理能力嚴重退化，自我意識也正在消逝。很遺憾，但我們之前就預期會是這樣。
「不過她還是非常有辦法，像她今天就用了一些別出心裁的手段，正確回答她其實無法靠記憶解決的問題。」
「但無論如何，她仍然有很多問題答錯了。」約翰說。

「嗯，的確。」

「她的病情惡化得很厲害，而且非常快。可以增加愛憶欣或憶必佳的劑量嗎？」約翰問。

「不行，兩種藥都已經是最高劑量了。很抱歉，阿茲海默症是一種逐漸擴張惡化的疾病，沒有解藥。即使服用現有的藥物，病情還是會愈來愈糟。」

「不管她吃的是安慰劑或那個叫艾米利斯的藥，顯然都沒用。」約翰說。

戴維斯醫師沉吟不語，彷彿在想該不該同意約翰說的話。

「我知道你很失望，但我也常看到病患出現意料之外的高原期，感覺病況好像停下來沒再惡化，而且可能維持一段時間。」

愛麗絲闔上雙眼，想像自己牢牢站在高原中央。很美的平頂山，她看得見，而且很值得期盼。約翰也看得見嗎？他對她是依然抱著希望，還是已經放棄，甚至暗自希望她快點惡化，以便到了秋天能帶腦袋空空、討人喜歡的她到紐約？他會選擇和她一起站上高原，還是推她下坡？

愛麗絲交叉雙臂，鬆開交叉的雙腿，腳掌平貼在地板上。

「愛麗絲，妳還在慢跑嗎？」戴維斯醫師問。

「沒有，已經停了一陣子。約翰很忙，我又沒方向感，也似乎看不出馬路的邊欄和凸起，而且會誤判距離，曾經重重摔了幾次大跤。就算在家，我也會忘記哪些門口有凸起來的東西，只要走進房間就會絆倒，身上一堆瘀青。」

「好，約翰，假如我是你，我會將門口的東西拆掉或塗上明顯的顏色，鮮豔一點的，不然就貼上亮色膠帶，讓愛麗絲注意到，否則很難和地板區分開來。」

「好吧。」

「愛麗絲，聊聊妳的互助小組。」戴維斯醫師說。

「我們有四個人，每星期到其中一人的家裡聚會幾小時，每兩天寫電郵給彼此，感覺很棒，我們什麼都談。」

戴維斯醫師和小房間裡的女人今天問了許多試探性的問題，以便精確衡量她腦袋的毀損程度，但沒有人比瑪莉、凱西和丹恩更清楚她腦袋裡還有什麼活著。

「我要謝謝妳拋磚引玉，彌補了我們醫院互助體系的明顯漏洞。未來我要是遇到早期或早發性的失智症患者，能不能告訴他們怎麼和妳聯絡？」

「當然，請你務必這麼做，而且應該讓他們知道『國際失智症協助支持網路』。這是失智症患者的線上論壇，我在論壇遇到十幾個人，來自全美國、加拿大、英國和澳洲。呃，我其實沒見過他們，只在網路聊天，不過感覺就像熟人一樣，而他們對我的了解也勝過許多認識我一輩子的人。我們從不浪費時間，因為時間不夠，我們只聊重點，談真正重要的事情。」

約翰扭動身子，微微抖腳。

「謝謝妳，愛麗絲，我會將網址放進醫院的正式資訊手冊。約翰，你呢？你和我們的社工師談過了嗎？有沒有參加過照護者互助小組的聚會？」

「沒有。我和她互助小組成員的丈夫和太太喝過兩次咖啡，就這樣，沒了。」

「你或許應該考慮尋求一點協助。雖然生病的不是你，但你和愛麗絲住在一起，必須時時和疾病相處。對照護者而言，這很辛苦。我看過很多陪同就診的家屬，知道疾病對他們每天生活造成的壓力。這位是我們的社工師丹妮絲．達妲莉歐，還有麻州總醫院的照護者互助小組。資源都在，有任何需要，千萬別遲疑。」

「好吧。」

「說到阿茲海默症協會，愛麗絲，我剛收到議程表，是他們的年度失智症照護會議，我發現妳是開幕主題演講的講者。」戴維斯醫師說。

失智症照護會議是國家級會議，由全美各地的失智症專業照護人員與家屬參加，包括神經科醫師、家醫科醫師、老年醫學醫師、神經心理學家、護士和社工師，眾人齊聚一堂，分享診斷、療法與病人照護的資訊。聽起來很像愛麗絲的互助小組和國際失智症協助支持網路，但規模更大，與會者都不是失智症患者。今年的會議將在下個月舉行，地點是波士頓。

「沒錯，」愛麗絲說，「我正想問，你會參加嗎？」

「我會，而且一定要坐第一排。你知道，他們從來沒邀我做開幕主題演講，」戴維斯醫師說，「愛麗絲，妳是個了不起又勇敢的女人。」

他的稱讚完全發自內心，沒有半點奉承，讓她被今天的測驗無情踐踏的自尊得到莫大的鼓舞。約翰轉動戒指，臉上擠出微笑，淚眼矇矓地望著她。她不曉得為什麼。

二〇〇五年三月

愛麗絲站在講台上，手裡拿著打好的講稿，望著坐在旅館宴會廳裡的聽眾。她過去只要朝台下掃一眼，就能猜出大概有多少人。這樣的感應力已經消失了。宴會廳坐了許多人。主辦者（管她叫什麼名字）告訴她總共有七百多人登記參加會議。愛麗絲曾多次面對同樣數目甚至更多的聽眾發表演講，包括聲譽崇隆的常春藤大學教授、諾貝爾獎得主、國際間心理學或語言學權威。

今天，約翰坐在第一排。他頻頻回頭，不停將議程表捲成一圈。她現在才發現他穿著那件灰色的幸運T恤，通常只有實驗室最重要的結果出爐當天，他才會穿這件衣服。想到約翰如此慎重，她不禁笑了。

安娜、查理和湯姆坐在他旁邊，彼此閒聊。隔了幾張椅子，瑪莉、凱西、丹恩和她們的配偶也來了。戴維斯醫師坐在前排中央，手裡拿著筆和記事本，準備就緒。在他們後面是一群照顧失智症患者的專業人士。台下的聽眾也許不是最多、最有聲望，但她希望今天是她這輩子做過最有影響力的演講。

蝴蝶項鍊栩栩如生，停靠在她起伏的胸骨上。愛麗絲摸摸鑲了寶石的光滑羽翼，清清喉嚨，喝了一口水，再次撫摸蝴蝶翅膀，祈求幸運。今天很特別，媽。

「早安，我是愛麗絲．赫蘭博士。我不是神經心理學家，也不是家醫科醫師。我是心理學博士，在哈佛大學當了二十五年教授，教授認知心理學，研究領域是語言學，曾在世界各地講課。

「然而，我今天來向各位演講，不是以心理學或語言學專家的身分，而是阿茲海默症專家。我不治療病人、執行臨床試驗或研究DNA變異，也不為病患和家屬提供諮詢。我是這方面的專家，因為我一年多前診斷出得了早發性阿茲海默症。

「能在這裡發表談話，我覺得非常榮幸，也希望各位從中得到啟發，了解罹患失智症是什麼感受。雖然我現在還很清楚，不過很快就不能再向各位表達，甚至過不久就會根本不曉得自己得了失智症。因此，我今天非說不可。

「我們這些阿茲海默症初期患者的生活能力尚未完全喪失，可以正常說話、清楚發表意見，也能保持長時間清明，但能力又不足以完成原本生活的要求與責任。我們感覺自己不在這裡，也不在那兒，彷彿瘋狂的蘇斯博士❶置身於一個詭異的地方，感覺非常寂寞，而且挫折。

「我已經離開哈佛，也不再閱讀或撰寫研究論文與專書。我現在身處的世界和不久之前的生活判若天淵，徹底扭曲了。類澱粉蛋白讓我過去用來理解各位說了什麼、自己在想什麼和周圍發生什麼事的神經線路完全錯亂，我找不到想說的詞彙，常常聽見自己說出錯誤的字。我沒有辦法準確判斷空間距離，常常掉東西和摔倒，離家只有兩條街也會迷路。我的短期記憶殘缺不全，只靠一兩條磨損的神經線路撐著。

「我想不起昨天，假如你問我昨天做了什麼、發生什麼或看到、聽到、感覺到什麼，我很難說出細節。我也許會猜對一兩件事情，因為我非常會猜，但不是真的知道。我不記得昨天，也不記得前天。

「另外，我也無法控制自己記得哪些昨天、又忘記哪些。這個病沒得商量，我不能和它談條件，說我願意忘記歷任美國總統的名字，用以交換記得自己的小孩，也沒辦法用美國各州首府的記憶交換我對丈夫的回憶。

「我常常害怕明天。萬一早上醒來認不出自己的先生怎麼辦？萬一我不曉得自己人在哪裡、不認識鏡子裡的人是我呢？我什麼時候會失去自己？我腦中『讓我是我』的那部分，是不是也難逃疾病的侵擾？又或者『我』超越了神經元、蛋白質和受損DNA分子之上呢？我的精神和心靈是不是對阿茲海默症免疫？我相信是。

「診斷出得了阿茲海默症，就像霍桑❷小說裡的女主角，胸前繡著紅字。這就是現在的我，一名失智症患者。這就是我界定自己的方式，也是別人持續看待我的角度。然而，我說的話、做的事、記得的往事都不能代表我。我絕對不只如此。

---

❶蘇斯博士（Dr. Seuss, 1904-1991）是美國著名童書作家，擅長從無意義、不起眼或荒謬的事作為出發點，透過豐富的想像力，讓每個人物都有鮮明、獨特的性格，每個故事也都與眾不同，文字充滿節奏與韻律。

❷霍桑（Nathaniel Hawthorne，1804-1864）是美國小說家，名作《紅字》（*The Scarlet Letter*）的女主角海絲特犯了當時人們眼中「不貞」之罪，終生必須在衣服胸前繡上大紅A字，但海絲特為了捍衛愛情，無懼於人們眼光，用精細的手藝繡下A字，突顯自己的尊嚴，反倒使週遭人們更顯虛偽、邪惡。

「我還是妻子、母親、朋友，不久後更要成為外婆。在這些關係裡，我依然能夠感受愛與喜悅，了解愛與喜悅，更值得愛與喜悅。我仍然是社會的一份子，活躍其中。我的大腦不再正常運作，可是我還有無條件傾聽的耳朵、讓人倚靠的肩膀和一雙臂膀，能夠擁抱同樣罹患失智症的朋友。透過早期失智症互助小組和國際失智症支持協助網路，透過今天在這裡向各位演講，我正在協助失智症患者，讓他們更能面對疾病。我不是垂死之人，而是與阿茲海默症共存的人，我要極盡可能做到如此。

「我要呼籲盡早診斷，醫師們不要將四、五十歲病人的記憶與認知問題當成沮喪、壓力過大或月經症候群。我們愈早得到正確的診斷，就能愈快服藥，減緩病情惡化，長期維持穩定，以便有機會接受更新、更好的療法。我還有機會治癒，我自己、我的失智症朋友和我帶有突變基因的女兒都是。我也許無法追回之前的損失，但還能保有現在的一切。我依然擁有很多。

「請不要看到我們身上的紅字，就將我們一筆勾銷。請看著我們的眼，和我們說話。要是我們出了差錯，這是難免的，請別慌張，覺得我們針對你。我們會重複說一句話，會將東西擺錯位置，也會迷路。我們會忘記你的名字，想不起你兩分鐘前說了什麼，但我們也會想盡辦法彌補和克服自己的認知殘缺。

「我希望各位成為我們的助力，而非阻力。某人脊椎受傷、失去手腳或中風引發機能障礙，家屬和醫療人員會努力幫他復健，找出方法適應身體的殘缺。請各位也和我們合作，幫我們想出辦法，努力克服記憶、語言和認知損失。請鼓勵病人參加互助小組，我們可以彼此協助，讓失智症患者和照護者一起在蘇斯博士的未知天地裡探索前行。

「我的昨天消失了，明天還是未知數，我該為了什麼而活？我為每一天而活，我活在當下。不久的某一天，我將忘記自己曾經站在各位面前發表這次演講。然而，我會忘記不代表此刻不曾好好活過。我會忘記今天，但不表示今天一點也不重要。

「沒有人再邀我到世界各地的大學和心理學會議演講，但我今天在這裡對各位說話，真心希望這是我做過最有影響力的一場談話。我是阿茲海默症患者。

「謝謝各位。」

愛麗絲抬起頭來。從演講開始，她都沒有抬頭。她不敢將目光從講稿離開，深怕自己忘記唸到哪裡。沒想到宴會廳裡的人都站了起來，熱烈鼓掌，讓她嚇了一跳。這樣的場面完全出乎她的意料。她心裡只期望兩件事：演講的時候不要失去閱讀能力，從頭到尾講完不要出糗。

她看著前排熟悉的臉孔，清楚意識到自己的表現遠遠超過預期。凱西、丹恩和戴維斯醫師神采飛揚，瑪莉抓著一把粉紅色面紙頻頻拭淚。安娜拍手微笑，任憑淚水從臉上簌簌滑落。湯姆鼓掌歡呼，彷彿忍不住就要衝上講台擁抱她、恭喜她。她也好想擁抱湯姆。

約翰穿著幸運灰T恤，站得高大挺拔，毫無顧忌地用力鼓掌，笑中帶著喜悅，眼裡清清楚楚寫著，愛妳。

二〇〇五年四月

撰寫講稿、演說順利、與失智症照護會議幾百名熱切的與會者交談、對話流利，這些事就算沒有罹患阿茲海默症也是浩大的工程，對阿茲海默症患者更是超乎想像的辛苦。愛麗絲靠著腎上腺素、剛才鼓掌的回憶和全新的自信支持了一段時間。她是愛麗絲．赫蘭，勇敢出色的英雄。

然而，亢奮持續不久，記憶很快就消退了。用潤膚霜刷牙，讓她失去了一點自信；一整個早上用電視遙控器猛打電話給約翰，又讓她失去一點自己。當她發覺自己渾身發臭、可能幾天沒有洗澡，卻鼓不起勇氣也不知道自己應該踏進浴缸時，僅存的一點自己也隨風而逝。她是愛麗絲．赫蘭，阿茲海默症患者。

她的活力彈盡援絕，幸福感消逝，自信與光榮的回憶也失竊一空，她感覺到令人窒息與無力的沉重。她很晚睡，醒來會賴在床上幾小時。她會坐在沙發上，莫名其妙哭泣。然而，再多的睡眠與淚水都振奮不了她。

約翰將她從沉睡中喚醒，替她更衣。她讓約翰去做。他沒有要她梳頭或刷牙，她完全不在乎。他匆匆趕她上車。她額頭靠著冰冷的車窗，窗外的世界一片青灰。她不曉得他們要去哪裡，根本懶得問。

約翰開進室內停車場，他們下車，開門離開停車場，白色日光燈刺痛她的眼睛。走廊寬敞，電梯，牆上的標示：放射科、外科、婦產科、神經科。神經科。

他們走進房間，她以為是候診室，沒想到是個女人躺在床上。女人身體臃腫，閉著雙眼，一手插著四號管子。

「她怎麼了？」愛麗絲低聲問。

「沒什麼，她只是累了。」約翰說。

「她看起來很糟。」

「噓，別讓她聽到了。」

房間看起來不像病房，裡頭還擺了另一張床，比較小，沒有鋪整，在女人旁邊。硬木地板，角落有一台電視，桌上擺了一只可愛的花瓶，插著黃色和粉紅的花。或許這裡不是醫院，是旅館。但話說回來，女人手上為什麼要插管？

一個長相迷人的年輕人托著一盤咖啡走進來。也許是她的醫師。他頭戴紅襪隊球帽，穿著牛仔褲和耶魯大學T恤。說不定是旅館服務生。

「恭喜。」約翰說。

「謝謝，你們正好錯過湯姆。他下午還會回來。喏，我弄了咖啡還有茶給愛麗絲。我去抱寶寶過來。」

年輕人知道她的名字。

年輕人推著一台推車回來，車上擺了兩個透明塑膠圓罩，裡頭各有一個小寶寶，身體完全被白色毯子包裹著，頭上戴著白帽，因此只露出臉來。

「我正要叫醒她。你們來看寶寶，她絕對不想睡著了錯過。」

女人勉強醒來，但一見到愛麗絲和約翰，疲憊的眼神立刻滲入一絲興奮，讓她整個人神采煥發。她面露微笑，臉龐瞬間就位。喔，天哪，是安娜！

「恭喜妳，小乖，」約翰說，「他們長得真好看。」說完便傾身吻了她的額頭。

「謝謝，爸。」

「妳看起來好極了，感覺怎麼樣，還好嗎？」約翰問。

「謝謝，我還好，只是累壞了。準備好了嗎，你們看，這是愛麗森．安恩，這個小傢伙是查爾士．湯瑪斯。」

年輕人將一個寶寶交給約翰，自己則抱起另一個嬰兒，帽子繫著粉紅絲帶的那個，然後伸手遞到愛麗絲面前。

「妳想抱抱她嗎？」年輕人問。

愛麗絲點點頭。

她抱著沉睡的小嬰兒，看小嬰兒的腦袋靠著她臂彎，臀部握在她手裡，身體貼著她的胸房，耳朵抵著她的心臟。小小的沉睡的嬰兒，用小小圓圓的鼻子呼吸，氣息小小淺淺的。愛麗絲忍不住低下頭去，在她長了斑點的粉紅肥嫩臉頰親了一下。

「安娜，妳生寶寶了。」愛麗絲說。

「對啊，媽，妳現在抱著妳的外孫女，愛麗森．安恩。」安娜說。

「她好完美，我愛她。」

我的外孫女。她看著約翰的懷裡繫著藍絲帶的嬰兒。我的外孫。

「他們不會像我一樣罹患阿茲海默症吧？」愛麗絲問。

「不會，媽，他們不會的。」

愛麗絲深吸一口氣，呼吸可愛孫女身上的甜美香氣。她感覺徹底放鬆與平靜，已經很久沒有這樣的感受。

* * *

「媽，我拿到紐約大學和布倫戴斯大學的入學許可了。」

「哇，真是太棒了。我還記得當年進大學的感覺。妳打算念什麼？」愛麗絲問。

「戲劇。」

「真好。我念哈佛，我很喜歡那裡。妳說妳要念哪間學校？」

「還不曉得，我申請到紐約大學和布倫戴斯大學。」

「妳想去哪間？」

「我不確定，我和爸談過，他非常希望我念紐約大學。」

「妳希望念紐約大學嗎？」

「我不知道。紐約大學比較有名，可是我自己喜歡布倫戴斯大學，離安娜和查理比較近，還有兩個寶寶。還有湯姆、妳和爸爸，假如你們留下來的話。」

「留下來？在哪裡？」愛麗絲問。

「這裡啊，劍橋。」

「我還可能去哪裡？」

「紐約。」

「我不會去紐約。」

她們並肩坐在沙發上摺嬰兒服，粉紅一邊，藍色一邊。電視畫面閃閃爍爍，沒有發出聲音。

「只是萬一我去念布倫戴斯，妳和爸爸搬到紐約，我會覺得自己選錯地方，做錯決定。」

愛麗絲停下動作，看著旁邊的女人。她很年輕、很瘦、很美，但感覺很累，內心充滿掙扎。

「妳幾歲？」愛麗絲問。

「二十四歲。」

「二十四歲，我喜歡這個年紀，未來還在眼前，什麼都有可能。妳結婚了嗎？」

內心掙扎的漂亮女人停下摺衣服的動作，轉頭正對愛麗絲，定定注視她的眼睛。內心掙扎的漂亮女人有著花生醬色的雙眸，眼神坦誠，寫著疑問。

「沒有，我沒結婚。」

「有小孩嗎？」

「沒有。」

「那麼，妳應該做妳想做的事。」

「但要是爸爸決定接下紐約的職位呢？」

「要做這種決定，妳不該考慮別人會做什麼、不做什麼。這是妳的決定、妳要念的書。妳已經是大人了，不需要做父親期望妳做的事，而是要做對妳生命正確的選擇。」

「好，我會的，謝謝妳。」

有著可愛花生醬眼眸的漂亮女人愉悅一笑，嘆息一聲，繼續摺嬰兒服。

「我們好不容易才走到這一步，媽。」

愛麗絲聽不懂她的意思。「妳知道，」她說，「妳讓我想起我的學生。我以前是指導教授，很會指導學生。」

「沒錯，妳是，現在還是。」

「妳想念的學校叫什麼名字？」

「布倫戴斯大學。」

「在哪裡？」

「在沃泰姆，離這裡只有幾分鐘車程。」

「妳打算念什麼？」

「表演。」

「真棒。妳會參與戲劇演出嗎？」

「我會。」

「莎士比亞？」

「我愛莎士比亞，尤其是他的悲劇。」

「我也是。」

漂亮女人湊過來，抱了抱愛麗絲。她身上有肥皂的氣味，感覺清爽潔淨。她的擁抱和她的花生醬眼眸一樣，深深打動了愛麗絲。愛麗絲很開心，覺得和她很親近。

「媽，請妳不要搬到紐約。」

「紐約？別傻了，我在這裡住得好好的，為什麼要搬到紐約？」

「真不曉得妳是怎麼辦到的，」女演員說，「我陪著她，幾乎整夜沒睡，都快精神錯亂了。半夜三點還幫她煎蛋、烤吐司、泡茶。」

「我那時候已經起床了。要是妳有辦法哺乳，就可以幫我餵這兩個小傢伙。」兩個寶寶的母親說。

兩個寶寶的母親坐在沙發上，抱著藍衣服的小嬰兒，正在哺乳。女演員坐在她旁邊，愛麗絲則抱著粉紅衣服的寶寶。約翰一手咖啡杯、一手報紙走了進來，他已經洗好澡、換好衣服，三個女的還穿著昨夜的睡衣。

「麗蒂亞，昨天晚上謝謝妳起來，我真的需要好好睡一覺。」約翰說。

「爸，你到底是怎麼想的？竟然覺得可以去紐約，不需要我們幫忙？」小寶寶的母親問道。

「我打算雇一名家庭看護，其實已經在找了，希望從現在開始。」

「我不要陌生人照顧她，他們不會像我們這樣抱她、愛她。」女演員說。

「而且陌生人不會曉得她的過去與回憶，不像我們。我們偶爾能幫她填補記憶漏洞，也理解她的肢體語言，都是因為我們認識她。」小寶寶的母親說。

「我只是面對現實，不是說我們再也不要照顧她。我們不用一肩扛下所有負擔。妳再過兩個月就得回去上班，晚上回家只想看到一天不見的寶寶。

「而妳就要開學了，會一直說課業很重。湯姆這會兒還在開刀房。你們都會比現在忙，你們母親比誰都不願意看到你們為了她而犧牲自己的生活品質，她絕不希望成為你們的負擔。」

「她是我們的母親，不是負擔。」小寶寶的母親說。

他們說得太快，用了太多代名詞，而且她懷中的粉紅寶寶開始不安哭泣，讓她沒辦法專心。愛麗絲聽不懂他們在講什麼、說的是誰，但從他們的表情和語調看得出來，他們吵得很認真，而兩個穿睡衣的女人站在同一邊。

「也許我該延長產假，這樣比較好。我覺得有點趕，查理也不反對我多休息一陣子。我想多陪媽媽比較好。」

「爸，這是我們最後陪伴她的機會了。你不能去紐約，把這段時光拿走。」

「聽著，如果妳去念紐約大學，而不是布倫戴斯大學，那妳想陪她多久就能陪她多久。妳有妳的選擇，我也有我的。」

「為什麼媽對這件事沒有發言權？」小寶寶的母親問。

「她不想搬去紐約。」女演員說。

「她不曉得自己要什麼。」約翰說。

「她說她不想去，不信你問他。她得了阿茲海默症，不代表她不曉得自己在做什麼、不要什麼。她半夜三點要吃煎蛋和吐司，不要麥片粥或培根，而且絕不想繼續睡覺。只因為她得了阿茲海默症，你就故意不管她要什麼。」女演員說。

哦，他們在說我。

「我沒有不管她要什麼，只是盡量做對我、對她都正確的事。要是當初什麼事都順她的意，我們今天根本不用討論這個。」

「你這話到底是什麼意思？」小寶寶的母親問。

「沒什麼意思。」

「你好像搞不懂她還沒死，好像覺得她的時間再也不重要。你就像個自私的小孩。」小寶寶的母親說。

小寶寶的母親哭了，但似乎很氣憤。她的長相和說話的方式很像愛麗絲的妹妹，然而她不可能是安恩。絕對不可能，安恩沒有小孩。

「妳怎麼知道她覺得重要？聽著，這不只是我的意思，之前的她，得病前的她，絕對不會要我放棄紐約，不會要這樣待在這裡。」約翰說。

「這是什麼意思？」長相和說話都像安恩的哭泣女人問。

「沒什麼意思。聽著，我知道妳在說什麼，也很感激，但我想要做理性的決定，而不是感情用事。」

「為什麼？這件事用感情處理有什麼錯？為什麼不好？為什麼感情用事就不正確？」沒有哭的女人說。

「我還沒做最後決定，妳們兩個卻逼我現在做決定。有些事情妳們又不曉得。」

「那就說啊，爸，我們什麼事不曉得？」哭泣的女人聲音顫抖，威脅著說。

女人威嚇的語氣讓他沉默了半晌。

「我現在沒時間談，我有會議要開。」

他起身，拋下爭執，留下三個女人和兩個寶寶。他大聲甩門，離開屋子，嚇到了穿著藍衣服、剛剛才在母親懷中睡著的小嬰兒。寶寶哭了。另一個女人彷彿被傳染，也開始哭泣。或許她只是不想落單。於是，所有人都哭了，粉紅寶寶、藍色寶寶、小寶寶的母親和坐在母親身旁的女人。除了愛麗絲。她既不憤怒哀傷，也不挫折害怕。她只是肚子餓了。

「我們晚餐吃什麼？」

二〇〇五年五月

隊伍很長，他們排了很久才到櫃檯前。

「好了，愛麗絲，妳要什麼口味？」約翰問。

「你要什麼，我就要什麼。」

「我要香草口味。」

「好，那我也要香草。」

「妳不愛香草，妳喜歡有巧克力的。」

「喔，好，那我就要有巧克力的。」

她覺得兩人的對話很簡單，一點問題也沒有，但他顯然很焦慮。

「我要一個香草甜筒冰淇淋，她要巧克力布朗尼甜筒冰淇淋，都是大的。」

他們遠離店面和擁擠的排隊人群，坐在河邊一張畫滿塗鴉的長椅上吃冰淇淋。幾隻天鵝在一、兩公尺外的地方啃草。天鵝低著頭，全心全意咀嚼青草，完全無視於約翰和愛麗絲的存在。

愛麗絲咯咯笑了，心想天鵝眼中的他們是否也是這樣。
「愛麗絲，妳知道現在幾月嗎？」
雨才剛停，但天空已然放晴，和煦的陽光和曬乾的長椅溫暖了她的四肢百骸。溫暖的感覺真好。一棵野蘋果樹佇立在兩人身旁，粉紅與白色的落花有如派對紙片散落一地。
「現在是春天。」
「幾月的春天？」
愛麗絲舔了舔巧克力冰淇淋，仔細思考約翰的問題。她記不得上回查看日曆是什麼時候了，那種需要在某個時間抵達某個地點的生活，感覺已經離她很遠。就算需要在某一天的某個時候到某個地方，約翰也會幫她記得，確定她準時抵達。她不再使用電子備忘工具，也不再戴手錶。
呃，讓我想想，一年的月分。
「我不曉得，是幾月？」
「五月。」
「喔。」
「妳知道安娜生日是哪一天嗎？」
「在五月？」
「不對。」
「嗯，我想安恩的生日是春天。」
「不對，不是安恩，是安娜。」

一輛黃色卡車從兩人附近的橋上轟隆駛過，嚇了愛麗絲一跳。一隻天鵝張開翅膀嘎嘎大叫，替他們向卡車抗議。愛麗絲心想，這隻天鵝到底是勇敢，還是性格暴躁想找人打架？想著想著忍不住咯咯笑了。

她舔了舔巧克力冰淇淋，審視對岸的紅磚建築。大樓有許多窗戶，頂端一個金色圓頂，上頭鑲了一只刻有老式數字的時鐘。感覺很重要，也很熟悉。

「那裡那棟大樓是什麼？」愛麗絲問。

「那是商學院，哈佛大學的一部分。」

「喔，我之前在那棟大樓教書嗎？」

「不是，妳在河這岸的另一棟大樓教書。」

「喔。」

「愛麗絲，妳的研究室在哪裡？」

「我的研究室？在哈佛。」

「是啦，但在哈佛的哪裡？」

「在河這岸的一棟大樓裡。」

「哪一棟？」

「應該是某個館，我想。你知道，我已經不去那裡了。」

「我知道。」

「所以，那個館到底在哪裡其實不重要，對吧？我們為什麼不在乎重要的事就好？」

「我正在努力。」

他牽起她的手。他的手比她溫暖，被他握著的感覺真好。兩隻天鵝搖搖晃晃走進沉靜的河裡。沒有人游泳，可能是河水太冷了。

「愛麗絲，妳想繼續待在這裡嗎？」

他彎起眉毛，神情嚴肅，魚尾紋變深了。這個問題對他很重要。她笑了，很高興自己總算有一個問題可以充滿自信地回答。

「想，我喜歡和你坐在這裡，而且我還沒吃完。」

她舉起巧克力冰淇淋給他看。冰淇淋已經開始融化，沿著甜筒滴到她手上。

「怎麼？我們該走了嗎？」她問。

「沒有，妳慢慢來。」

二〇〇五年六月

愛麗絲坐在電腦前，等螢幕開始顯示畫面。凱西剛剛來電表達關切，她說愛麗絲很久沒回覆電郵，好幾週沒上失智症患者的聊天室，而且昨天又沒來互助小組的聚會。直到聽見互助小組，愛麗絲才認出電話那頭語氣擔憂的凱西是誰。凱西說小組來了兩個新人，是之前參加失智症照護會議聽到愛麗絲演講的人推薦他們來的。愛麗絲說真是太好了，並向凱西道歉，不好意思讓她擔心了，也請她轉告大家，說她還好。

其實，她一點也不好。她還是能讀，能理解篇幅不大的內容，但電腦鍵盤已經變成難以拆解的文字密碼。事實上，她已經失去用電腦鍵盤拼字的能力。她的語言能力，亦即人和動物最重要的區別，正在離她而去，讓她感覺愈來愈不像人。前陣子，她才含淚告別了「還好」的階段。

愛麗絲點開收件匣，有七十三封新電郵，數量多得令她難以招架。於是她直接關掉郵件軟體，一封信也沒打開。愛麗絲望著自己當初工作時曾花費大量時間注視的電腦螢幕，有三個資料夾在桌面直直排成一行：硬碟、愛麗絲、蝴蝶。她點開「愛麗絲」。

資料夾裡有更多檔案，標題各不相同：摘要、行政事務、課程、研討會、數據、研究經費申請、家裡、約翰、小孩、午餐專題討論、從分子到心靈、論文、演講、學生。她不敢點開那些檔案，深怕不記得或再也不了解自己的一生。她改點「蝴蝶」。

親愛的愛麗絲：

妳在心智健全的時候寫下這封信。假如妳往下讀，卻無法回答底下的問題，那就表示妳的心智已經不再健全了。

現在是幾月？
妳住在哪裡？
妳的研究室在哪裡？
安娜的生日是哪一天？
妳有幾個小孩？

妳得了阿茲海默症，已經失去太多自己、太多妳所愛的事物，再也無法過著妳想過的生活。這個病沒有好下場，但妳為自己選了一個對妳和家人最有尊嚴、最公平、也最值得尊敬的解決辦法。妳不再能相信自己的判斷，不過妳可以相信我，妳之前的自己，在阿茲海默症奪走太多妳之前的妳。

妳這輩子過得與眾不同，沒有遺憾。妳和妳先生約翰有三個出色的健康小孩，全都備受關愛，在這世界表現突出。妳在哈佛大學的學術生涯也很精彩，充滿挑戰、創意、熱情與成就。妳生命的最後一部分，罹患阿茲海默症的時光，以及妳為自己細心挑選的結局，都是悲慘的。但妳這一生並不悲慘。我愛妳，以妳為榮，對於妳為生活付出與完成的一切感到驕傲。

現在，到臥房去。到床邊的黑色桌子，有一盞藍燈的那張。打開桌子的抽屜，最裡面有一罐藥，罐上貼著白色標籤，用黑字寫著：給愛麗絲。罐子裡有很多藥，倒一大杯水將它們全部吃掉。確定統統吃完。接著，上床睡覺。

現在就去，免得忘記。別告訴其他人妳要做什麼，請信任我。

愛妳。

愛麗絲．赫蘭

她又讀了一遍。她不記得自己寫過這個，也不曉得那些問題的答案，除了問她有幾個孩子那一題。不過她之所以知道，或許是因為信裡提及。她不確定小孩的名字。安娜和查理，應該是，但她不記得第三個。

她又重讀一遍，這回讀的速度更慢，可能的話。閱讀電腦螢幕上的字很難，比讀紙本還難，因為沒辦法用筆和螢光筆畫重點，也不能帶到床上讀。她很想列印出來，可是不曉得該怎麼印。她真希望過去的自己、還沒有被阿茲海默症奪走太多的自己，知道要交代如何列印。

她又讀了一遍。感覺真神奇，好不真實，彷彿閱讀自己少女時代的日記，一個她已經印象模糊的女孩真心寫下的私密文字。她真希望自己多寫一點，眼前的文字讓她感覺悲傷又驕傲，有力又使人放心。她深呼吸，吐氣，朝二樓走去。

她剛到樓上，就忘了自己要做什麼。她只感覺很重要、很緊急，就沒別的了。她回到樓下，尋找自己方才的足跡。她發現電腦開著，螢幕上有一封信。她讀完信，又走上二樓。

她打開床邊桌子的抽屜，拿出幾包面紙、筆、一疊便利貼、一罐乳液、兩顆咳嗽糖、牙線和幾枚零錢。她將所有東西攤在床上，逐一摸過。面紙、筆、筆、筆、便利貼、零錢、糖果、糖果、牙線、乳液。

「愛麗絲？」

「幹嘛？」她一轉身，只見約翰站在門口。

「妳在樓上做什麼？」他問。

她看了看床上的東西。「找東西。」

「我忘了一篇論文在研究室，要回去拿。我會開車，所以幾分鐘就回來。」

「好。」

「喏，時間到了，現在吃，免得我忘記。」

約翰遞給她一杯水和一把藥，她一顆一顆吞下去。

「謝謝。」她說。

「不客氣，我一會兒就回來。」

他接過空杯子，離開臥房。愛麗絲躺在床上一堆東西旁邊，閉上眼睛等待，感覺憂傷又驕傲，有力又放心。

「愛麗絲，快點，穿上袍子、披肩布和帽子，我們得走了。」

「我們要去哪裡？」愛麗絲問。

「哈佛學位授與典禮。」

她低頭打量衣服，還是沒概念。「什麼是學位授與典禮？」

「今天是哈佛的畢業典禮日，學位授與代表新的開始。」

學位授與，從哈佛畢業，開始。她在心裡翻動詞彙。從哈佛畢業代表新的開始，成人世界的開始，職業生涯的開始，哈佛之後的生活的開始。學位授與。她喜歡這個詞，很想記住它。

他們穿著深粉紅色教授袍和絲絨黑帽，沿著熙來攘往的人行道走。她覺得自己可笑得誇張，完全不相信約翰要她穿袍子的建議是對的。然而走了幾分鐘之後，她忽然發現到處都是學士服。一大群人穿著類似的袍子和帽子，只是不同顏色，從四面八方走到人行道上，很快便形成一道彩虹般的遊行隊伍。

他們走上一塊綠油油的草地，古老的大樹涼蔭處處，周圍是雄偉的舊建築，風笛緩緩吹奏節慶音樂。愛麗絲渾身顫慄，起了雞皮疙瘩。我之前做過這件事。隊伍推著他們走向一排椅子，兩人坐了下來。

「這是哈佛畢業典禮。」愛麗絲說。

「沒錯。」約翰說。

「學位授與儀式。」

「對。」

過一會兒，講者開始發言。哈佛畢業典禮請過許多有權有勢的名人，主要都是政治領袖。

「西班牙國王有一年在這裡演講過。」愛麗絲說。

「沒錯。」約翰說著微微一笑，覺得很有意思。

「那個人是誰？」愛麗絲指著講台上的人問道。

「他是個演員。」約翰說。

這回輪到愛麗絲笑了，覺得很有意思。

「我想是因為今年請不到國王吧。」愛麗絲說。

「妳知道，妳女兒也是演員，或許哪一天就會站在台上。」約翰說。

愛麗絲聽演員說話，他的態度輕鬆活潑，不停談論一樁歷險記。

「什麼是歷險記？」愛麗絲問。

「就是英雄經過漫長的冒險，學到教訓。」

演員談到自己一生的冒險，說他今天來就是為了傳遞經驗，給畢業班的學生，給台下正要展開冒險的人，和他們分享他學到的教訓。他給了五項：要有創意、對人有益、做事實際、慷慨大方和成就大事。

這些我都做到了，我想。除了我還沒有成就的事。我還沒成就大事。

「很好的建議。」愛麗絲說。

「確實沒錯。」約翰說。

他們坐著聽講、拍手、聽講、拍手，聽到愛麗絲都沒興趣了。後來，所有人開始起立往前走，步伐很慢，隊伍也不像之前那麼整齊。愛麗絲、約翰和其他人走進附近一棟建築。入口宏偉壯觀，深色的木頭天花板高得驚人，陽光照亮了高聳的彩繪鑲嵌玻璃，讓愛麗絲深受震撼。巨大、沉重而古老的吊燈懸掛在眾人之上。

「這是哪裡？」愛麗絲問。

「這裡是紀念廳，哈佛的一部分。」

然而他們沒有在宏偉的入口停留，直接走進較小也較普通的表演廳坐下來，讓她好生失望。

「現在要做什麼？」愛麗絲問。

「藝術和科學學院的研究生要領取博士學位。我們來看丹恩畢業，他是妳的學生。」

愛麗絲環顧四周，目光掃過穿著深粉紅袍子的人的臉龐。她不曉得哪個人才是丹恩，其實她一張臉也不認得，但能感覺廳裡充滿強烈的情感與活力。他們很開心，充滿希望，感覺驕傲而放鬆。他們蓄勢待發，急著迎向新的挑戰，去發現、創造與教學，成為自己生命中的冒險英雄。她在他們身上看到自己也擁有的東西。她認得，認得這個地方、這樣的興奮與蓄勢待發，她認得這個起點。這裡也曾是她冒險的起點，儘管記不得細節，卻隱隱曉得自己的冒險很精彩，意義非凡。

「他來了，在台上。」約翰說。

「誰？」

「丹恩，妳的學生。」

「哪一個？」

「金髮的那個。」

「丹恩．麥洛尼。」有人大聲宣布。

丹恩向前幾步，和台上某人握手，拿到一個紅紙夾。他將紙夾高舉過頭，露出勝利的微笑。

愛麗絲拍手鼓掌，為了他的喜悅、他能站在台上所做到的一切和他即將踏上的冒險，為了一個她沒有絲毫印象的學生。

愛麗絲和約翰站在白色大帳篷外頭等待，身旁都是穿著深粉紅袍子的學生和為了這群學生高興的人。一名金髮年輕人走過來，帶著大大的笑容，毫不遲疑上前擁抱愛麗絲，親吻她的臉頰。

「我是丹恩．麥洛尼，妳的學生。」

「恭喜，丹恩，我真為你開心。」愛麗絲說。

「謝謝妳，真高興妳能來看我畢業，能當妳的學生是我的榮幸。妳知道，我當初選擇語言學就是因為妳，妳對於理解語言運作方式的熱情、嚴謹的合作研究方式和對教學的熱愛都大大啟發了我。謝謝妳的指導與智慧，將標準設在我自以為絕對達不到的高度，給我充分空間發展自己的想法。妳是我遇過最好的老師。這一生如果能達到妳的半點成就，我就覺得不枉此生了。」

「不客氣，謝謝你這麼說。你知道，我已經不大記得那段日子了，但很高興知道你還記得關於我的一切。」

丹恩遞給她一個白色信封。

「喏，我把它寫下來給妳了，就是我剛才說的話，讓妳想到就拿來讀，就算不記得，也能知道妳給我了什麼。」

「謝謝你。」

兩人各自拿著信封，一白一紅，心裡充滿深深的驕傲與崇敬。

一個比較老、比較壯的丹恩和兩個女人（其中一個比較老）走了過來，比較老、比較壯的丹恩端著一個盤子，瘦長杯子裡的白酒冒著氣泡。比較年輕的女人遞給他們每人一個杯子。

「敬丹恩。」比較老、比較壯的丹恩舉杯說道。

「敬丹恩。」所有人齊聲附和，彼此碰杯，啜飲白酒。

「敬成功的開始，」愛麗絲補上一句，「以及成就大事。」

他們緩緩離開帳篷、古老磚房和披袍戴帽的人群，走向比較安靜、人比較少的地方。一個穿著黑袍的男人在背後叫了一聲，跑到約翰身邊。約翰停下腳步，鬆開愛麗絲的手，和大叫的男人握手。愛麗絲順著自己的腳步，繼續往前走。

忽然，愛麗絲停下腳步和一名女人四目交會。她確定自己不認識對方，但兩人四目交會透露了什麼。女人一頭金髮，耳朵貼著手機，眼鏡後方一雙藍色大眼，神情驚惶。那個女人在開車。

接著，愛麗絲的披肩布被人猛力一拉，勒住喉嚨，讓她身體倒退，毫無準備地重重一摔，腦袋撞到地上。袍子和絨帽一點也沒辦法抵禦人行道的重擊。

「對不起，小愛，妳還好嗎？」穿著深粉紅袍子的男人跪在她身邊問道。

「不好。」她說著坐起身來，搓揉後腦勺，以為會摸到血，結果沒有。

「對不起，妳直接走到馬路上，車子差點撞到妳。」

「她還好嗎？」是車上的女人，依然瞪大雙眼，滿臉驚惶。

「應該吧。」男人說。

「喔，天哪，我差點撞死她，要不是你拉她一把，我可能就撞死她了。」

「沒關係，妳沒撞死她，我想她沒事。」

男人扶愛麗絲站起來，撫摸、檢查她的頭。

「我想妳沒事，不過可能非常痛吧。妳還能走嗎？」

「可以。」

「需要我載你們一程嗎？」車上的女人問。

「不了，不用，沒關係，我們很好。」男人說。

男人一手摟住愛麗絲的腰，一手架著她的胳膊。就這樣，在救她一命的好心陌生人的攙扶下，走路回家。

二〇〇五年夏天

愛麗絲坐在舒服的白色大椅子上，一臉困惑望著牆上的鐘。鐘有指針也有數字，但是比只有數字的鐘還要難懂。也許是五點？

「現在幾點？」她問坐在另一張白色大椅上的男人。

男人看了看手錶。

「快三點半。」

「我想我該回家了。」

「妳在家，這是妳在鱈魚角的家。」

她看了看房間，白色家具，牆上掛著燈塔和海灘的相片，巨大的窗戶，窗外幾棵細長小樹。

「不對，這不是我家，我不住這裡，我現在要回家。」

「我們再兩個星期就會回劍橋，我們來這裡度假，妳喜歡這裡。」

椅子上的男人繼續讀書、喝飲料。書很厚，飲料是棕黃色的，像她眼眸的顏色，裡頭放了冰塊。他沉浸在兩者之中，飲料和書，非常享受。

白家具、牆上的燈塔與海灘相片、大窗戶和窗外的細長小樹在她眼中顯得非常陌生。這裡的聲響也是，她聽見住在海邊那些鳥的鳥叫聲、椅子上的男人喝飲料時冰塊轉動碰撞杯子的聲音、男人讀書時的鼻子呼吸聲和時鐘的滴答聲。

「我覺得在這裡已經待得夠久了，我想現在回家。」

「妳在家，這裡是妳度假的家，是我們休息放鬆的地方。」

這地方看起來不像她家，聽起來不像她家，她一點也不覺得放鬆。坐在白色大椅子上讀書喝飲料的男人不曉得自己在講什麼，說不定他喝醉了。

男人呼吸、讀書、喝飲料，時鐘滴答前進。愛麗絲坐在白色大椅子上聆聽時光流逝，希望有人帶她回家。

她坐在陽台一張白色木頭椅上喝冰茶，傾聽看不到的青蛙和晨昏出沒的蟲子彼此尖銳交談。

「嘿，愛麗絲，我找到妳的蝴蝶項鍊了。」擁有這間屋子的男人說。

他拿著一條銀項鍊，掛著珠寶蝴蝶，在她面前搖晃。

「那不是我的項鍊，是我母親的。它很特別，你最好放回去，我們不該隨便亂動。」

「我跟你媽說過了，她說可以給妳，她要送給妳。」

她審視他的眼神、嘴巴和身體語言，想找出蛛絲馬跡，看出他隱含的動機。但還來不及判斷他說話誠實與否，她就已經被藍色蝴蝶的晶瑩美麗所誘惑，蓋過循規蹈矩的擔憂。

「她說可以給我？」

「嗯哼。」

男人湊到她背後，將項鍊繫在頸間。她用手指撫摸蝶翼上的藍寶石、銀質蝶身和鑲鑽觸角，感覺一道喜悅興奮流竄全身。安恩一定會很嫉妒。

愛麗絲在她睡覺的臥房裡，坐在全身鏡前的地板上，檢視自己的身形。鏡中的女孩眼窩凹陷發黑，皮膚感覺鬆弛，到處都是斑點，眼角和額頭爬滿皺紋，粗粗的眉毛參差不齊需要修剪。她的鬈髮近乎全黑，但白髮也很明顯。鏡中的女孩看起來又醜又老。

她的手指撫過臉頰和前額，用指尖感覺臉，用臉感覺指尖。那不可能是我，我的臉到底怎麼了？鏡中的女孩讓她噁心。

她找到浴室，打開電燈，洗手台上的鏡子裡是一樣的影像。那黃棕色的眼眸、嚴肅的鼻子和心型的嘴唇，是她。然而除此之外，她的五官比例錯得離譜而怪誕。她的手指拂過光滑冰冷的鏡面。這些鏡子到底出了什麼差錯？

浴室的感覺也不對。兩只亮白踏腳凳、一把刷子和一個桶子放在她背後地板的報紙上頭。她蹲下身子，用嚴肅的鼻子認真吸氣。她撬開桶蓋，將刷子放進去，看著乳白色的油漆滴滴答答。

她從確定有問題的地方開始，浴室裡的鏡子和她睡覺臥房的鏡子。隨後她又找出四面鏡子，全部漆成白色。

她坐在白色大椅子上，擁有這間房子的男人坐著另一張白椅。擁有這間房子的男人讀書、喝飲料。書很厚，飲料是黃棕色的，裡頭加了冰塊。

她從桌上拿起一本比擁有這間房子的男人手上更厚的大書，隨意翻閱。幾張圖表攫住她的目光，只見一群群字母和文字用箭頭、破折號與小棒棒糖相連。她翻動紙頁，眼睛落在一個又一個詞彙上：去抑制、磷酸化作用、基因、乙醯膽鹼、語義啟動、健忘、狂亂、語素、音韻學的。

「我想我看過這本書。」愛麗絲說。

男人抬頭看了看她手上的書，然後望著她。

「不只如此，這本書是妳寫的，我和妳一起寫了那本書。」

她遲疑片刻，不曉得該不該相信他的話，便闔起書本，閱讀亮藍色的封面。《從分子到心靈》，作者約翰．赫蘭博士與愛麗絲．赫蘭博士。她抬頭注視坐著椅子的男人。他是約翰。她翻開前幾頁。目錄：心情與情緒、動機、誘發與注意力、記憶、語言。語言。

她翻到這本書靠近結尾的部分。「表達的無限可能、習得的直覺、語意性、語法、不規則動詞、格位語法、不費力與不經思索的、普遍。」這些詞彙似乎將她心靈裡窒人的雜草與污泥推開，帶她來到一塊依然完好的處女地、不受侵擾的世界。

「約翰。」她說。

「怎麼？」

他放下書本，原本靠著白色大椅子的身體坐直起來。

「我和你合寫了這本書。」她說。

「沒錯。」

「我記得，我記得你，記得自己以前非常聰明。」

「沒錯，你很聰明，是我認識最聰明的人。」

這本亮藍色封面的厚書代表了她過去的一切。我以前曉得心靈如何運用語言，也能夠表達自己知道的事情。我曾經知道非常多東西，但不再有人問我意見和建議了。我很想念那時候。我以前獨立自主，充滿自信與好奇心，我懷念確定的感覺。老是不確定讓人很不安，我想念做什麼事都很輕鬆的時光，想念參與周遭一切的感覺，想念感覺到有所需要。我想念我的生命和家人，我愛我的生命與家人。

她想說出自己記得和想到的一切，卻無法傳達出去，因為需要太多單字、詞彙和句子，必須擠過窒人的雜草污泥才能化成聲音、讓他聽見。於是她去蕪存菁，將一切力量集中於最重要的事情。剩下的必須留在處女地，繼續保存著。

「我想念我自己。」

「我也想念妳，小愛，非常想念。」

「我沒想到會變成這樣。」

「我知道。」

二〇〇五年九月

約翰坐在長桌尾端，喝了一大口黑咖啡，味道很濃、很苦，但他不在乎。他喝咖啡不是為了味道。他很想一口氣喝完，可惜咖啡熱得燙人。他得再喝個兩、三大杯才能完全清醒，恢復正常思考。

大多數顧客到店裡來，都是買了需要的咖啡因就走，匆匆趕往目的地。約翰還有一個小時才要到實驗室開會，因此不急著早點到研究室。他悠哉游哉喝著咖啡，品嚐肉桂司康餅，翻閱紐約時報，感覺心滿意足。

他先翻到健康版。這一年多來，他只要拿到報紙就會這麼做。當初是因為懷抱著一絲希望，雖然期盼早已淡去，他還是養成了習慣。他讀到第一則報導，淚水無法抑制地流了下來。他不停哭泣，直到咖啡冷了。

艾米利斯試驗失敗

新納普森藥廠第三階段臨床測試顯示，服用艾米利斯的輕微和中度阿茲海默症患者經過十五個月的嘗試，相較於服用安慰劑的對照組，失智症狀並沒有顯著穩定。

艾米利斯是選擇性的貝他類澱粉蛋白抑制劑，能與可溶解的貝他類澱粉蛋白四十二結合。臨床試驗希望藉由服藥阻止病症惡化，但此種藥物充其量只能減緩疾病發展，一般阿茲海默症患者目前也沒有機會取得。

患者對艾米利斯的耐受力良好，試驗順利通過第一與第二階段，臨床醫學界和華爾街都對新藥充滿期待。然而，患者服藥剛滿一年後不久，即使服用最高劑量，根據阿茲海默症量表和日常活動項目量表的評估結果，他們的認知能力不僅沒有改善或穩定，而且按照預期出現明顯衰退。

尾聲

愛麗絲和一個女人坐在長椅上，看小孩從她們面前走過。不是和母親待在家裡的那種小孩。是怎樣的小孩呢？中型的小孩。

她觀察中型小孩走路的姿態。認真忙碌，腦袋低低的朝某個方向走。附近有其他長椅，但沒有一個中型小孩停下來坐著，他們全都繼續往前，匆匆走向必須去的地方。

她不用去任何地方。她覺得很幸運。她和身旁的女人一起聆聽長頭髮女孩自彈自唱。女孩聲音很美，開心露出大大的牙齒，小花裙子包著身軀。愛麗絲好喜歡那裙子。

愛麗絲隨著音樂哼著，她喜歡自己哼歌和女孩歌聲混在一起的聲音。

「嗯，愛麗絲，麗蒂亞隨時會回家，我們得走了。妳要拿錢給桑妮亞嗎？」

她身旁的女人笑盈盈站了起來，手裡拿著錢。愛麗絲覺得那女人是邀她一起，便站了起來，女人把錢遞給她。唱歌女孩腳邊磚地上擺了一頂黑帽子，愛麗絲將錢扔進帽裡，唱歌女孩繼續彈奏音樂，但停下歌聲，和她們說話。

「謝謝妳，愛麗絲，謝謝。卡蘿，待會兒見！」

愛麗絲跟著女人和那一群中型小孩，音樂在他們背後愈來愈弱。愛麗絲其實不想離開，可是女人要走，愛麗絲知道自己應該跟著她。女人既開朗又和善，總是知道該做什麼，愛麗絲很感謝這一點，因為她自己常常不曉得。

走了一段路之後，愛麗絲看見車道上停了一輛紅色小丑車和一輛像擦了指甲油的大車。

「他們都到了。」女人說，她也看到車子了。

愛麗絲很興奮，急忙奔進屋裡。兩個孩子的母親站在玄關。

「會議比我想的還早結束，所以我就來了。謝謝妳幫忙。」兩個孩子的母親說。

「別客氣。我拆了她的床單，但沒時間重鋪，東西都還在烘乾機裡。」女人說。

「好，謝謝，我會去拿。」

「她今天又過得很好。」

「沒有亂走？」

「沒有，她現在就像我的影子一樣，是我的共犯，對吧，愛麗絲？」

女人笑了，朝她熱情點頭，愛麗絲也報以點頭微笑。她完全不曉得自己在附和什麼，不過既然那女人這麼覺得，就應該沒錯才對。

女人開始收拾門邊的書和袋子。

「約翰明天會來嗎？」女人問。

不知道哪裡有一個嬰兒哭了，兩個孩子的母親走進另一個房間。

「不會，但我們已經分配好了。」母親在房裡說。

兩個孩子的母親抱著一個穿藍衣服的嬰兒回來，不停低頭吻他的頸子。寶寶依然在哭，但已經沒有哭得很認真。母親不停吻他果然有效。母親拿了一個吸吮的東西放進寶寶嘴裡。

「你很好，沒事喔，小鵝寶寶。謝謝妳，卡蘿，非常感謝，妳真是天使。週末愉快，星期一見。」

「星期一見。拜拜，麗蒂亞！」女人高喊。

「拜拜，謝謝妳，卡蘿！」屋裡某處有人喊了回來。

嬰兒圓圓的大眼睛對上愛麗絲的雙眸，他嘴裡咬著東西，露出認得她的微笑。愛麗絲報以微笑，寶寶立刻呵呵笑開了，嘴裡的東西掉到地上。母親蹲下將東西拾起來。

「媽，妳要幫我抱他嗎？」

母親將嬰兒遞給愛麗絲，嬰兒舒舒服服滑進她的臂彎和腰臀之間，開始用溼溼的小手抓她的臉龐。他喜歡這樣，愛麗絲喜歡讓他這樣。他抓住她的下唇，她假裝要咬他、吃掉他，發出野獸般的聲音。嬰兒笑了，將手移到她的鼻子上。她又嗅又聞，假裝打噴嚏。嬰兒將手移到眼睛，她瞇起雙眼，免得被刺到，同時不停眨眼，用眉毛搔他的手。他伸手越過額頭，碰到她的頭髮，握緊小拳頭用力一拉。她輕輕鬆開他的手，讓他抓住她的食指。他摸到她的項鍊。

「看到漂亮蝴蝶了嗎？」

「別讓他放進嘴巴裡！」母親喊道。她在另一個房間，但還看得到他們。

愛麗絲不會讓寶寶咬她的項鍊，她覺得被誤會了。她走到母親在的房間，房裡堆滿了給寶寶坐的東西，五顏六色像生日派對一樣，寶寶只要一拍就會發出嗶嗶、嗡嗡或說話聲。愛麗絲忘了這個房間是用來擺這些吵鬧椅子的。她很想轉頭就走，趁母親要她把嬰兒放進椅子之前趕快離開，可是那個女演員也在，而她想待在她們身邊。

「爸爸這週末會來嗎？」女演員問。

「不會，他說他沒辦法，要下個星期。我可以把他們留在這裡，讓妳和媽照顧一下嗎？我得到店裡買點東西。愛麗森應該還會再睡一小時。」

「當然。」

「我很快就回來。妳們需要什麼嗎？」女人走出房間，一邊問道。

「我還要冰淇淋，有巧克力的！」女演員高喊。

愛麗絲找到一個沒有吵鬧按鈕的軟玩具，便坐下來，讓寶寶在她懷間玩它。她聞他幾乎光溜溜的小腦袋，看女演員讀書。女演員抬頭看她。

「嘿，媽，妳想聽我唸這段獨白嗎？這是學校功課，妳聽完可以說說妳覺得它在講什麼。不是故事，有一點長，妳不用記住裡面的字，只要說妳覺得這段話想要傳達什麼感覺。我把獨白唸完，妳跟我說妳的感覺，好嗎？」

愛麗絲點點頭，女演員開始獨白。愛麗絲看著她，聽她說話，努力超越她所說的字。愛麗絲看到她眼神變得迫切、尋索、渴望真相，看見她的目光輕輕落在真相之上，露出感謝的神色。她的聲音起初充滿了試探與恐懼，但慢慢地，她沒有提高音量，卻愈來愈有自信與喜悅，甚至有如唱歌。她的眉毛、肩膀與雙手放鬆下來，向外伸展，尋求接納，提供寬恕。她的聲音和身體充滿能量，貫穿愛麗絲，讓她落淚。她抱緊懷間的嬰兒，吻他香甜的小腦袋。

女演員唸完了，回到原本的她。她看著愛麗絲，等待回答。

「好了，妳有什麼感覺？」

「我感覺到愛，那是在說愛。」

女演員尖叫一聲，奔到愛麗絲面前，吻她臉頰，露出笑容，臉上每一道細痕都閃耀著喜悅的光芒。

「我說得對嗎？」愛麗絲問。

「沒錯，媽，妳說得一點也沒錯。」

後記

本書提及的試驗新藥「艾米利斯」純屬虛構，但臨床醫學目前確實已在合成類似藥物，專門降低人體內貝他類澱粉蛋白四十二的含量。現有藥物只能延緩疾病惡化，新藥則希望阻止阿茲海默症惡化。書中提到的其他藥物都是真的，在本書撰寫期間，它們治療阿茲海默症的功用與效果也確實如書中所述。

關於阿茲海默症和相關臨床試驗，如需更多資訊，請查詢：

http://www.alz.org/alzheimers_disease_clinical_studies.asp

作者訪談

●請簡述《我想念我自己》的故事內容。

這本書是講一名年輕女性罹患早發性阿茲海默症，逐漸喪失心智的過程。愛麗絲是哈佛大學心理學教授，五十歲那年開始出現健忘與糊塗的徵狀，但她和許多同年紀事業忙碌的人一樣，起初以為只是正常的老化現象，或者壓力過大、睡眠不足的結果。然而，阿茲海默症會讓情況愈來愈糟，事實也是如此，愛麗絲最後還是去看了神經科醫師，發現自己得了早發性阿茲海默症。

她無法再仰賴自己的想法與記憶，也失去了需要大量用腦的哈佛生涯。她過去將哈佛視為生命一切價值與意義的來源，如今卻被迫尋找「我是誰？」和「我有多重要？」的答案。隨著病情逐漸惡化，不斷偷走她視為「自己」的部分，讀者會看到，愛麗絲發現記憶不是她的一切。

●什麼機緣激發妳寫下《我想念我自己》？

有幾件事，而主要是我祖母八十幾歲時得了阿茲海默症。事後回想，我敢說她早在許多年前就得病了，全家人卻一直視若無睹。對年長的祖父母來說，某個程度的遺忘可以視為正常，因此會錯過不少跡象。等我們開始真正關心，她其實已經發病很久，也重重打擊了我們。

她是個聰明、獨立、積極、充滿活力的人，我們卻眼睜睜看著疾病一步一步將她瓦解。她不知道自己小孩的名字，不知道她有小孩（生了九個）、住在哪裡，該上廁所卻沒有去，也不認得鏡子裡自己的臉。我常看她玩著塑膠娃娃，彷彿那是真的嬰兒，那幅景象真是令人心碎，但又讓我感到莫名的著迷。

我當時在念研究所，哈佛大學神經科學博士班，因此我體內的神經學家感到很好奇，想知道她的大腦究竟發生了什麼事。我們可以從外面看到大腦毀損的後果，但我想知道引發毀損的一連串內在事件。我覺得可能是大腦負責自我意識與自我認同的部分不再擷取得到。我不停思考：從阿茲海默症患者的角度來看，罹患阿茲海默症是怎麼一回事？我祖母的病情太重，已經無法回答這個問題，但早發或早期患者應該可以。這就是《我想念我自己》的靈感來源。

●妳的專業背景對於撰寫《我想念我自己》有幫助嗎？

沒錯，是有幫助。我認為最大的好處是讓我不停有機會接觸正確的人、向他們討教。哈佛大學神經科學博士就像一張黃金通行證，從醫療端（百翰婦女醫院的神經科主任、麻州總醫院的神經心理測驗、遺傳諮詢醫師、照護者互助小組長和阿茲海默症研究權威）到病人端（阿茲海默症患者和照護者），我的專業背景和資格都令他們放心，讓我能參與其中或分享他們所知的一切。

此外，我對阿茲海默症的分子生物學基礎有一定的了解，讓我和醫師或科學家談話時有必要的知識與詞彙，可以問出正確的問題，也能夠了解他們的答案和背後的意涵。

● 妳是怎麼接觸到美國國家阿茲海默症協會的？

早在《我想念我自己》出版之前，我就覺得自己寫下的故事雖然純屬虛構，卻能忠實而誠懇地呈現出阿茲海默症患者的生活。更特別的是，我用阿茲海默症患者的角度去寫，而不是照護者。絕大部分關於阿茲海默症的資訊都是從照護者的觀點出發。

因此，我想阿茲海默症協會可能會感興趣，說不定願意支持這本書，或在他們的網站加入連結。於是我和他們的行銷部聯絡，給他們這本小說的網址；我在書出版前就做了網站。協會回覆說，他們通常不幫忙「打書」，但還是請我寄一份書稿過去。過了不久，行銷部代表和我聯絡，說他們很喜歡這本小說，想為它背書。此外，協會預備那個月底在全美發起「為失智症發聲」宣導活動，問我是否願意為他們寫部落格文章。

這通電話讓我不得不思考該怎麼處置《我想念我自己》，因為它當時還沒出版。我可能得花上幾年時間才能找到出版社，讓讀者看見這本書。然而當我知道阿茲海默症協會認為我的作品很有價值，可以教育幾百萬名想了解阿茲海默症世界的人、給他們前進的信心，我突然覺得自己有一份迫切的責任，必須立刻出版這本書。因此，我答應撰寫部落格文章，答應與他們合作。接著，我自費出版了《我想念我自己》。我不能錯過這樣的機會。

● 妳如何決定哪些是關鍵資訊，應該放進《我想念我自己》？

我知道不可能一筆道盡所有阿茲海默症患者的經驗與感受，但曉得自己能夠把握到精髓。我定期和早發性阿茲海默症患者討論，確定我寫的內容夠真實。他們是我的石蕊試紙。

最初的症狀最值得描述，以便顯示這些徵兆如何遭到誤判與否認。我覺得自己有責任清楚說明診斷過程是怎麼一回事。就早發性患者而言，有太多人經過無比艱辛與漫長的診斷過程才確定自己得病，他們的症狀常常被誤認為其他疾病，如憂鬱症，可能持續數年之久。這或許是書中唯一比較不符合真實的部分，因為我讓愛麗絲很快就接受診療。這麼做除了突顯正確的做法該是如何，也避免讓小說成為五百頁的長篇大論。

此外，我讓愛麗絲考慮自殺，這點也很重要。我考慮了很久、很多，才決定將這部分放進書裡。就像死刑和墮胎一樣，民眾對於「罹患不治之症的人能不能自我了結」有非常強烈的看法。我不希望趕走讀者，但我發現，我所認識的六十五歲以下的阿茲海默症患者全都想過自殺。這一點非常特別。一般五十歲的人不會想自殺，可是所有五十歲罹患阿茲海默症的人卻會。這個病就是會逼你這麼想，因此我覺得愛麗絲也應該想到這件事。

●妳目前有任何寫作計畫嗎？

我已經開始寫下一本小說，書名叫《左邊消失的世界》（*Left Neglected*），是一名三十多歲女人的故事。她和我認識的許多現代女性一樣，整天身兼數職，無論家庭或職場都力求面面俱到，搞得左支右絀。有一天早上，她上班遲到，送孩子到學校和托兒所之後飆車去公司，途中想打電話給一場她本應出席的會議。就那一秒鐘分神沒有看路，她過勞生活中所有匆匆來去的事物戛然而止。她頭部重傷，儘管記憶和智力依然完好，還能說話與做計算，卻對一切失去興趣，也無法感覺到任何來自左半邊的訊息。

左半邊的世界消失了，她得了單側忽略症。她發現自己走進一個詭異的世界，只有一半的存在感。她只吃盤子右半側的食物，書本一頁只讀右半邊，很容易忘記自己還有左手與左腳。復健過程中，她不只要努力找回左半邊，也要找回原本的生活，她一直想過的生活。

●妳和失智症協助支持網路共事，每天和阿茲海默症患者交談，那是怎樣的一種經驗？他們最常面對的困難又是什麼？

和阿茲海默症患者相處是很奇特的經驗。他們不做表面工夫，也不兜圈子，他們沒有時間浪費。我們彼此支持，談論重要的事情，因此對話常常充滿人性的脆弱與勇敢、愛與幽默、挫折與興奮。當你這樣分享自己，友誼就會走得很深入、很親密。我真的很愛、很敬佩我在小組中認識的朋友。許多人只透過電郵往來，有些人則在阿茲海默症會議上見到，真是很棒的經驗。我們都是協助支持網路的同事。

阿茲海默症患者的生活就像站在一塊不斷移動的土地上，舊症狀持續惡化（更頻繁或更嚴重），新症狀不停出現。因此，每當他們以為適應了，做好了所有必要的改變與調適，卻發現還不夠。這既令人挫折，也讓人疲憊和喪氣。這一切我都看在眼裡。

不過，就我觀察所見，我想他們最常面對的困難是疏離與寂寞，因為這個疾病將他們從原本匆忙、充滿成就感的生活中連根拔起。其他人依然忙著平常忙碌的生活，得到阿茲海默症的人卻被迫放慢腳步。由於阿茲海默症被徹底污名化，早發患者往往變得非常孤獨，這就是網路社群非常珍貴的原因。網站讓全國各地的患者齊聚一堂，分享共同的經驗，打破孤立的狀態。

●妳認為我們應該多了解阿茲海默症嗎？

當然，尤其是早發和早期阿茲海默症。光是美國就有超過五十多萬名六十五歲以下的人診斷出罹患失智症，但當民眾談論阿茲海默症的時候，他們卻被排除在外。一般人知道八十五歲的祖父、祖母在阿茲海默症末期的樣子，但對五十歲就得病的父執輩幾乎沒有概念。這一群人應該受到認識，應該聽見他們的聲音。

對早期症狀與經驗有更多認識非常重要，因為人們得先察覺症狀，才會去接受診斷，盡早開始適當的醫療；因為早發性阿茲海默症患者需要資源（例如互助小組），但目前資源大多流向照護者，而非病人；因為藥廠必須意識到這一群患者規模不小，應該讓他們加入臨床試驗。目前，許多早發性阿茲海默症患者無法登記參與試驗，因為年紀太輕。認識早期症狀很重要，因為家屬應該要有充裕的時間妥善規畫未來，無論財務或情感都是如此。因為多一分認識就能少一分誤解，讓仍在對抗疾病的人不被污名化。

●哪些作家使妳獲得啟發？

奧立佛・薩克斯（Oliver Sacks）是最大的啟迪者。其實我就是看了《錯把太太當帽子的人》（*The Man Who Mistook His Wife for a Hat*）才開始對神經科學感興趣。底下是他說過的一句話：

我們檢視疾病，從中得到解剖、生理與生物學的洞見。而檢視患者，我們從中得到生命的智慧。

所有的道理都在這句話裡。我希望自己的作品也能做到，無論真實或虛構的故事。

●妳目前在讀哪些書？

說來滿怪的，我目前在讀艾克哈特・托勒（Eckhart Tolle）寫的《一個新世界：喚醒內在的力量》（*A New Earth: Awakening to Your Life's Purpose*），但不是因為歐普拉大力推薦的緣故，而是去年八月一位阿茲海默症患者朋友推薦我看的。我為了撰寫下一本小說訪問他，他非常興奮對我說起他的神奇新發現，從冥想、調整飲食、運動到自我覺察等。他說我一定要看《一個新世界》，它會改變我的生命。他說得沒錯。

另外，我也在讀布諾妮雅・貝莉（Brunonia Barry）所寫的小說《蕾絲占卜師》（*The Lace Reader*），非常棒！

●妳對有志成為作家的人有什麼建議？

我知道有太多新進作家可以寫出好作品，卻處在「暫停」模式，等待作家經紀人出現。他們卡在中間，不敢放手寫下一本書，因為他們還在等待，想知道之前的作品「夠不夠好」、自己是不是「真正的作家」。這個等待狀態，沒有寫作、自我懷疑的狀態，是創作者最糟糕的處境。我的建議是，假如你沒辦法一下子找到經紀人，但覺得作品已經完成、可以和世人分享，那就自費出版。把作品交到讀者手上，讓它離開，然後繼續寫作。自由！我最近在車上聽到狄波洛・寇蒂（Diablo Cody）上國家公共廣播電台的節目，她是電影《鴻孕當頭》（*Juno*）的編劇。主持人請她給新進編劇一點建議，她說：「自費出版。」我一個人在車裡大叫：「哇喔！看吧，狄波洛・寇蒂也同意我的看法，而她才剛拿到奧斯卡獎提名！」

●請說明妳的寫作流程。

我最近剛生了兒子，幾乎擠不出時間。但寫《我想念我自己》的時候，我每天送六歲女兒上學之後就到星巴克寫作。我發現在家寫作非常困難，有太多事讓人分心，有電話要回、冰箱裡有東西要吃、衣服要洗、帳單要付。當你發現自己忙著付帳而不是專心寫下一幕，就知道時間耽擱了！但在星巴克便沒有藉口了，那裡什麼事都不能做，只能寫作，只要發呆發得久一點，看起來就像瘋子，因此只好埋頭猛寫。我發現我只要開始，就會寫到不得不去接女兒放學為止。

我可能寫到最精彩的地方，寫到一半，就得去接女兒，一天就這樣結束了，得到明天早上才能繼續寫作。我就照這樣的作息，寫作的時間寫作，和女兒相處的時間和女兒相處。我覺得每天只有一定時間寫作，反而讓我渴望它的到來。我從來不會恐懼，也沒有經歷過瓶頸。我每天都想趕快到星巴克，點一杯印度奶茶，專心寫作。

●目前對抗阿茲海默症的努力，妳認為有什麼進展？

及早發現、及早診斷很重要。雖然目前治療阿茲海默症的藥物無法扭轉病情的走向，卻能拖延滿長一陣子，讓患者停留在高原期，有多一點時間享受自己仍然保有的心智能力。只要愈早診斷、愈早服藥，一旦有更好的藥物問世，就愈有機會享受到新藥的好處。

此外，新一代的藥物將能扭轉阿茲海默症的病情，這是我看到的另一項進展。這些藥能夠阻止病情惡化。過去的正統觀點認為，類澱粉蛋白斑塊和神經纏結積存在大腦中，「糊住」神經元，導致神經元死亡，進而引發阿茲海默症。而底下是新的觀點：

認知缺陷（失智症的症狀）發生在斑塊形成和神經元死亡之前。人腦中有一種可溶性蛋白質，名叫貝他類澱粉蛋白四十二，阿茲海默症患者的腦中含有過多這種蛋白質，原因可能是製造或囤積過剩。這些小型胜肽分子一旦數量過多便開始彼此連結，形成黏黏的小型寡聚合物，固著在一個個神經元之間的突觸上，干擾突觸部位的訊息傳遞，亦即神經元之間的「交談」能力。結果就是突觸彈性受損，大腦無法學習新資訊或擷取舊訊息。

一旦突觸長時間無法作用，加上感染或是其他問題，神經元的軸突末端就會萎縮，導致神經元無法運作，終至死亡，留下一塊空白，也就是磁共振造影圖上的萎縮現象。另外，類澱粉蛋白斑塊裡也可能堆積許多貝他類澱粉蛋白四十二。

因此，一切都從神經元的突觸遭受攻擊開始。失智症的輕重程度只與突觸失去功能有關，而與神經元損失、斑塊數量或磁共振造影圖上的萎縮面積無關。

換句話說，治療失智症（也就是能扭轉疾病的治療方法）應該是：一、阻礙貝他類澱粉蛋白四十二的生成。二、加速清除已經生成的貝他類澱粉蛋白四十二。三、防止貝他類澱粉蛋白四十二黏結起來，形成寡聚合物。四、瓦解已經形成的寡聚合物。

新療法的奧妙之處在於，飽受失智症之苦的人在神經元死亡之前就能接受治療。神經突觸一旦修復，神經傳導就能重新運作，進而恢復心智能力！

●妳以愛麗絲，一位罹患阿茲海默症的女性，作為書中的主角。妳為何讓她是五十歲的哈佛大學教授，而非八十歲的退休老婦人？

嗯，其中一個理由是五十歲的人有能力察覺阿茲海默症的徵狀，並且有所警覺。美國社會認為八十五歲的人忘東忘西很正常，退休的老婦人不再需要對上司負責，也不用每天生產固定數量和品質的零組件。她們或許已經成為獨居的寡婦，沒有人經常目睹她們的變化。就算我們察覺不對，甚至實際看到徵狀，也很容易否認、不當一回事，不會在阿茲海默症一發生就注意到它。然而一個五十歲的人，生涯正值顛峰，身分和地位都有賴高度運作的大腦，只要一有狀況就會察覺。感覺就像腳下的地毯被抽走，讓人墜入無底的恐怖深淵。

●書中愛麗絲的醫師對她說：「……對於實際情況，妳的說法可能不是最可靠的。」但妳從愛麗絲的觀點敘述整個故事。這不是很困難嗎？尤其愛麗絲病情惡化、認知確實變得不可靠之後？

當然不容易，但我認為這是最有力的角度。透過愛麗絲的眼睛來看發生的一切，讓讀者直接面對她的阿茲海默症。這麼做偶爾會很私密，讓讀者不自在。你會和她一起感覺她的迷惘、挫折與驚恐。的確，這角度會讓我們錯失她丈夫與其他角色的感受與想法，卻能走入阿茲海默症患者的心中，一窺心靈逐漸被病症吞噬的過程。絕大多數沒有罹患阿茲海默症的人都不曾置身其中。

●這本書中，妳最喜歡哪一個場景？

我最喜歡的可能有兩個。首先是愛麗絲和她三個孩子那一幕。三個小孩在吵架，討論母親該不該努力想起某件事。愛麗絲問他們明天幾點去看表演，她兒子要她別擔心，不用記得她不需要記得的事情，因為他們會帶她一起去。大女兒認為她應該盡量鍛鍊記憶力，因為「用進廢退」。

小女兒則認為應該告訴母親，要不要記得由她自己決定。

家裡有人罹患阿茲海默症，這樣的場景經常出現。大夥兒意見不同，全都堅持己見，沒辦法對事不對人，充滿了衝突與爭執。在書中，他們爭吵，傷害彼此的感情，始終沒有達成共識，而這些全都當著愛麗絲的面。一般人老是在阿茲海默症患者面前談論他們，彷彿他們根本不存在。

另外一個場景是第一段，一字一句我都非常喜歡。每回讀到都讓我起雞皮疙瘩，我想我可能讀過一百遍吧。

●阿茲海默症社群對本書反應如何？非阿茲海默症患者呢？即與阿茲海默症完全無關的讀者。

一面倒的好評。我無法形容這對我有多麼重要。每當有阿茲海默症患者或照顧患者的家人告訴我，說我寫得很傳神、真實得不可思議，他們在書中彷彿見到自己的身影，對我來說，這就是最大的恭維——我真實描述了阿茲海默症。為了寫這本書，我開始研究資料，當我愈來愈認識阿茲海默症患者，「詳實」就成了非常重要的目標，必須如履薄冰，既不能過度美化，也不該避重就輕。而且，這本書還得到美國阿茲海默症協會背書支持。市面上有那麼多阿茲海默症的書，就我所知只有《我想念我自己》得到他們贊可，貼上協會的標籤。

有些讀者和阿茲海默症沒有任何關聯，他們讀了書，也和我分享心得。他們覺得故事很動人。我想這本書奏效了，因為它的內容不只是阿茲海默症。它不說教，也不過於專業。它講的是自我認同，活出有意義的生命，以及危機如何衝擊人與人的關係。這本書讓他們更了解、更能體會與阿茲海默症共處的人，我覺得自己的努力非常值得。

附錄：第一個十年

二〇〇七年七月

《我想念我自己》最初透過「iUniverse」自費出版。書本的購買地點包括亞馬遜網路書店、邦諾書店網站、一些獨立書店，以及我的汽車後車廂。

二〇〇八年三月

我在美國華府參加阿茲海默症協會（Alzheimer's Association）的倡議論壇，以《我想念我自己》、阿茲海默症和疾病最初階段的同理心為題發表演說。

二〇〇八年五月

賽門舒斯特出版公司取得《我想念我自己》版權。我不再從自己的汽車後車廂賣書了。

二〇〇八年七月

「Flurizan」這種藥物進行到第三期臨床試驗，無法顯著改善輕微阿茲海默症病人的認知狀況。原本寄望「Flurizan」能夠減少類澱粉蛋白（amyloid）的數量，因而延緩或阻止疾病的進展。《我想念我自己》小說裡虛構的臨床試驗藥物「艾米利斯」，便是以「Flurizan」為原型。

二〇〇八年

「顯性遺傳阿茲海默症網絡研究」（The Dominantly Inherited Alzheimer Network Study）由美國聖路易市的華盛頓大學醫學院開始進行。這項研究的目的是要追蹤顯性遺傳阿茲海默症患者的腦部變化，這是一種罕見的阿茲海默症類型，病因是早老素一（presenilin 1）、早老素二或類澱粉蛋白前驅蛋白的基因發生突變。這種早發性阿茲海默症占患者不到百分之一，通常在患者相對年輕時引發失智症狀，在三十、四十和五十歲期間都有。在《我想念我自己》小說裡，我的設定是讓愛麗絲．赫蘭的早老素一基因發生突變。「顯性遺傳阿茲海默症網絡研究」的目標是要找到一些生物標記，因而能對所有類型的阿茲海默症進行早期診斷、治療和預防。

二〇〇九年一月

賽門舒斯特出版公司的《我想念我自己》最初平裝版本出版了。甫出版便登上《紐約時報》暢銷書排行榜第五名。

二〇〇九年九月

我在丹麥哥本哈根參加「世界阿茲海默日」活動，以阿茲海默症和同理心為題發表演講。

二〇一〇年十月

美國演員與作家瑪麗亞·施賴弗和她創立的非營利組織「女人國」（A Woman's Nation）與阿茲海默症協會合作，發表《施賴弗報告：女人國承擔阿茲海默症》（*The Shriver Report: A Woman's Nation Takes on Alzheimer's*）。這是第一次有公開發表的報告指出，女性受到阿茲海默症的影響高到不成比例。

二〇一一年一月

美國阿茲海默症計畫法案（The National Alzheimer's Project Act）正式簽署立法，這是由阿茲海默症協會和國會的鬥士們合作推動，齊心對抗阿茲海默症引發的危機。

二〇一一年十一月

英國倫敦兩位不是很知名的年輕製作人，詹姆斯·布朗（James Brown）和雷克斯·盧瑟斯（Lex Lutzus），買下《我想念我自己》的電影版權。理查·葛拉薩（Richard Glatzer）和瓦希·魏斯特摩蘭（Wash Westmoreland）獲聘撰寫劇本和執導電影。

二〇一二年五月

依照「美國阿茲海默症計畫法案」的要求，美國衛生及公共服務部發布第一份「對抗阿茲海默症國家計畫」，目標是到了二〇二五年能夠預防和有效治療阿茲海默症。

二〇一二年八月

美國演員茱利安・摩爾簽訂合約，將在改編電影中飾演愛麗絲。（!!!）

二〇一二年九月

瑪麗亞・施賴弗和伊莉莎白・葛爾芬德・史坦恩斯（Elizabeth Gelfand Stearns）成為電影的執行製作人。瑪麗亞於二〇一一年一月失去父親——美國政治家薩金特・施賴弗（Sargent Shriver），伊莉莎白也於二〇〇四年失去母親茱迪，都是因為阿茲海默症。

二〇一三年四月

《我想念我自己》獲選為「世界讀書夜」（World Book Night）的三十本書之一。

二〇一三年五月

《我想念我自己》由美國演員克莉絲汀・瑪麗・鄧佛（Christine Mary Dunford）改編為舞台劇，在芝加哥的「鏡子劇場」（Lookingglass Theatre）舉行首演。

二〇一四年

首次展開阿茲海默症的預防試驗「A4研究」，目標是類澱粉蛋白。研究招募了一千一百位臨床診斷正常的人，年紀介於六十五到八十五歲，他們腦中的生物標記顯示類澱粉蛋白斑塊數量較高，這有可能作為一項指標，指出未來數年會有認知功能下降的狀況，出現失智症狀。這項研究測試的是抗類澱粉蛋白之抗體「solanezumab」的效力，看看能否減少類澱粉蛋白的數量，並維持認知功能。研究要到二〇二二年才會有結果。

二〇一四年三月

《我想念我自己》電影版在紐約市和長島花了五個星期拍攝完成。理查．葛拉薩診斷出罹患肌萎縮側索硬化症（Amyotrophic Lateral Sclerosis, ALS，即「漸凍人症」），無法說話且局部癱瘓，他透過一根手指在iPad上打字，共同執導電影。

二〇一四年九月

《我想念我自己》電影在加拿大的多倫多國際電影節舉行首映。兩天後，在奧斯卡獎的話題中，索尼經典電影公司（Sony Pictures Classics）取得北美洲的發行權。

二〇一四年十二月

魯迪．坦茲（Rudy Tanzi）和金斗淵（Doo Yeon Kim）兩位博士發展出「培養皿中的阿茲海默症」，以組織培養皿建立出阿茲海默症的3D立體凝膠模型。在這個立體模型中，類澱粉蛋白斑塊和纏結在短短六星期內就出現；反觀老鼠模型，光是斑塊就要花一年才形成。「培養皿中的阿茲海默症」有可能大幅加速篩選出有潛力的藥物療法。

二〇一五年一月

《我想念我自己》電影的美國首映會在紐約市舉行。有記者詢問克莉絲汀・史都華（Kristen Stewart），什麼因素吸引她接演「麗蒂亞」這個角色。她告訴記者，如果這部電影拍得好，她就有機會參與一部述說重要議題的電影。自從認識克莉絲汀的那一天起，我一直很喜歡她的坦率真誠和成熟智慧，而這番意見讓我更喜歡她了。

二〇一五年二月

茱利安・摩爾以《我想念我自己》獲頒奧斯卡最佳女主角獎。我在現場，在觀眾席上……興奮，感激，哭泣。

二〇一五年三月十日

導演理查・葛拉薩因為肌萎縮側索硬化症過世。

二〇一五年夏天

瑪麗亞・施賴弗提升「女人國」組織的使命，發起「女性阿茲海默症運動」。有三分之二的阿茲海默症患者是女性。透過教育和針對性別的阿茲海默症研究，「女性阿茲海默症運動」決心要了解這種疾病為何特別容易影響女性的腦部。

二〇一六年二月

我參加澳洲的伯斯國際作家節，針對阿茲海默症和同理心發表閉幕演說。

二〇一六年五月

阿茲海默症協會的「麗泰海華絲慈善晚會」募集到一百多萬美元，將用於阿茲海默症的研究、照護和支援計畫；會中並表彰《我想念我自己》對於促進大眾了解阿茲海默症的貢獻。

二〇一七年四月

我在加拿大溫哥華的TED主講台發表演說：「你要如何預防阿茲海默症」。到了二〇一九年一月，影片的瀏覽數將近四百萬次。

二〇一七年十月

連同「熟齡潮」（AgeWave）顧問公司的肯恩·戴科沃（Ken Dychtwald），以及「美國對抗阿茲海默症」（USAgainst Alzheimer's）組織的喬治·雷登伯格（George Vradenburg），我們一起擔任X獎基金會（XPRIZE）阿茲海默症小組的資深顧問。我們擬定一項競賽，從二〇一九年底開始，結合全球眾人之力，希望找到早期診斷阿茲海默症的方法，因而介入和預防這種疾病。

二〇一八年一月

比爾・蓋茲（Bill Gates）宣布捐出一億美元研究阿茲海默症。半數捐款交給「失智症探索基金會」（Dementia Discovery Fund），這個組織著重於創新研究。另一半會捐贈給美國的一個病人登錄資料庫，努力加速招募臨床試驗的病人；另外也捐給一個國際的共享資料庫，促進研究和合作。比爾的父親罹患阿茲海默症。

二〇一八年九月

針對美國聯邦政府資助國家衛生研究院研究阿茲海默症的經費，國會批准了最大的增加幅度，而且連續四年，讓每年資助阿茲海默症的聯邦研究經費達到二十億三千萬美元。

二〇一八年秋天

《我想念我自己》舞台劇在英國巡迴演出。

二〇一八年

Naklada Ljevak出版公司買下《我想念我自己》的版權，翻譯成克羅埃西亞語。如今《我想念我自己》已譯成三十七種語言。

新版推薦文

有溫度的人

田威寧（北一女國文教師）

「我的昨天消失了，明天還是未知數，我該為了什麼而活？」

從第一次閱讀《我想念我自己》迄今，每當發現報章雜誌或新聞有阿茲海默症的相關訊息和報導，我會停下手邊的事，看完全部內容；對親友中程度不一的罹病者，我會關心細部的事，不僅注意「病」的層面，更多的可能還是「人」的狀態。此外，我發現自己會不由自主地去「想像」並嘗試「理解」患者的想法與心情，甚至會主動要求陪伴的機會。

當我意識到自己從「旁觀者視角」轉變為「患者視角」，才明白《我想念我自己》的愛麗絲已遠不僅是小說中的人物，而是存在於日常生活中有血有肉有笑有淚的人。愛麗絲已被我代換為最敬愛的老師、朝夕相處的同事、最好的朋友與家人。我感受得到生活中「愛麗絲們」的體溫。

在大多數人的認知裡，阿茲海默症往往和老年人連結在一起，那些健忘的狀態、高頻率的重複、依賴心變重、學習與生活能力的退化，彷彿是天經地義的存在，無論是患者或身邊的人皆不易在早期發現「病徵」，導致延誤就醫甚至誤診多年，或容易將「病徵」誤認為性格缺陷，導致患者人際相處與家庭關係出現問題。而《我想念我自己》最聰明之處，在藉早發性阿茲海默症患者呈現疾症的進程，理解患者的想法與感受。如此，讀者彷彿親眼看到這個疾病是如何一步步攻城掠地，拿走患者原本擁有的，包括智慧與能力，包括尊嚴與記憶。

「我會忘記今天，但不代表今天一點也不重要。」

絕大多數的人不是阿茲海默症患者或專家，但只要閱讀《我想念我自己》，就會發現自己無法「旁觀他人的痛苦」，而會更願意理解並以同理心對待這令人沮喪的無解的病，以及與疾病共存的人。而若看到的是有溫度的人，自己也就同時成為有溫度的人了。

新版推薦文

失智，就在不遠的地方

白明奇（成大醫學院神經學教授暨老年學研究所所長）

讀者對《我想念我自己》這部作品應該不陌生，加上同名電影女主角茱莉安．摩爾榮獲奧斯卡金像獎，更提升其知名度。成大醫院失智症中心曾為此部電影的首映包場，並邀請校內外師生及民眾欣賞，會後的心得分享更感動了在場所有觀眾。

本書出版迄今已經超過十年，早期人們對於失智症的症狀有許多疑惑，民眾並不清楚醫師診斷失智症的過程及照顧失智者的方法，甚至不知如何面對帶有遺傳基因的家族成員，原因就在於人們總以為這種疾病離自己很遠。

而今，阿茲海默症仍為不治之症，而且很多人依舊不知道它的真相，也不太了解如何避免或延緩此病的退化。但失智症就像夜晚，它會無聲無息地悄悄到來，等到發現時已經看不到路。然而天色變暗也可能只是烏雲蔽日，雲散天自清，這是假性失智或功能性認知障礙，只可惜，吉時診斷並不容易。如果您仔細讀過這本書，便能清楚看到這個疾病殘酷的一面。

我鄭重推薦這本書，更希望讀者能廣為宣傳，鼓勵了解失智的真相以及如何正確面對，並給予失智患者應有的尊嚴與關愛。

新版推薦文

同理心的追尋之旅

艾彼（作家、諮商心理師）

致拿起這本書的你，我首先感謝你的勇氣。這不是一本容易消化的書，讀的時候可能會有各種無以名狀的情緒，排山倒海地向你湧來。也許你是社工師、醫師、治療師或各種專業，也可能你正承受著家人的記憶被阿茲海默症侵蝕而逐漸忘卻與失能的痛苦，無論你是什麼背景，我都要先肯定你想要更理解患者主觀世界的那一份心！

開始閱讀本書，你將與作者一同開啟「同理心追尋之旅」。這本書雖然與現實吻合度相當高，看似有著悲傷的結尾，但透過疾病，將一家人重新凝聚，讓主角與小女兒之間的感情得以修復，亦不能說這是個沒有happy ending的小說。作者安排的對照組，是主角與帶有遺傳因子的酗酒父親，到父親死亡之前，都沒有人意識到胡言亂語、全身髒臭可能是阿茲海默症的症狀，而非單為酗酒的緣故。主角在父親墳墓前的表現，就是家庭成員間互不原諒、殘酷、疏離的終極版。

「你想要成為哪一個版本的故事？」作者巧妙地提出了詢問，並引導所有人去看一看阿茲海默症可能帶來的正向、光明面。如果，能回到感受面而非理性面，會不會這就是阿茲海默症要帶給所有現代人的啟示？如果，當社會不再要求人們只能夠用勇敢、積極的姿態活著，會不會我們就能夠更貼近阿茲海默症患者的心聲，而非因為誤解而不敢談論或給出種種汙名？

謝謝你拿起這本書，讓它陪你度過這個疾病的黑暗期。

新版推薦文

當我開始忘了自己，是不是就更能同理你？

洪仲清（臨床心理師）

「同理」一個人，有時要忘了自己。「我」試著理解「你」，不批判只傾聽，「我」的個人觀點留在過去，「我」和當下的「你」在一起。

《我想念我自己》的作者試著同理她罹患阿茲海默症的祖母，於是寫下了這本精彩的小說。同理的艱難，在於這個過程中要把心敞開，難過、軟弱……會迎面而來。然而把這些都走過了，會發現愛一直都在。

阿茲海默症可以緩慢地帶走一個人的記憶，那是一個忘記自己的過程。有趣的是，一個人要安享幸福，擁有暫時忘記過去傷痛的能力，是關鍵之一。

我喜歡探討「我是誰？」這個議題，失憶能給我們的啟示是：所謂「自我」，是許多記憶的碎片組成，哪些記憶被遺忘，又有哪些記憶浮上檯面並受到關注，決定了每時每刻的「自我」是什麼！

同理，常要透過「感受」入門。我們的「自我」，常常填塞著許多看法與判斷，當那些看法與判斷的重要性不再被抬舉，我們在接納彼此的感受中，就能自然而然靠近。祝願您，能在閱讀《我想念我自己》這本書的過程中，觀照被文字帶起的情感，並且深刻地與自己同在！

新版推薦文

對「失去」的同理

徐秋玲（北一女國文教師）

如果生命如門，活著即是開著，那麼忘記自己的時候，是不是就像一陣風暫時把門關上，等待記得時再開啟？如此反覆，直至闔上的時間愈來愈長，記憶彷彿被看不見的遠方接了去，最後，開或是關，已經失去原本的意義。《我想念我自己》是愛麗絲在開關之間抵抗遺忘的紀錄，也是一本抵抗時間之書。

多年前看過由茱莉安．摩爾主演的同名改編電影，對於罹患早發性阿茲海默症的患者如何一步步失去自己的過程印象深刻。作者透過此書討論阿茲海默症，以小說的文體進入主角的內心世界，讓讀者能從同情的旁觀到平等的同理，設身處地體會愛麗絲不再完整的感受。

書中提到愛麗絲與親友同事的互動，身為語言學教授的她罹患逐漸失智的阿茲海默症，的確是莫大諷刺，往日的優勢成為今日的難堪。辭職之後，才發現失去工作的同時，似乎也失去了丈夫與部分的自己。面對自我意識與記憶能力的消逝，愛麗絲試圖主動聯繫相同處境的患者，聚會交流，知道自己並不孤獨；另一方面，書中也誠實描述病患家屬的無助與失落，愛麗絲的丈夫與兒女從否定、悲傷到失落、接納，同樣使人揪心不已。

我想到日本有失智咖啡館，提供社交功能，讓失智者接觸陌生人、結交類似病況的朋友；讓家屬在此交流聚會，討論照顧患者的心情與實際問題；並舉辦活動、提供諮詢，增進鄰里居民對失智症的了解。是以阿茲海默從來不是一個人的疾病，攸關親友、社區甚至整個社會。《我想念我自己》以人性化的面貌和腔調陳述疾病的樣貌，卸除無知的偏見與恐懼，期許讀者能藉由此書，改變看待阿茲海默症的觀點。因為理解而對話，平和面對人事的無常與衰朽。

新版推薦文

如果記憶不在了，愛還會在嗎？

彭樹君（作家）

我曾經想過，當那些得了阿茲海默症的人們漸漸忘了自己是誰，心靈是慢慢被濃霧籠罩，還是飄蕩到另外一個世界去了呢？而我們所愛的人如果已不再記得自己，也不再記得身旁的人，彼此之間的愛還會在嗎？

這樣的疑問，我在這本書裡找到了答案。

愛麗絲是哈佛大學認知心理學教授，向來擁有領先群倫的聰明頭腦，除了受人尊崇的身分地位之外，還有和她一樣優秀非凡的丈夫、漂亮出色的兒女，以及依然年輕貌美的外表，她的人生是如此接近完美。但就在她知道自己得了早發性阿茲海默症之後，一切就再也和從前不同了。

《我想念我自己》以一位正值人生顛峰的傑出女性視角，來呈現阿茲海默症患者罹病之後的種種變化，從身心到生活與生命，都是天翻地覆的改變。作者自己本身就是一位神經科學博士，祖母也曾是患者，對這個病症有理性的研究與探索，還有感性的融入與悲憫，所以才能帶著讀者進入愛麗絲的內心，跟著她一起經歷那個分崩離析的過程。

失去自己比失去生命更令人哀傷，阿茲海默症的頭腦裡彷彿有一座土石流，記憶不停坍塌，原本生活裡的一切漸漸被剝奪，意志也潰不成軍。人活著是靠著意志與記憶來確立自己的存在，若有一天，找不到回家的路、忘了心愛的孩子，甚至不知道自己是誰，那是無法想像的荒涼。如果記憶不是一個人存在的證明，也無法再令人自我肯定，那麼就只剩下人生那個永恆的大哉問：我是誰？

我是誰？若是從前的自己不在了，愛還會在嗎？

「『我會永遠愛她嗎？我對她的愛是出於腦袋，還是出於心？』她體內的科學家認為情感來自複雜的大腦邊緣系統，而她的大腦線路此刻正困在戰場壕溝裡，注定無人能生還。她體內的母親則相信自己對女兒的愛是穩固的，不因神智受損而動搖，因為那份愛活在她的心裡。」

愛麗絲對女兒麗蒂亞的這番思索，是這本書裡最觸動我的部分。縱使腦內記憶不斷地坍塌，但愛不會受到動搖；縱使一切將逐漸被疾病吞噬，終有一天會遺忘自己也遺忘別人，但不會遺忘彼此之間的內在連結。

是的，愛永遠都在，因為愛不在神經元可能不斷萎縮壞死的頭腦裡，而在超越了一切感知與記憶的內心深處。

推薦文

用一個有溫度的故事，融化冰冷的調查數字

蘇益賢（臨床心理師暨初色心理治療所副所長）

少子化與高齡化趨勢，短時間內難以逆轉。國家發展委員會推估，二〇二五年，台灣就會進入超高齡社會，意謂著每五人中就有一人是六十五歲以上的老人；二〇三四年，預估全台將有一半以上的居民超過五十歲。這也表示，未來許多疾患會比我們閱讀此書的當下還要常見，包含這本書背後的書寫軸心：阿茲海默症（失智症）。

台灣目前估計有超過二十七萬的失智人口，預估未來平均一年將增加一萬人。政府自然意識到這波失智危機。在極力推動的長照計畫中也將失智囊括進來，期待透過更多積極的作為，讓台灣在二〇二五年成為「失智友善」的社會。

打造失智友善社會的基礎，建立於國人對此疾病能有更多正確的認識。同時，台灣多數失智者都住在家中。除了關注失智者外，一旁的照顧者其實也承受了很大的壓力。提供照顧者足夠的

支持與協助，也是失智友善社會的重要目標。

以上這些與失智有關的「數字」乍看冰冷，其實每一個數字背後都有一段段讓人心疼與不捨的故事。只是多數時候，我們未必能有機會進入這些故事裡，去認識當事人，去同理陪伴者的感受。

此時，一段故事或許更能帶著我們去同理病人內心的感受，看見他們所看見的世界。同時換位思考地去體會患者身邊的親人，他們內心複雜的感受。

二〇〇七年，莉莎・潔諾娃寫下了《我想念我自己》一書，促進了社會大眾對失智症的關注。二〇一四年，該書翻拍成電影，在各大影展中囊括了多項獎項。主角茱莉安・摩爾在頒獎時表示，因為演出這部電影，讓更多人看見阿茲海默症病人的處境，希望他們不再感到孤獨。

透過《我想念我自己》一書，相信能讓更多國人藉由這個有溫度的故事，深刻了解失智症患者的處境。當然，更期待下一個七年，台灣能因為更多的愛與同理心，真正成為一個失智友善的社會。

國家圖書館出版品預行編目（CIP）資料

我想念我自己／莉莎．潔諾娃（Lisa Genova）
著；穆卓芸譯. -- 三版. -- 臺北市：遠流出
版事業股份有限公司, 2021.04
面； 公分
譯自：Still Alice
ISBN 978-957-32-9006-3（平裝）

874.57 110003234

我想念我自己

作者／莉莎．潔諾娃（Lisa Genova）
譯者／穆卓芸

副主編／陳懿文
封面設計／謝佳穎
行銷企劃／舒意雯
出版一部總編輯暨總監／王明雪

發行人／王榮文
出版發行／遠流出版事業股份有限公司
地址／臺北市南昌路 2 段 81 號 6 樓
郵撥／0189456-1 電話／2392-6899 傳真／2392-6658
著作權顧問／蕭雄淋律師

2010 年 7 月 1 日 初版一刷
2021 年 4 月 1 日 三版一刷
定價／新台幣 380 元（缺頁或破損的書，請寄回更換）

ISBN 978-957-32-9006-3

遠流博識網 http://www.ylib.com E-mail:ylib@ylib.com
遠流粉絲團 https://www.facebook.com/ylibfans

Still Alice by Lisa Genova